娘子扮豬吃老虎 2

文創風 1192

芋泥奶茶 著

風 文創 1192

目錄

第十六章

時近昏黃，天色暗下來，屋裡的動靜方休。

沈蘭溪軟軟的伏在枕上，面色潮紅，任由那人拉起錦被把她蓋好。

衣料窸窣聲響，祝煊慢條斯理的穿好衣衫，叮囑道：「別睡著。」

沈蘭溪眼眸先開一條縫，睨他。「衣冠……禽獸。」

祝煊眉梢輕挑，唇角扯了下，笑道：「作何怨我？不是妳招的嗎？」

沈蘭溪撇撇嘴，不願搭理他了。被翻來覆去的吃，哪還有餘力與他鬥嘴？

雖他叮囑過，祝煊端熱水進來時，那人姿勢絲毫未動，已然沈沈睡去。

日暮時，秦家大娘子挺著孕肚偕夫登了祝家門。

粉黛端來茶水，解釋道：「我家郎君陪少夫人回娘家了，今夜不回來，是以方才外院的小廝才稟報了我家夫人，兩位莫怪。」

秦緋臉色蒼白，勉強扯出一個笑。「多謝。」

話音剛落，門外行來一人，廳裡的兩人連忙起身行禮。

「見過侯夫人。」

祝夫人微微頷首。「不必多禮，坐吧。」

她說罷，也在椅子上坐下，面帶詢問道：「聽聞陳三郎君與夫人是來拜訪我家二娘的，趁夜前來，可是有何要事？」

秦緋細眉微蹙，瞧了眼陳彥希。

陳彥希安撫似的拍拍她的手，開口道：「稟侯夫人，今日出了一件事，祝少夫人不分緣由把秦嫣送了官，是以，我們夫妻才冒昧上門，想與祝少夫人尋個說法。」

祝夫人不動聲色的看了眼粉黛，後者微微搖頭。

祝夫人笑得溫和，瞧了眼秦緋的孕肚，道：「陳三夫人這肚子，有七個月了吧？」

秦緋不明所以，微微點頭。「回侯夫人，七月有餘了。」

「這般重的身子，該在家好生將養才是，天寒地凍的，若是出了什麼事，怕是賴得我家二娘一個壞名聲。」祝夫人依舊笑著，一副慈愛模樣。

「再者，二娘不是生事之人，若她當真把令妹送了官，那陳三夫人還是去官府打聽一二的好，官府抓人，自是會有名頭，更何況，抓的還是官宦人家的小娘子，沒道理不與你們說所犯何罪。」

溫言軟語似的寬慰，三兩句，卻是直接把秦嫣釘在了犯事一側。

秦緋胸口急急起伏兩下，不顧自己身子重，跪在地上，泫然欲泣道：「侯夫人相信自家兒媳，我也信自己小妹行事無虧，還煩勞侯夫人讓我見少夫人一面吧，各種緣由如何，我想親自問問少夫人。」

祝夫人沒出聲，側頭示意粉黛。

粉黛連忙上前，與陳彥希一同把人攙扶起來。

祝夫人這才道：「想來方才婢女應與兩位說過，二郎夫婦今日回沈家省親了，陳三夫人若是想見二娘，還請去沈家，或是改日呈拜帖，知會一聲。二娘性子好，定當掃榻以待。」

這話，只差把沒家教說了出來。

夫妻倆都臉色難看得緊，偏生坐在主位的人一句惡語也無。

陳彥希起身行禮，道：「既是如此，那我們夫妻二人便不多打擾了，告辭。」

秦緋心中擔憂秦嫣，踟躕不走，被陳彥希半拖半抱的出了門。

待人走遠，粉黛上前請示道：「夫人，可要婢子去打聽打聽？」

祝夫人擺擺手。「不必，今日二郎也在，若是有何不妥，定會與二娘爭辯一二，但既是送了官府，那就是默許了此事，二娘熱忱，二郎穩妥，便是有事，他們也處理的來，何必多管？」

說罷，她起身。「走吧，去母親那裡，澄哥兒留在了梁王府，主院冷清，去陪母親用飯。」

出府的兩人，生了爭執。

「我知你與沈二娘有過一段往事，但你如今的娘子是我，是我秦緋……」秦緋說著紅了眼眶，有些失望的瞧著對面坐著的人。

「陳年舊事了，妳又何必再提？」陳彥希皺著眉，不耐道：「再者，沈蘭溪既把秦嫣送了官，這個時辰都沒放出來，那定是秦嫣做了什麼，妳黑天摸地的去沈家又有何用？現成沒家教的話柄給人送去，讓人打臉。」

他與沈蘭溪有過好時光，但最後收場也確實不夠體面。

男子風流薄情不是什麼大事，但也損了面子，母親急急為他擇妻，最後選了秦家大娘子，卻是不知，他想娶之人是沈蘭溪。

成親之前，他尋過沈蘭溪一次，卻是沒見到，來的是她身邊那個毛丫頭，只帶來兩個字——不願。

她沈蘭溪不願見他，更不願嫁他。

這事除卻他們三人，無人可知，但卻是他心裡坍塌的一角。

「你怎能如此說？」秦緋說著，眼眶裡的淚珠滾落。「秦嫣是我嫡親妹妹，父親去後，庶子當家，秦裴懼怕祝家，當縮頭烏龜，你要我如何不管？秦嫣與沈蘭溪並無往來，今日之事，沈蘭溪十有八九是為你，你若是不去，那我便自己去。」

陳彥希心裡咯噔一下，升騰起一些說不清的心思，垂在身側的手捏緊又鬆開，深吸口氣，與車夫道：「去沈家。」

夜裡風寒，一小婢女腳步匆匆的往西角小院去。

「綠嬈姊姊，夫人差婢子來請二娘子，陳三郎君與夫人來了，說是求見二娘子，還勞姊姊通報一聲。」

綠嬈面露為難。「二娘子歇下了。」

為了下午那事，元寶都染了風寒，現下還在屋裡躺著喝藥呢。

婢女撓撓頭，也為難道：「那怎麼辦？陳家那夫妻倆，已經在廳堂坐著了。」

綠嬈深吸口氣，還是上前叩了門。

「何事？」屋裡傳出一道男聲，雖是清冽，但透著些沙啞。

「稟郎君，夫人讓人來尋二娘子去前廳，陳家三郎君來了。」綠嬈壓低聲音稟報道。

不多時，門被打開，祝煊身著黑色大氅，道：「走吧。」

綠嬈一怔，不過夫婦一體，尋她家娘子便是尋郎君，郎君此舉也沒錯。

前廳，林氏拉長著臉瞧著底下坐著的兩人，便是連寒暄也懶。

秦嫣那事，原以為只是一個想躲避風雨、入府為妾的女子，但如今瞧來，其中顯然另有隱情，只是不知是確如沈蘭溪所說，衝著祝家來的，還是……

「母親。」祝煊踏入門來，恭敬行禮道。

男人身量頎長，腳步穩健，舉手投足間皆是貴氣，身上頓時落了幾道目光。

陳彥希打量一番，喉嚨發緊。

「正卿來了，二娘呢？」林氏往他身後瞧了瞧，不見人。

祝煊目不斜視，聲音平穩。「二娘身子不適，歇下了，我替她來見客。」

這話說得坦然，旁人也說不得什麼。

晌午用飯還多吃了一碗，眼下便不適了？林氏視線掃過底下面露失望的人，也沒多說，指了椅子讓他坐。

秦緋兩人起身與祝煊見禮，她猶豫道：「祝少夫人可是病了？不如我前去瞧瞧她？」

祝煊視線落在她臉上，淡薄開口。「妳不是大夫，去了平白擾她歇息。」

這話說得不甚客氣，廳內氣氛沈寂得緊。

林氏端起茶盞抿了口，並不插話，索性裝耳聾。

祝煊恍若未曾察覺，視線光明正大的飄到那身著靛藍色衣袍的人身上。

玉面如冠，身量單薄，這便是她曾訂過親的人？

「兩位深夜尋我娘子，所為何事？但說無妨。」祝煊收回視線，飲茶潤了潤嗓子。

秦緋抿了抿唇。「聽聞今日祝少夫人把秦嫣送去了官府，她年幼不懂事，還請祝少夫人莫要與她計較，大人有大量，放她一次，秦緋定感念其恩。」

這話便是放低自己的姿態，向沈蘭溪求饒。

祝煊垂眸瞧著清透的茶水，裡面似是浮現出一張笑咪咪的臉，他忽地扯唇笑了下，道：「陳三夫人的感念，值幾個銀子？」

幾人頓時面色一變。

金銀堆裡長大的人，怎會如此俗氣?!

林氏嘴角一抽，無聲的扶了扶額角。

當真是近墨者黑，這才多久，沈蘭溪便把這般皎皎如月的郎君變得與她一般滿身銅臭味了！

「換言之，陳三夫人與妳郎君的面子有多大？」祝煊又徐徐開口。「兩位既是找上門來，那定是知曉其中原委了。今日之事，不是我娘子一人的抉擇，此事事關政事，我娘子報官處理是為公正，令妹是否蒙冤，自有官府的各位大人來查，兩位私下來為難我娘子，是何道理？若我娘子不應陳三夫人的話，那便是心無溝壑，仗勢欺人嗎？

「再者，令妹既是做了，便要擔得起後果，與年幼與否有何干係？今她若殺一人，陳三夫人也能去那受害者家裡說令妹年幼，無心之失，還請莫要計較這話不成？」

「祝郎君這話何意？秦嫣——」陳彥希冷眼相對，卻是忽地被打斷。

「陳三郎君還是喚我一聲祝大人吧，你我並不相熟，這稱呼親近了些。」祝煊淡聲道。

他有官職在身，與陳彥希一介白衣可不一樣。

祝線掠過陳彥希脖頸上氣出的青筋，祝煊眉眼間閃過些舒爽，又飲了口茶。

嘖，真好喝。

半夜，沈蘭溪生生餓醒了，清醒後，氣惱的踹了身邊人一腳，爬起來準備去找吃的。

「餓了？」祝煊聲音含著些睡意，卻也撐著坐起身來。

瞧他動作，沈蘭溪心裡的氣消了不少。

「你都沒喊我吃飯。」語氣透著些幽怨。

「在廚房給妳熱著飯菜，我去端吧。」祝煊說著，捏了捏眉心，起身穿衣。

聞言，沈蘭溪剛要出被窩的身子又縮了回去，嬌聲嬌氣道：「郎君真好。」

祝煊點亮燭火，回頭瞧那心安理得縮在被窩裡、只露出一張狡黠臉的人，折身回去在那紅潤的唇上偷了個香，被她罵了句「登徒子」，這才笑著去給她端飯菜。

過往哪有這般事，真是個不耐餓的嬌嬌。

沈蘭溪也著實餓狠了，手中筷箸動得飛快，祝煊幫她添過兩回碗裡的熱湯，她這才稍稍慢了些。

「傍晚時，陳三郎與他夫人來過了。」祝煊忽然道。

沈蘭溪頭也不抬，胡亂點了點腦袋示意聽到了，又往嘴裡塞了牛油雞翅。

也無甚意外，秦家大娘子尋她所為何事，她動動腳趾都知道，只不過她還以為，那秦娘子會去祝家尋她呢。

祝煊喉嚨裡被人塞了棉花似的，一腔話不知如何說，偏生對面那人一副沒心沒肺的模樣，又讓人氣不起來。

「他們二人是為秦家小娘子的事而來，想讓妳寬宥一次。」祝煊又說一句。

這次，沈蘭溪抬頭了，咬著根雞翅骨頭，瞪著圓眼睛剛要開口，便聽那人又說。

「我沒應。」祝煊雙眸盯著她，伸手擦去她嘴角沾到的醬汁。

沈蘭溪讚許的餵了他一筷子青菜。「不用搭理他們。」

兩個心裡沒數的，有事去找官府的人說，找她做甚？平白惹人厭。

祝煊味同嚼蠟，嚥下嘴裡的青菜，靜默一瞬，還是問道：「妳喜歡的，是陳三郎那般的？」

沈蘭溪抬眼，與他四目相對，燭火跳躍兩下，發出一聲輕響，那一瞬，她似是在那樣一雙古井般的眸子裡瞧出些什麼盪漾的東西來。

她搖搖頭，錯開他的視線，胸口怦怦直跳。

想起了些許往事，沈蘭溪輕嗤一聲，道：「陳彥希先許我正妻之位，又承諾我不會納妾，我才與他訂親的。至於喜歡，我也不知道，許是喜歡過吧，他面皮白淨，在我面前單純的如一隻小羊羔，還極會哄人開心，也體貼得很，只是我後來才知，這人就是一隻披著羊皮的狼，私下廝混青樓，他身邊伺候的幾個婢女都上過他的床榻，真讓人噁心至極。」

祝煊胸口似是被人攥緊了般，難受得有些疼。

君子如玉，灼灼其華，惹得小娘子傾心，本不是什麼稀罕事，但他，著實在意。他忽地想到那個風雪夜，面前的人喚他名諱，直言要與他約法三章，還有她神色認真的與他說，她不要承諾。

原來，她與那人也有過這般過往。

她被背棄過，所以，也不信他。

「我與藍音便是那時相識，她厭惡男人，卻又掙不開，助我與陳彥希退親，恍若她自己退親一般高興。」沈蘭溪捧著湯碗，語氣輕飄，不知思緒到了哪裡。

祝煊清了清喉嚨，垂下視線，一邊唾棄自己那些藏在暗裡的慶幸，又一邊低聲問：「傳聞……妳因陳三郎拒絕了求親的人，多年不嫁。」

聞言，沈蘭溪輕笑一聲。「這話你也信？」

她目光坦然，聲音輕快，倒顯得他的心思見不得光。

「我為陳彥希不嫁？他也配？」沈蘭溪嗤道：「做人家新婦，哪有在自家當小娘子來得自在？」

她說著，衝他眨眨眼，一副聰明模樣。「我母親寬和大氣，嫂嫂也容人，平日無須我在旁伺候，在府中無甚糟心事，十幾年過得甚好，作何要去別人家伺候公婆，操持後院？多累人啊。」

祝煊忽地啞言，又無奈的輕笑。算盤珠子都被她撥爛了吧。

沈蘭溪歪了歪腦袋，與他坦言道：「便是連嫁你，也是母親用銀錢賄賂我的，過年時我戴的頭面便是其一，漂亮吧？你都看直了眼。」

祝煊張了張嘴，半晌，問了句。「可曾後悔？」

沈蘭溪果斷搖頭，真情實意道：「能有你做郎君，很好了，我甚是滿意。」

這話倒惹得祝煊笑了，伸手接過她空了的湯碗。「還要喝嗎？」

「不喝了，喝這般多湯湯水水，該起夜了。」沈蘭溪說著，打了個呵欠，作勢要起身去刷牙漱口。

忽地，手腕一緊，上面扣著一隻繃著青筋的大掌，他溫熱的體溫傳來，灼燙了她那一小片皮膚，又迅速傳遍四肢百骸，讓人生暖。

「沈蘭溪，既是成為了過往，便不要喜歡他了。」祝煊聲音渾若往常般清淡，似是隨口提點一句。

沈蘭溪回頭，垂著視線瞧他半晌，忽地彎腰與他平視，兩張臉湊得極近，她清楚瞧見那雙眼裡一瞬間的慌亂與無措。

「郎君想要我這顆心？」她玩味的開口，卻是輕易戳破了他難言的心思。

祝煊瞬間耳根著了火，吐不出一句話。

沈蘭溪的視線在他耳朵上打轉兩圈，突然伸手，白嫩手指點在他的胸口，紅唇輕啟。

「那郎君這顆心，又在誰那裡？」

說罷，她直起了身，睥睨似的垂眸，勾唇笑。「我沈蘭溪什麼都吃，唯獨不吃虧。往日他陳彥希負我，我睚眥必報壞他聲譽，使他背負罵名，今兒你祝二郎想要我的心，便要拿自己的來換。」

男人清朗的視線與她對視。

「夜深了，郎君且去睡吧，我去漱口。」沈蘭溪說著往外走去，寬袖下的手指搓了搓。

糟糕，她方才想捏祝煊紅彤彤的耳朵，好可愛！

正月裡，最是百姓放鬆的時候，沈蘭溪無償給眾人送來了瓜，年至初五，坊間爭相談論的便是秦家小娘子的事。

一早，霧氣瀰漫，幾人駕馬慢悠悠的出了城。

「澄哥兒在府中可還好？」祝煊問。

褚睢安打了個呵欠，晃悠著駕馬。「昨兒跟英哥兒又吵了一架，我沒管，晚飯時又黏一塊兒了，那兩個在一起，能鬧騰得掀屋頂。」

說罷，他又道：「你在家時，管束太過，澄哥兒都被你壓得沒脾氣了。」

祝煊略一挑眉，也不辯解。「來日祝家要交到他手上，擔子重。」

期望多，便教導多。

「罷了，也說你不得，褚睢英那小子，便被我養得放了羊，哪日我若是死了，他……到時，你替我多照料著他一些。」褚睢安說著拍了拍他的肩。

祝煊被他突然託孤似的話，惹得心裡一跳，抬手便一鞭甩在他身下的馬臀上。

那馬受驚，立刻奔了出去。

「欸，你小子——」

祝煊瞧著那瞬間跑遠的影子，扯唇笑了，淡淡吐出兩個字。「話多。」

「褚睢安，在京城安度幾年，怕不是早忘了縱馬的快意吧？」濃眉粗獷的男人豪氣萬丈，身著勁裝，似是察覺不到冷似的，打馬繞了一圈，折了回來。

被喚了名的人，一手握著韁繩，慢吞吞的夾了夾馬腹，接了他這挑釁的話。「比試一二，不就知道了？真當自己吃了幾年邊沙，如同吃了靈丹妙藥不成？」

祝煊身上穿著厚重的大氅，從後面追了上來，聞言，駕馬往旁邊側了側，給他倆騰出空間，意思明顯。

那粗獷男人睨他，嘲道：「祝二郎，你怎麼這般懶呢？」

祝煊挑眉應道：「與我一文弱書生比試，成安郡王良心不痛嗎？」

李昶許哈哈一笑，嘴裡哈出的熱氣在臉邊成了白霧。「你文弱書生？小伴讀如今長大了，倒是能信口開河了，你小子當年學武，可是我的勁敵，先生誇你少了？」

祝煊不應他這話，駕馬往旁邊的叢林裡去。「你們比試吧，我去打兩隻野兔。」

「晌午不是要去校場吃飯，打獵作何？」李昶許喚他。

「家裡的娘子饞兔子了。」祝煊好心情的答一句，慢悠悠的往裡面晃。

「滾犢子！」李昶許氣得大罵。「從前你待阿雲，也不見得這般用心！」

梁王府的郡主，一顰一笑端方有儀，溫柔似水，他李昶許愛慕了多少年，那人卻是笑與他道，親事既定，不可更改，殿下自有更好的女子相配，不必惦念。

她紅顏薄命，成婚七年便去了。

他瘋了一次，想把她葬在自己院子裡。遠走邊關三年，歸來再見她牌位，依舊淚濕衣襟。

不必惦念個屁！他發了瘋的想要見她、想抱她，想與她行那苟且事！

褚睢安在一旁笑。「你與他的新娘子爭風吃醋做甚？」

李昶許瞪他。「說的甚屁話?!」

褚睢安不理他的粗口，駕馬往前面去。「你沒見過祝二郎用情，那眼裡能淌出水來。他與阿雲，父母之命、媒妁之言，兩人生情，卻從不是男女之情。再者，人都走了，你又何必相較苛責？三年過去了，你也該向前看了。」

「呵！這輩子不成，下輩子老子定要她做我媳婦兒！」李昶許說罷，甩了一馬鞭，整個人駕馬衝了出去，身後激盪起一層朦朧塵土。

褚睢安在身後嘆口氣，頗為無奈的搖了搖頭。

還說旁人，他不也欠著一人嗎？何嘗還呢？

「駕！」兩人先後衝了出去，身後清晨日光起，散了那層淺白。

自那夜被祝熗一番話送走，陳彥希與秦緋便沒再上門，沈蘭溪樂得清閒，賞了祝熗一次，醒來時已過了半個上午。

「去讓人套馬車，再喚幾個人來，把先前整理好的那幾口箱子都搬上車去。」沈蘭溪揉著痠疼的腰，吩咐道。

「是，少夫人。」阿芙屈膝應下。

「元寶的風寒如何了？若是還難受，便不必喚她了。」沈蘭溪想起那滿臉委屈的丫頭，頗感慚愧。

綠嬈笑了下。「好多了，今日也起得晚，在用飯呢，一會兒便過來。」

不多時，阿年匆匆過來了。

「你今日怎麼沒隨郎君一同出去？」沈蘭溪疑惑的瞧他一眼，對鏡把珠釵撥正。

阿年躬身垂眼，絲毫不敢亂看，恭敬道：「稟少夫人，郎君與梁王出城打獵了，讓小的留下任少夫人差使。先前郎君整理出幾箱書冊，說是一併送予少夫人，眼下可要一同裝車？」

沈蘭溪詫異回頭。「書冊？」

「是，雖是郎君用過，但也好好的。」阿年這話說得急，似是生怕她不要。

沈蘭溪笑彎了眼。「那便一同裝車吧。」

做的多過說的，她心甚悅～～

「是，小的這就去。」

半個時辰後，幾輛馬車停在陳記鋪子外，上面的匾額許久未清理，瞧著落魄了些。

「元寶，去隔壁拿鑰匙。」沈蘭溪差使道。

元寶扭了扭身子，極不情願的邁著小步子走進那書肆。

袁禛難得沒在櫃檯前打瞌睡，挽起衣袖擦洗書架，聽見動靜回頭瞧來。

元寶腳步一滯，彆扭道：「我家娘子讓我來跟你拿鑰匙。」

袁禛瞧她那模樣，放下手裡的布巾，抬腳走了過來。「還氣著呢？先前是我失禮，這紅封，當作給姑娘賠罪了，可好？」

他問著，在她兩步遠的位置停下，像模像樣的躬身作揖給她賠禮，手裡拿著一個紅封。

元寶輕哼一聲，沒接那紅封，只是道：「我來拿鑰匙。」

她家娘子說了，這人是個蓮藕精，誰知她拿了那紅封，要用什麼來換呢，她才不上當！

小姑娘的心思赤裸裸的掛在臉上，袁禛笑道：「覺得我壞？無須妳換什麼，這紅封只為壓邪祟，求個平安罷了。」

他說罷，把那紅封再次遞給她。

元寶抿了抿唇，望他半晌，終是接過，嘴裡還在嘟嘟囔囔的道：「你便是討好我，我也不會在我家娘子面前給你說好話的。」

不等袁禛開口，元寶從荷包裡掏出一個橘子塞到他手裡。「還你的。」

橘子不算大，但是很甜，散著清香的果香味，圓滾滾的一個，還沾染著她身上的暖。

袁禛瞧著手心裡的橙黃，彎眸笑了，沒再輕佻，反倒格外認真的道謝。

「多謝元寶姑娘。」

元寶疑惑他變了個人似的，狐疑的瞧了眼，催促道：「給我鑰匙，我家娘子還在外面呢。」

「一起吧。」袁禛隨她往外走。

陳記門外等候著一行人，為首的女子珠環玉釵，明豔照人，身上的紅色披風似火，十分奪人目光。

「見過祝少夫人。」袁禛行禮道。

「袁郎君不必多禮，開門吧。」沈蘭溪擺擺手道。

門打開，屋內陳設已與往日不同，其中櫃檯都撤了，陳列了幾排書架，另一側放置著幾張桌椅，重新上過漆色，瞧著甚是整齊。

「這裡我讓人打掃過了，可直接擺置。」袁禛道。

沈蘭溪點點頭，喚人搬箱子。

少年身形單薄，肩不能扛、手不能提，自覺的站立到一側，隨口一問。「這鋪子，少夫人可想好讓誰來打理了？」

聞言，沈蘭溪的視線在自己身邊的幾個小丫頭身上繞了一圈。

阿芙是頭一次隨她出門，雖也謹小慎微，但還是壓不住好奇的往街上瞧。

綠嬈穩重，與阿年一同帶人安置書冊。

元寶……悄悄的捏了一顆酸杏乾塞進嘴巴裡，眼睛四處亂看，對上她看過來的視線，粲然一笑。

「元寶吧。」沈蘭溪終是偏心道。

在外頭做事雖是辛苦了些，但也著實能長進不少，來日若是掙得些銀錢，她再給添置一些，開一間小店傍身，比留在宅院裡一輩子伺候旁人要好的多。

「她雖是貪吃頑劣了些，但辦事也算穩妥，只是頭一回做事，難免沒有章法，還請袁郎君多幫襯著些。」沈蘭溪又道。

袁禛微微頷首，視線也落在那吃個不停的人身上。「袁某與少夫人利益共存，自是不會藏私。」

元寶疑惑的瞧了眼看著她的兩人，噠噠噠的跑過來，問：「娘子喚我？」

「就知道吃，給妳配來喝藥的，都省下當零嘴了？」沈蘭溪瞧了眼她鼓鼓的荷包。

「婢子才不怕喝藥，病時吃什麼都沒味，配來都浪費了，哪像現在，吃在嘴裡酸酸甜甜的，七分滋味也能嚐出十分。」元寶小嘴不停的辯解，覺得自己講得甚有道理。

袁禛站在一旁，輕笑一聲，卻是把人臊紅了臉。

「你笑甚！」元寶紅著臉頰氣惱道。

「這般貪吃，日後可如何當人家媳婦兒？」袁禛打趣道，眼底泛著不為人知的心思。

「要你管！」元寶怒懟一句。

女兒家的親事，哪有這般拿出來被人說笑的！

「這書齋給妳當掌櫃的，可好？」沈蘭溪把她拉回來，徵求意見道。

元寶瞬間瞪圓了眼，嘴裡的酸杏乾都忘記嚼了，好半天才支支吾吾出聲。「婢子……當掌櫃的？」

「不願嗎？」沈蘭溪作勢要掏她的小荷包。

元寶立刻捂住，跳開兩步才趕忙搖頭。「婢子要在娘子身邊伺候，不做掌櫃的。」

「妳過來。」沈蘭溪朝她勾勾手指。

她神色認真，元寶將信將疑的上前一小步，停下。

「這鋪子交給旁人我不放心，妳先操持一段時日，等到漸入正軌，我再讓人來接手。」沈蘭溪誘哄道。

元寶不是從前那個元寶了，聞言，立刻哼了聲，拆穿她。「娘子就是想在被窩裡數銀子，趕婢子出來披星戴月的辛勞。」

沈蘭溪無語。沒有人教過她，在職場上不能講實話的嗎？

「這樣吧，每月再給妳五兩銀子。」沈蘭溪戳她命脈。

元寶搖頭。

沈蘭溪詫異。「銀子都不要了？」

「婢子可以幹活，不過娘子要給婢子買燒鵝吃，還有那日娘子給婢子的雞翅膀，也好好吃～～」

沈蘭溪頗為無語。「妳有了銀子，不能自己去買嗎？」

「不行，娘子買的好吃。」元寶賣乖道。

沈蘭溪繼續無語。怎麼，她的手是開過光的？還那雞翅膀好吃，她自己也只吃過一次啊！雖然滋味確實好……但那是祝二郎啊，誰敢差使他去給自己烤雞來吃？

時至晌午，沈蘭溪帶著眾人往薈萃樓去了。

倒也不是她體恤，只是那書齋裡的活兒還沒做完，總得讓人吃飽喝足才能繼續上工。

許久不曾出來，沈蘭溪沒克制住，點的菜還是多了些，一眾人吃飽，桌上的菜還剩一半。

「袁某可否把這些剩菜打包回去？」袁禛突然問。

沈蘭溪眉梢輕動，點了點頭。「袁郎君自便。」

「娘子，您說他帶那些剩菜回去做甚？」元寶走在沈蘭溪身側問。

那人連書鋪都能烘得熱呼呼的，絲毫不心疼那些炭火，又怎會吃剩菜剩飯？

「不知，」沈蘭溪慢悠悠的晃。「日後你們二人共事，想知道，便自己去問他。」

在瞌睡蟲面前，八卦瞬間變得不值一提了。

元寶想起那欺負人的混球，哼了一聲。誰想知道他的事！

幾人剛回鋪子裡，就見祝家的一個小廝面色焦急的等著。

「請少夫人安。」小廝躬身行禮道。

「何事？」沈蘭溪問。

她出來時與祝夫人說過，世家女子雖不拋頭露面做生意，但租書的事，祝夫人遲疑片刻，還是允了。

「稟少夫人，刑部向大人來了，說是那案件查出些眉目來，夫人差小的來請少夫人回去。」

「這般快？」沈蘭溪問著，帶了三個婢女上馬車。

行至府門，就瞧見門外停著一輛車馬。

正廳裡，祝家主正與向淮之說著話，聽見動靜，皆抬眼看來。

沈蘭溪被兩人瞧得腳步一頓，卻也端莊上前行禮。「聽下人稟報，說是那案件，向大人查出些東西來？」

向淮之微微頷首，眼下兩團青黑瞧得人心疼。「秦嫣招了，說是受人指使進入沈家，但來不及做什麼便被送了官府。」

沈蘭溪點點頭，附和道：「是我太過聰慧，識破了她。」

向淮之嘴角一抽，又道：「她指出的那人，我讓人去查過了，但於昨夜死了。」

「大人知其身分？」沈蘭溪打直球道。

「那人名喚邱華，之前是白家的下人，只是年前不知為何被白家趕了出來，秦嫣說那人與她承諾，會為她報殺父之仇。」

雖只有幾句話，可其中訊息甚多。白家……京城之中的白家，便是國舅爺了。

至於殺父之仇，秦元壽死於藍音之手，卻是李乾景授意，這仇人，一個在刑部大牢，待年後問斬；另一個，則在府中幽閉。她要找誰尋仇，一目了然。

「此事牽扯甚廣，少夫人可要隨下官去一趟官衙？」向淮之問。

聞言，沈蘭溪連忙搖頭，委婉道：「秦嫣雖是由我送去了官府，但我一後宅娘子，不宜拋頭露面，還待郎君回來，再與大人商榷。」

去什麼官衙啊！大過年的去監獄會倒楣一年的！

第十七章

接連幾日，祝煊忙得不見人影，院子裡卻多了三隻兔子，湊在一起吃草。

不知是否勝在數量，相較老夫人屋裡的灰兔，祝允澄對這三隻關切得緊，每日都要跑來親自餵兔子，一來便是大半日。

老夫人瞧得酸，在沈蘭溪來請安時，道：「罷了，妳去讓人收拾一間屋子出來，澄哥兒搬去妳那院子住吧。」

天天跑來跑去，倒顯得她不通情理似的。

沈蘭溪還在咬蘋果吃，聲音清脆的讓人牙癢，聞言愣住了。

在炕上做功課的祝允澄卻是喜孜孜的笑了，乖乖站起來行禮。「多謝曾祖母。」

老夫人瞧他歡喜模樣，心口憋得慌，悶悶道：「你都不想曾祖母的嗎？」

祝允澄壓著飛揚的眉梢，克制道：「我每日還是會來陪曾祖母的。」

「乖曾孫真孝順，不像你父親，都幾日沒瞧見了。」老夫人摸他臉，欣慰道。

沈蘭溪對她這捧一踩一的誇讚見怪不怪了，只是思索，日後若是開小灶，還要多添一張嘴，開銷又大了，不知可否用祝允澄小朋友的壓歲錢呢？

在主院坐了一刻鐘，沈蘭溪起身告退，祝允澄立刻收拾東西要隨她一起。

「……你東西還沒收拾好。」沈蘭溪委婉道。

小廚房裡一早便燉上了乳鴿湯，現在回去滋味正好……

「我東西不多，他們片刻工夫就收好了。」祝允澄說著便興沖沖出了門，還扭頭體貼道：「我先前住的那屋子，母親也不必特意收拾，畢竟年前已經清掃過了。」

沈蘭溪無語。還好祝煊一早就出門了，那一小鍋的湯，便是分這小孩一碗，她也只是少喝兩口。

兩人先後出門，留得身後的老夫人氣得捂胸口，指著那沒心沒肺的兩道身影，與花嬤嬤道：「妳瞧瞧，妳瞧瞧，這活該是母子倆，一點都沒有對我這老太太不捨。」

花嬤嬤笑著寬慰。「小郎君心裡明亮著呢，是少夫人待他好，他才會這般喜歡少夫人。再者，小郎君也孝順，便是不在院子裡住了，也會每日隨少夫人前來給您請安的。」

「他母親教得好，這孩子也不認生，只盼著沈氏能一直待他這般好，別傷了這孩子的心。」老夫人嘆息道。

「容老奴托大說一句，少夫人也是個頂好的，眼神澄澈乾淨，待身邊人親和，您瞧少夫人身邊伺候的幾個婢女，哪個不是性情好的，這也是主家待她們好。待婢女尚且如此，待小郎君只會更好。」

那被賦予厚重希望的人，此時卻是帶狼回了窩。

一進院子，祝允澄就嗅得一鼻子香，勾得人肚子咕嚕嚕的響。

綠嬈估摸著時辰，已經著手擺膳了。

千絲餅、炒臘肉、麻婆豆腐、麻辣雞丁、一碗嫩滑的豌豆蒸蛋，還有熱氣騰騰的乳鴿湯。

祝允澄盯著桌上紅豔豔的菜色吞口水，一臉豔羨道：「母親吃得真好。」

沈蘭溪不承認。「是你父親想吃。」

祝允澄一言難盡的瞧她一眼，努力的點點頭。「……父親真饞。」

吃人嘴短，等他吃完再戳穿她！

頭上莫名被扣了一個鍋的人，此時正在刑部，手握一杯清茶暖身。

「小祝大人如何看？」向淮之也端著茶水，縮手縮腳的抵禦寒冷，問道。

「陛下既是說查，那便查。」祝煊飲了口茶。「其中牽扯了誰，與辦案之人無關，御史要秉筆直書，斷案官則要把陰暗下的事拋於日光中。」

「那等一會兒文書送來，還煩勞小祝大人與我一同去趟國舅府。」向淮之道。

「大人客氣。」祝煊望著外面灰暗的天色。

案情被推至表面，有些人，也藏不住了。

朝堂如何風雲詭譎，沈蘭溪不甚關心，一心忙著自己的書齋。

如今那鋪子，陳記的牌匾被撤了下來，沈蘭溪讓人重新打了一塊金燦燦的。

本是出來圍觀的人，此時卻被委以重任。

袁禛瘦胳膊瘦腿的踩上梯子，單薄的身子似是在風中飄零，瞧著有些可憐。

元寶本躲在一旁偷笑，瞧見那棉袍下發抖的腿時，猶豫一瞬，過去用雙手扶住梯子。

她才不是對他好呢，她是怕他摔下來，訛她家娘子的銀子。

「仔細些，那上面只是些金粉，切莫給蹭掉了……」沈蘭溪眼睛似是長在了那牌匾上，擔心的叮囑。

袁禛無語一瞬，道：「好歹也是世家貴族，作何這般斤斤計較？」

難怪他不覺得沈，還以為是自己身子好些了，現下想來，怕是裡面還是空心的。

「前幾日請你在薈萃樓用飯時，你可不是這麼說的。」沈蘭溪立刻反駁。「再說了，若是你掛的不牢，哪日掉下來砸到人就不好了，砸人家一個血窟窿不說，自己還損失慘重，又何必呢。」

「就是！」元寶仰著腦袋為自家娘子辯解。「我家娘子才不計較，是怕賊人為財偷了那金牌匾去！」

袁禛無語。強詞奪理，卻又不無道理。

正月十五，又落了一地的雪。沈蘭溪蜷縮著睡得正香，卻被人生生搖醒了。

「做甚？」她惱怒的凶他一句，眼皮又沈沈的合上，腦袋縮進被窩裡，像是貪暖的貓。

「時辰不早了，該起身了。」祝煊嗓音裡透著濃濃的睏倦，把那卷被子的人抱到懷裡，控訴的話說得溫和。「昨夜又搶被子，我都凍醒了。」

沈蘭溪腦袋埋在他胸口，整個人軟趴趴的，咕噥兩聲。「我都說了分被子睡嘛，誰讓你不聽勸。」

她也是成親後才知，自己不光是喜歡吃獨食，還搶被子。

祝煊才不聽，她是他娘子，他偏要與她睡在一床被子裡。

「快起身了，時辰不是算好了？若是耽誤了，怕是不能日進斗金了。」祝煊輕鬆拿捏她的命脈。

本還想賴床的人，聞言立刻滾了起來，風風火火的頂著一頭亂糟糟的頭髮跳下床，喚人進來伺候。

用過飯，沈蘭溪大搖大擺的帶著七、八個小廝一同出了府。那幾個小廝皆一身紅色短打，面色苦哈哈的。

袁禎一早就到了書肆，聽見動靜時，咬著個烤番薯出來，頓時眼皮直抽。

「這也是為討個吉利？」他面色一言難盡的問。

幾個大小夥子站一排，身上的紅色扎眼得很。

「自然不是。」沈蘭溪說罷，給了阿年一個眼色。

後者忍著羞恥拿出傢伙，「咚咚咚」的開始敲。剛學了兩三日，音不成音，調不成調，但也足夠吸引行人的注意。

不多時，書肆外便圍了一圈人，嘰嘰喳喳的議論聲不停。

沈蘭溪端莊嫻靜的站在一旁，綠嬈跟在身側。元寶悄悄看了眼她家娘子，觸到眼神，立刻扭頭喚那幾人開始展示。

幾人臊頭耷腦的穿上舞獅的衣裳，擺好陣型，鑼鼓一響，群魔亂舞。

袁禛看得直樂，晃到那一臉認真的人旁邊，小聲道：「妳家娘子真摳。」

這舞獅子的銀子都省，讓府裡的小廝來湊合。說她上心，一點銀子都不願出。說她不上心，但也確實熱鬧了。

元寶張了張嘴，有些無從反駁。「不許說我家娘子。」

袁禛勾唇一笑，好聲好氣的答應。「是，元掌櫃。」

元寶抿了抿唇，莫名有些臉熱。她當大掌櫃了耶！

舞獅隊退場，沈蘭溪還煞有介事的弄了剪綵儀式，牌匾上的紅綢被扯落，露出那金粉的字。

黃金屋——取自「書中自有黃金屋」。

沈蘭溪對自己取的這名字甚是滿意。

「恰逢佳節，黃金屋開張，不為旁的，實在是家裡的書冊放著浪費，索性拿出來安置在這鋪子裡，與各位娘子、夫人同觀換一樂。」沈蘭溪端莊有禮，這話也說得深明大義。

姿態擺足了，接下來哄人掏銀子的事便交給元寶了。沈蘭溪飄飄然的退場，心安理得的躲回馬車裡吃茶看熱鬧。

「冷不冷？去薈萃樓用飯？」一旁的祝煊問著，合上書冊。

沈蘭溪指間還挑著簾子一角。「不帶澄哥兒？」

鋪子裡的小小人兒，絲毫不知自己被丟下了，還在盡心盡力幫忙。

馬車行過東龍大街，忽地晃了一下，沈蘭溪整個人都倒在祝煊懷裡，後者眼疾手快的摟著她的腰，把人穩住。

「郎君，有刺客！」車夫厲聲喝道。

街上百姓尖叫著躲閃，熙攘吵鬧。

車簾被風吹起又落下，車轅上的車夫已經抽出長劍，與黑衣賊人廝殺。

祝煊從旁邊的小抽屜裡掏出一把匕首遞給沈蘭溪，面色凝重。「拿著防身，別怕。」

沈蘭溪手心裡不覺出了汗，嚥了嚥唾沫，被那冰涼激得打了個寒顫。

祝煊來不及說更多，抽出腰間的軟劍，那衝過來的黑衣人瞬間人頭落地，熱血灑在車簾上，觸目驚心。

「啊！」沈蘭溪驚呼一聲，連忙又捂住嘴。

二對六，那幾人明顯是衝著要人命來的，招招狠戾。

祝煊肩上被劃了一下，鮮血瞬間染上那翠竹花紋。

兩人死守著馬車，裡面的人不禁風雨。

忽地，一個身著絳紫色勁裝的人打馬而來，背後的刀出鞘，閃著寒光，橫著劈了下來，一人倒地，馬踏而過。

「吁——」駿馬嘶鳴，馬蹄揚起又落下，激起一片塵土。

馬背上的人一頭黑髮高高束起，身上沾染風雪的披風被吹得飛揚，瞧著那幾人的目光像是在看死人。

丹陽縣主翻身下馬，一刀劈下，那人後背瞬間撕裂開來，鮮血淋漓。

「這般好時節，你家主子卻連一日都等不得了嗎？」她目光凜冽，說著，躲開迎面而來的劍，一腳把那人踹翻在地。

一招一式，俐落又帶著鋒利。

五死兩傷，那來不及自盡的兩人，皆被她堵了嘴，由姍姍來遲的官兵帶走了。

打鬥停下，血腥氣卻未散去。

沈蘭溪軟著手腳掀開簾子，瞧向那帥得沒邊的人。

「多謝。」祝煊拱手道謝。

丹陽縣主掏出巾帕，仔細擦去刀上的血跡，「嗖」的一聲，刀回了鞘。

「不必。」她擺擺手，餘光掃到馬車裡探出來的腦袋，一怔，沒甚好氣道：「藏頭藏尾的做甚？要看便大大方方的來看。」

阿雲就從來不會這般。

沈蘭溪被罵了，卻瞧著她還是激動。來這兒二十年，她還從未見過這般厲害的女郎！

祝煊過去，扶著沈蘭溪下了馬車。「可嚇到了？」

沈蘭溪搖搖頭，上前兩步，認真答謝。「多謝丹陽縣主。」

「不必，本就不是為妳。」丹陽縣主冷著臉說。

「前面便是薈萃樓了，我去讓人喊褚睢安來，縣主一同用午飯吧？」祝煊邀請道。

丹陽縣主愣了下，隨即冷哼一聲，動作俐落的翻身上馬。「誰要見那壞胚子！」

沈蘭溪八卦的神經一動。

「駕！」丹陽縣主已然駕馬離開。

沈蘭溪戀戀不捨的瞧著越來越遠的身影，冷不防被人捏著下頷轉了回來。

「妳郎君在這兒。」祝煊冷清一句。

「丹陽縣主好生厲害啊！」沈蘭溪忍不住讚賞道。

祝煊盯著她瞧了一瞬，忽地悶哼一聲。

「我碰到你傷口了嗎？」沈蘭溪立刻回神。「先上馬車，回府請大夫來。」

祝煊眉頭舒展，任由她小心翼翼的攙扶。

剛至午時，原本在鋪子裡的人卻回來了，元寶哭花了臉，見到沈蘭溪時，一把抱住了她。

沈蘭溪手裡端著的湯藥晃了晃，褐色的汁液發著苦。她剛要開口，這姑娘卻是「哇」的一聲哭出了聲。

「嗚嗚嗚……嚇死婢子了……嗚嗚嗚……我都想好隨葬時帶些什麼東西了……」

沈蘭溪剛要感動，卻又被她這話逗笑了。

帶什麼？自是要帶金銀，這可是國際通用貨幣。

「我無事，好端端的，是郎君傷了。」沈蘭溪騰出一隻手拍了下她腦袋，手裡的藥碗卻被人端走了。

「我去端給父親。」祝允澄一副穩重模樣，對這哭哭啼啼的兩人無聲的搖了搖頭。

女子果真都愛哭，不像他，他就不哭。

半大兒郎穩步進了屋，床上的人雙眸緊閉，臉色蒼白，他難得見父親這般脆弱模樣，不由得腳步一滯。

床上的人聽見動靜，掀開眸子瞧來，與他對上視線，道：「過來。」

祝允澄捧著藥碗上前，屈膝跪在他床邊。「母親在外面，我便先把湯藥端進來了，已經溫熱了。」

他說罷，手執湯匙，作勢要餵他喝藥。

一聲輕響，發抖的手拿不穩湯匙，磕在了碗邊，幾滴褐色湯藥濺在了他手背上。

「我來吧。」祝煊伸手接過藥碗，上半身微微撐起，一飲而盡。

將空藥碗遞給他，他伸手，在他腦袋上輕拍一下，安撫道：「別怕，我無礙。」

許是祝煊難得這般溫情，小孩忽地眼眶泛熱，吸了吸鼻子，淚珠成串落下，嗚咽出聲。

「我方才都怕死了……他們說……他們說那兒都是血……嗚嗚嗚……」

心裡的害怕只要被勾出一點便再也壓不住，小獸般的泣不成聲瞧著可憐。

祝煊瞧了眼自己被抓著的一角衣袖，心裡嘆息一聲，伸手撫摸他的腦袋。「別哭了，你都九歲了。」

聞言，祝允澄帶著哭腔反駁。「母親說了，九歲也還是孩子，我可以哭的……嗚嗚嗚……」

門口，沈蘭溪剛抬起的一隻腳又縮了回去，有些無言。她何時說過這種話？

「娘子？」跟在後面的元寶瞧見她的動作，疑惑的喚了一聲。

「無事，我去瞧瞧湯羹是否燉好了。」沈蘭溪從善如流的轉身，提裙往小廚房去。

屋裡一大一小正哭著呢，她何必進去打擾？

夜裡，祝夫人和老夫人又來瞧過祝煊，西院方才安靜下來。

沈蘭溪梳洗出來，便瞧見那人靠坐在床上，手裡拿著本書在看。

「誰給你拿的書，不是都收到小書房了嗎？」沈蘭溪問著，腦袋湊了過去，視線觸及那些熟悉的字體排列時，忽地扯唇笑了，語氣裡的揶揄絲毫不藏。「郎君也愛看這話本子了？」

「閒來無事，打發時間罷了。」祝煊說著，將書冊合上放到一旁。「上來睡覺。」

沈蘭溪連忙搖頭。「大夫說了，你今夜多半會發熱，需得照看著些。」

她說著，在床邊的凳子上坐下。「你睡，我瞧著你睡。」

這一幕分外熟悉，祝煊想到那時，閉著眼聽著那輕微的咀嚼聲，鼻息間是她身上的清香和她懷裡食盒中蜜餞的甜。

「今夜還要抱一盒蜜餞？」他笑問。

沈蘭溪把擦頭髮的帕子扔到一旁。「不吃了，你會饞得睡不著。」

她湊過去，在他眼睛上輕碰了下。「閉眼，睡覺。」

祝煊喉間逸出一聲輕笑。自幼，除了祖母，他還是頭一回被這般哄著的。

「一會兒睏了，便上床來睡。」祝煊叮囑道。

沈蘭溪難得這般照顧人，體貼的幫他把蓋至胸口的被子拉到脖子上掖緊，只露一顆腦袋在外面。「不必操心我，郎君安心歇息。」

屋子裡靜得落針可聞，他的呼吸逐漸平緩。

沈蘭溪用來熬夜的話本子早已扔到一旁，雙手托腮，瞧著那逐漸入睡的人。

模樣俊朗，笑時眼睛會彎，現下卻因肩傷而面色發白，得好生將養著。

她不知祝煊今日那般護著她，是因她是他娘子，還是因她是沈蘭溪。

但她希望他平安，與祝郎君無關，只因他是祝煊。

夜半，祝煊果真燒了起來，臉色緋紅，難受得眉頭緊皺。

沈蘭溪急忙讓人喚大夫，小廚房的人著急忙慌的點燃灶火給他熬藥，本該是團圓夜，卻急得人心惶惶。

天亮時，祝煊身上的滾燙降了下來，嘴唇乾裂，他一動，挨著床榻睡著的人立刻驚醒了。

「嗯？怎麼？」沈蘭溪迷迷糊糊的問。

祝煊摸了摸她脆弱的脖頸。「我退熱了，不必再看顧，妳上床來睡。」

聞言，沈蘭溪摸了摸他額頭，又摸了摸自己的。「是不燙了。」

她嘟囔著，脫下鞋襪上床，挨著他又睡了過去。

輕微的鼾聲響起，祝煊才輕手輕腳的坐起，剛要穿鞋，身後傳來一道聲音。

「你做甚？」

「……如廁。」

「我扶你去。」那人說著便要動。

祝煊額上的青筋跳了兩跳，回手壓住她單薄的身子，忍著羞臊，問：「妳要瞧著我如廁？」

沈蘭溪對上他的視線，忽地有些臉熱，扯了被子罩住腦袋，翻過身背對他。

「那你快去快回，莫要扯到傷口。」被子裡的聲音甕聲甕氣的，細軟得勾人神魂。

祝煊瞧著那蠢蠢欲動的某處，無聲的嘆了口氣。

沈蘭溪一覺睡得昏天暗地，再醒來時，已經是下午了，腹中飢腸轆轆。

「醒了？」祝煊躺在她旁邊，手裡是她昨夜看的話本子，已經看了一大半。

沈蘭溪伸了個舒爽的懶腰，腦袋枕在他大腿上醒神。「你的傷如何了？可換過藥了？」

「大夫來換過了，起身吧，我讓她們給妳熱了飯菜。」祝煊左手伸過來，摩挲了下她粉嫩的耳垂。

肉嘟嘟的，很可愛。

「收斂些吧，你傷勢未癒，我可不想背負一個魅惑郎君的名聲。」沈蘭溪說著，腦袋故意壓過某處。

不等他來抓，她已一骨碌的坐起身，滾下了床，回首瞧他的神色難掩狡黠。

小混蛋！祝煊深吸口氣，讓自己靜下心，分散那些慾念。

第十八章

沈蘭溪被綠嬈伺候著梳洗完，阿芙已經擺好飯菜，桌前還坐著一個小孩。

「你晌午也沒用飯？」沈蘭溪委婉提醒。

這是給她留的飯菜！

祝允澄起身與她見一禮。「用過了，只是母親一人用飯著實冷清，我陪母親吃兩口。」

「……倒也不必。」

祝允澄似是沒聽出她的言中之意，挾了油光紅亮的鴨腿給她。「母親昨夜照料父親辛苦了，孩兒幫不了什麼，陪母親用一餐飯還是可以的。」

他說著，自己也挾了鴨腿，啃得美滋滋的。

熱過一次，倒是更入味了，真香呀！

沈蘭溪深吸口氣，勸告自己，不要與小孩子計較。

夜裡，院子裡的兔子少了一隻，沈蘭溪啃著麻辣兔肉，嘴巴都微微腫起了。

又辣又香，很夠味！只是……對面的小孩似是要哭了呢。

沈蘭溪咬了口麻辣兔頭，瞧向對面癟嘴的人，故作疑惑。「怎的不吃？」

祝允澄眼睛裡都憋出淚花了，忍無可忍的起身往內室跑，扯著嗓子與臥床休養的人告狀。「父親，母親把兔子吃掉了！」

祝煊無奈的嘆口氣，瞧了眼一臉委屈的兒子，坦言道：「本就是獵回來給你母親吃的。」

祝允澄嘴巴都張成一個圓，震驚得語無倫次。「怎、怎麼這樣?!我還每日餵牠們吃草，那都是我養的，我還拿了胡蘿蔔——」

忽地，帶著哭腔的話戛然而止。

少年郎嘴裡被人塞了塊兔肉，麻辣鮮香的滋味瞬間竄遍口腔，兔肉燒得恰到好處，瘦而不柴。不知是舌頭先動了，還是牙齒先咬的，左右不過他回神時，一塊兔肉已經吞進了肚子裡。

嗯……有點好吃……

祝允澄意猶未盡的嘸了嘸口水，目光落在那人端著的盤子裡，垂涎三尺。

沈蘭溪靠在一旁，故意問：「還要嗎？」

祝允澄想起自己方才說的話，面頰有些燙，不高興的噘著嘴不說話。

祝煊無奈的扯唇笑了下，在沈蘭溪的細腰上輕拍一下，教訓道：「沒有規矩，去好好坐著用飯。」

「哦。」沈蘭溪隨意應了一聲，施施然的端著麻辣兔肉走了。

祝煊又看向跟自己較勁的兒子。「本就是獵來吃的，不必想太多。」

祝允澄神色頗為不自在，哼哧哼哧的，小聲吐出一句。「父親下次帶我一起，多獵幾隻回來。」

祝煊無語。

祝允澄說罷，幾步出了內室。

祝煊一手捧著書冊，瞧得分心，尤能聽見外面兩人爭食的動靜。

就這般好吃？倒像是……養了個女兒似的。祝煊眼眸一震，倏地一張臉爆紅。

沈蘭溪吃飽喝足，終於等到了遲遲未歸的人。

「怎的這般晚？」沈蘭溪問。

元寶笑嘻嘻的把荷包掏出來遞給她，興奮道：「今日來了好多客人，娘子是沒瞧見，好生熱鬧，直至方才我才忙完，這袋銀子都是今兒賺的。」

沈蘭溪掂了掂，是有些沉。「賺得多自是好，但也不可太晚，妳一人這時回來，我總是不安心，好飯不怕晚，便是遲幾日，該賺的銀子也自會賺得。」

「婢子記下了。」元寶認真點頭，把她手裡的荷包又拿回來收好。

她明日可是要記帳的～～

「娘子今日沒出去，許是不知，聽說昨夜國舅爺的府宅燈火通明，被禁軍與羽林衛圍得跟鐵桶似的，還有兵器相撞的聲音，那條街上的人都聽見了，我今日也沒工夫去瞧，不知那府邸是不是真的被封了？」元寶嘰嘰喳喳的與她說自己聽來的閒話，說到最後，還頗為遺憾。

「若是傳得沸沸揚揚，那約莫是真的了吧。」綠嬈在一旁道。

「那可是皇親國戚啊！」元寶驚嘆一聲。「也不知犯了什麼罪，弄得那般大的動靜。」

沈蘭溪屈指在她腦袋上敲了下。「去用飯吧，這兒不用妳們伺候了。」

綠嬈笑了一聲，與捂著腦袋的元寶一同屈膝告退。

兩人剛走，沈蘭溪便迫不及待的進了內室，一把搶走床上的人手裡的書冊，眼睛亮晶晶的問：「郎君可知，昨日刺殺你的人是誰派來的嗎？」

那眉飛色舞的模樣，祝煊卻偏是使壞，不讓她如意，淡聲吐出幾個字。「國舅爺。」

沈蘭溪瞬間沒了樂趣，不高興的瞧他。「你如何得知的？」

祝煊勾唇一笑。「方才聽妳們在廊下說的。」

沈蘭溪哼了聲，忽地一頓，氣得捏他。「你誆騙我！前些時日你忙的案件，便是與國舅爺有關吧！若不是如此，他何至於昨日朗朗乾坤的行刺你？那是狗急跳牆了。」

「嘶——」祝煊趕忙抓住她的手，老實交代道：「那罪證，前日夜裡向大人便秘密入宮呈到御前，只是他們得到消息時已經遲了，若是所料不錯，向大人昨日應是也被行刺了。」

滅了他與向淮之的口，便是有罪證又如何？只要皇上不信，便無人能治得了國舅爺的罪。

白家當年擁護皇上登基，功勞苦勞皆有，是以，當時四品大家的白家，出了一位后。

沈蘭溪蹬掉鞋子上床，盤腿而坐，雙手托腮。

「但殺掉你與向大人又如何？皇上早就提防著外戚勢力了，他受白家掣肘多年，雖然京中勢力盤根錯節，他從前對抗白家許是蜉蝣撼樹，也或是沒有拔這棵樹的由頭，但如今，你們呈上白家的罪證，這般好時機，不論這罪證真假，皇上都會動白家。」

皇上當年便是在叔叔、兄弟間爭得皇位，又如何不知遲遲不立儲君的後患？

五皇子是中宮嫡出，除卻不受皇帝喜愛，便是皇上在提防外戚。

而上次攬香樓事件，皇帝對作死的三皇子和「受害者」五皇子各打五十大板，如今想來，約莫是為了制衡。

法術勢，三者如何平衡，是帝王窮其一生要學的。

「不可妄言。」祝煊捂她嘴巴。

朝堂之事，錯綜複雜，若是被有心人聽去並傳揚出去，多半會帶來災禍。但他也心驚，她竟能瞧得這般通透。

沈蘭溪拿掉他的手，輕聲說：「就關起門來說說嘛，郎君可莫要說出去……」

祝煊微微挑眉，瞧她不語。

「便是說出去了，我也不會承認的。」沈蘭溪歪了歪腦袋，悠悠的說完後半句，一副「我就無賴，你能奈我何」的架勢。

祝煊神色嚴肅的叮囑。「這話與我說說便罷了，除我之外，斷不可與旁人語。」

「知道。」沈蘭溪認真點頭，依偎過去，嬌聲嬌氣的道：「你這傷何時好？我想吃你烤的雞了，兔子也行。」

「……不給烤。」剛吃過麻辣兔肉，這又惦記起燒雞了？他連那兔子的味兒都沒嚐到。

「作何這般小氣？你若是嫌累，教教澄哥兒也行。」沈蘭溪的如意算盤撥得叮噹響。

「……他還小。」祝煊無奈扶額。

「也可以幹活了。」沈蘭溪理直氣壯。

不過一息，原本沒骨頭似的賴在祝煊身上的沈蘭溪忽地坐直，一雙眼睛圓滾滾的，透著些氣憤。「那我豈不是給人做了筏子！」

秦嫣之事，是她要計較的，人也是她送去官府的。

如今倒好，他們順著秦嫣這個小蝦米查到國舅爺身上，皇上查辦白家，於公於私，都是朝堂之事，而她沈蘭溪……哼！

「你們都……」沈蘭溪皺了皺鼻子。「顯得我好蠢哦。」

也虧她無心對這個朝代改變什麼，不然早就死無葬身之地了，哪裡還能這般開開心心的吃吃喝喝呢？沈蘭溪氣餒的嘆口氣，再次堅定自己的定位。上天沒有給她經世之才，也沒有對她委以重任，意外來這兒，只當是彌補她上一世社畜打工人的心酸吧。

「這世上之事，往往牽一髮而動全身，樹不靜，風不止，誰又能說自己一輩子都活得清醒明白呢？無愧於心，暢快一世便足矣。」祝煊輕拍她後背，讓那炸了毛的人放鬆下來。

「你是這般想的？」沈蘭溪頗感意外的問，直視那雙清淡的眸子。「你身在官場，世事浮沈，不怕有人會利用你嗎？」

「萬事都論是非對錯。」祝煊答。

「若那利用你的人是天子呢？你正直之名遠揚，若是當一把刀，最是鋒利不過。」沈蘭溪嘟囔一句，想起自己看的那些話本子，裡面落得悽慘下場的，哪個不是正直之人？一身錚錚鐵骨，卻留得身後污名，遭後世唾罵。

沈蘭溪中了邪似的趕忙搖搖腦袋。不能想這些，不吉利！等等，吉利？

「郎君，你昨兒見了血，破了我的財運！」沈蘭溪撒嬌似的靠在他身上，氣得蹬了蹬腿。

祝煊本還擰眉想她那一問，聞言，有些哭笑不得，一把摟住她的腰，不讓她亂動，哄道：「我的銀子都給妳。」

沈蘭溪才不要，她分的甚是清楚。「你那只是交給我保管，日常走帳都是從那裡走，只有我自己賺得，才是我的。」

當然，她的嫁妝也是她的，還有那寫了她名字的莊子和宅子～

沒等出正月，國舅爺罪名便已定。

結黨營私，買賣官爵，行刺朝廷命官，任是哪一樁拿出來都夠國舅爺以命謝罪了，白家滿門抄斬，奴僕流放，三日後行刑。

這一連串雷厲風行的雷霆手段讓眾人心驚，一時間風聲鶴唳，草木皆兵。

不過，這與沈蘭溪無甚干係。

自祝煊被行刺後，她便每日待在後院照料他，鮮少再出門。祝夫人只當她是被嚇著了，還特地讓粉黛來送過兩回東西，沈蘭溪都樂顛顛的收了。

「你這傷還要將養多久？」沈蘭溪瞧著他那結痂的傷口頗為無語。

聞言，祝煊頭也沒抬，自顧自的擺弄棋盤。「近日朝堂不太平。」

他雖然沒出府，但父親每日還是要上朝，外面的事，他知道不少。

外戚勢力被皇上連根拔起，各世家大族自是擔驚受怕，躲都來不及，又怎會往上撞？

他藉口養傷，也是父親的意思。

「可是我想去郊外的莊子泡熱湯了。」沈蘭溪委屈兮兮的道。那般好的湯池放著，簡直是暴殄天物。

「那便去。」祝煊極好說話，稍頓，抬眼瞧她。「是想我陪同？」

沈蘭溪連忙搖頭。「不必！」

有他在身邊固然好，但她也要有自己的生活，她是他的娘子，但她也是沈蘭溪。

「但你傷勢未癒，我若是去了莊子，怕是人家都知道你裝病了。」沈蘭溪苦惱道。

祝煊剛要開口，綠嬈忽地腳步匆匆的過來了。

「郎君、娘子，宮裡來人了。」

聞言，沈蘭溪眼睛倏地瞪圓，不會是誰惹事了吧?!「什、什麼事啊？」

一、兩句話之間，祝煊已然脫去外裳，只著青白色裡衣躺到床上，隨時可安眠。

沈蘭溪瞧他動作，瞬間反應過來，伸手打亂他剛擺好的棋局，又吩咐綠嬈。「郎君的湯藥還有剩吧？再去煎一副來。」

「是，娘子。」

院子裡的人剛忙活起來，外面進來一手執拂塵的人，笑咪咪的模樣甚是和善。

「見過祝少夫人。」

沈蘭溪與之頷首，端莊有禮，不卑不亢。「公公不必多禮，不知此次前來，是為何事？」

「咱家奉皇上之命，前來探望小祝大人，先前那狗急跳牆的，竟是行刺了小祝大人與向大人，皇上感念兩位大人之功，特派老奴帶御醫來瞧瞧兩位大人的傷勢，祝少夫人可否行個方便？」

剛受傷時不見派御醫來，現在都好了卻來了？

沈蘭溪在心裡翻了個白眼，對上那笑咪咪的一張臉，神色為難道：「不瞞公公，我家郎君方才剛換了藥歇下，不知是否與這次的行刺有關，郎君夜裡睡不著，也就白日裡才能歇息片刻，但一聽見動靜便會醒來，睡得極不安穩，整個人都瘦了不少，不是我攔著不讓公公見，便是我，也不敢在他睡時進屋，只怕驚擾了他。」

雙方沈默一息，沈蘭溪擰眉，無奈的嘆了口氣。「但皇恩浩蕩，皇上惦記著郎君傷勢，特讓公公前來，我若是攔著，只怕公公回去也不好交差。」

她說著，又是一聲嘆息，似是妥協般的道：「這樣吧，公公隨我來，還請這位太醫且先在此等等。」

沈蘭溪退一步，受命前來的公公自是也見好就收的退了一步。「咱家便謝過祝少夫人體諒了。」

沈蘭溪點點頭，在前面輕手輕腳的帶路，整個人輕盈得像隻展翅的蝴蝶。

倒是苦了跟在她身後的太監，躡手躡腳的模樣像是在做賊。

剛行至廊下，沈蘭溪忽地止住腳步。「祝——」

「噓！」沈蘭溪示意他噤聲，微微彎腰，動作輕緩的脫下腳上綴著珍珠的繡鞋，潔淨的足襪直接踩在了地上。

她脫完，回頭瞧他，一副無奈模樣。

太監無語。行吧，他也脫。

兩人將鞋子脫在廊下，一前一後的往屋裡走，卻是聽不得半點動靜。

繞過屏風，在距床榻兩米遠的地方，沈蘭溪再次停下，意欲明顯。

在這兒看兩眼就行了。

太監微微點頭，仔細打量床上「熟睡」的人，面色是有些白，若有似無的可瞧見青色裡衣裡露出的一截細白布巾。離得遠，瞧不真切眼下是否有烏青，但呼吸很輕，唇色淺淡，確實不是大好的模樣。

原地停了幾瞬，兩人再次做賊似的往外走，不生一點動靜。

「我家郎君為皇上辦差，是他為官之責，他受傷，我便好生在旁伺候照料，只盼著他能早日好起來。」

沈蘭溪說著，一副泫然欲泣的模樣，用帕子拭了拭「眼淚」，哽咽著又開口。

「公公也瞧見了，這傷還得將養著，母親也操勞，每日都會讓人送人參雞湯來給郎君滋補，外傷且如此，他一文弱書生遇刺，心理創傷更重，也不知何日才能不藉湯藥而安穩入睡。」

太監嘴角抽了抽，他還是頭一回聽見這心理創傷……若是人人都這般，見點血便不能睡，那誰還能上戰場？

不過想想，小祝大人是個風光霽月的君子，與那些大老粗可不同。

「那……咱家能為小祝大人做些什麼？」

沈蘭溪掩下眼裡的狡黠，苦瓜臉道：「哪裡敢煩勞公公，您整日在御前當差，想來也是辛苦的，皇上派您與太醫前來，已是天大的殊榮，待郎君醒來，我定會與他說的。」

「既如此，那咱家便不多叨擾了，咱家回宮，定會如實稟報皇上，還有祝少夫人的辛苦。」

沈蘭溪道：「您有差事在身，我也不敢多留了。」

她說著，側頭吩咐綠嬈。「去裝兩袋熱茶來。」

「天兒冷，您與那位御醫大人拿著暖手也是好的，裡面的茶水算不得多好，但喝個香，公公可嚐嚐。」沈蘭溪八面玲瓏的賄賂使者。

「那咱家便卻之不恭了。」太監笑咪咪的接過那水囊似的東西，觸手溫熱。

「公公客氣。」沈蘭溪也笑。

兩個暖手袋，她還是送得起的，也不甚心疼。

把人送走，沈蘭溪立刻風風火火的進了內室，脫去髒了的足襪。

祝煊瞧她動作，略一挑眉。「方才光著腳進來的？」

「他要進來瞧你傷勢，總得尋個由頭，讓他不要看見你紅光滿面的模樣。」沈蘭溪坦言道。

祝煊輕笑一聲，替她穿上乾淨的足襪。「皇上派人來，名義探望，實為催促，任妳將人唬得天花亂墜，我明日都得去上朝了。」

沈蘭溪不高興的鼓起臉。所以，她剛才一通操作猛如虎，傷害不過二點五？

翌日早朝，祝煊瞧見那本該回漠北的人立在前頭時，頓時眉心一皺。

李昶許垮著一張臉，冷眼瞧著那為君為父的人收了他手上的漠北兵權，另派旁人前去，還要跪謝聖恩。

「沈青山何在？」龍椅上的人不怒自威，讓人不敢定眼去瞧。

「末將沈青山，參見皇上，吾皇萬歲萬歲萬萬歲！」沈青山跪著行禮，一顆心卻是跌至谷底。

他家沒有爵位，先前他參軍漠北，也是衝著成安郡王去的，眼下郡王被卸了兵權，困在京城，他要如何？

「好兒郎！」皇上誇讚一句，也不知有幾分真心實意。「朕給你選擇，你是想隨陳將軍駐守漠北，還是想去太原府做千戶？」

去漠北，有官職無品級，但卻易立戰功，來日青雲直上也不無可能。

去太原府做五品的千戶大人，雖是安穩，但想挪地兒便難了。

這是在試探他的野心啊……

是要光耀門楣，還是安於現狀，趨於平庸？

「承蒙聖恩，末將有幸入大殿，面聖顏，此等大事不敢自專，末將聽從皇上旨意。」沈青山恭敬的把這難題送了回去。

皇上狀似沈吟片刻，道：「那沈將軍便替朕去駐守太原府吧。」

「臣叩謝聖恩！」

前車之鑒，朝上無一人進言反駁，退朝時時辰尚早。

「正卿與淮之留下，朕讓御醫來給你們把脈瞧瞧。」皇上溫和道。

御醫把脈是真，有事吩咐也是真。

「朕收到密函，說是杜大人貪墨，去歲朕撥給雲溯馬場的銀子，一半都進了他杜行知的口袋，朕雖是不信，但雲溯的馬匹確是死了近半。」皇上面色凝重。「此事，朕派你二人協同查探，定要查明真相，切莫辜負朕的期望。」

「臣，遵旨。」

祝煊與向淮之從殿內出來，對視一眼，皆是苦澀。

「唉，要變天了，小祝大人保重啊。」向淮之兩撇八字鬍被寒風吹得凌亂，苦哈哈的道。

「風雪大，向大人當心些。」祝煊朝他微微頷首，並肩出了宮門，登上了自家馬車。

行過一家不起眼的茶樓，馬車停下，祝煊掀起衣襬上樓。

「祝二郎怎麼還不來？」褚睢安灌了一肚子水，等得不耐。

對面那人也沒好多少，餓得心慌。「誰知道老頭子留他說甚了，磨磨唧唧的。」

話音剛落，廂房門被推開，男人一身朱紅官袍，甚是打眼。

「這般急躁。」祝煊信步而入，在一側坐下。

「總算來了，去去去，催菜去。」李昶許蹬了旁邊的褚睢安一腳。

懶人屁股沈，褚睢安不願動，推諉道：「來得最遲的去。」

祝煊略一挑眉，剛要動，卻被李昶許一把摁下了。

「他這朝服不夠打眼？」李昶許說著瞪了祝煊一眼。「就故意不換常服。」

說罷，他紆尊降貴的親自去催菜了。

祝煊含笑，認下了他的話。

李昶許回來得很快，搓著手挨著炭盆坐下。「你那傷好透了？」

「本就不算嚴重。」祝煊喝了口熱茶，眉眼間放鬆了些。

「有夠丟人的，還得丹陽來救你。」褚睢安哼了聲，嘲他。

祝煊略一挑眉，不認自己丟人，道：「丹陽縣主武藝高強，怕是梁王您也不是其對手。」

褚睢安面色立刻虎了起來，換個姿勢，剛要開口，忽地想到在那林間，被推得腰背撞上樹幹，唇上覆上的柔軟，頓時面皮發熱，不吭聲了。

那個小野蠻，奈何不得啊。

「說起來，你和丹陽也老大不小了，你何時娶她？」李昶許不耐的問。

褚睢安一怔，苦笑著搖搖頭。「娶不了。我一個被圈養在富貴裡的異姓王，去娶皇親貴胄的縣主，這是主動把腦袋送給你父皇砍啊。」

若只他一人便罷了，他願豁出這條命，但是王府上下六十七條命，他賠不起。

「你就不怕他哪日塞個女人給你？或是把丹陽送去和親？」李昶許咬了咬牙，偏要掙得他一個態度。

這麼些年，丹陽待褚睢安的心意，全京城的人皆知，卻遲遲未等來什麼。

「時也運也，運也命也。」褚睢安低沈著聲，有些無力。

祝煊一盞茶飲盡，撥開這話。「你先前不是說，過了十五便回漠北嗎？」

提起這事，李昶許便煩躁得抓了抓腦袋。「還能如何？老子打了幾次勝仗，他怕了，怕養一頭狼在漠北，來日搶了他這萬里江山，這不，收我兵權，也圈狗似的把我困在這京城。」

做的什麼父子？分明是在養狗。

「倒是你，先前瞧中了沈家在朝中不起眼，越過一眾世家，與沈家結了親。」褚睢安說著忍不住嘲笑。「可如今呢？看走眼了吧，祝二郎。」

祝煊笑著搖搖頭。

沈家的塵封舊事，已然過了二十餘年，若不是此次國舅爺想要往沈家安插人手，恰好被他查到，怕是這輩子都不會知曉。

沈蘭溪只以為林氏在公堂上說的話是在哄騙人，但不論是那位名喚青羊的女子，還是她小娘紫衣娘子，都是真的，只身孕之事不盡然。

沈岩當年剛及弱冠，便一頭扎進了京城，一時間聲名鵲起，誰不嘆一句少年英才？只是可惜，朝堂中黨派林立，拉攏他的人眾多，他選擇一方，勢要得罪其他黨派，想要他命的人便翻了幾番。

紫衣娘子便是站在當今皇上那一派的國舅爺送給沈岩的，他推拒不得，只得帶回府。那位紫衣娘子在他後院住下，月餘後還有了身孕，藏在懷安巷裡的人也接了回來，少年夫妻，心性驕傲，一旦離心，便再無轉圜的可能。

夫妻情分消磨，沈岩在朝堂上卻是屢有建樹。

歷朝以來，剛過弱冠之年便掌禁軍的，只他一個，一時風光無量。

那幾年，禁軍兵強馬壯，而沈岩所遇的行刺之事疏忽平常，直至有一日，沈青山險些死在惡人劍下，那英才少年折了腰，不再是校場裡英姿煥發的兒郎，而是混跡青樓酒肆的浪蕩之徒，那雙手拿不動刀、握不穩箭，肩上的擔子沒了。

從禁軍都督放為五品末名小將，有官無職，像是盛開一夜的曇花，自此無名。

李昶許挾了塊肉送進嘴裡。「沈青山是個做將才的好苗子，放在太原府練兵，可惜了。」

「那也沒法子，你父皇今兒哪是給他選，分明是自己早就想好了的。」褚睢安說著搖搖頭，頗為無語。

說是讓沈青山自己抉擇，但他若是敢選去漠北，只怕是沒命再回來了。

「那老頭，心眼兒賊多。」李昶許說罷，倒了杯酒。「碰那權勢做甚，有酒有肉，日子便痛快了，來，碰一個！」

「碰！」褚睢安激情道。

祝煊無奈，只得放下筷子，斟了杯酒，與他倆輕碰一下，抿了口。

第十九章

祝煊下值回來，徑直去了正院。

先前他突然受傷，正月十五也沒一起吃頓餃子，又養了半個月的傷，如今到了二月，才能補上這頓團圓飯。

屋裡已經許久不曾這般熱鬧了，祝煊方才進院子，便聽到裡面傳來的笑鬧聲。

「郎君。」候在門口的婢女屈膝行禮。

祝煊微微示意，掀起簾子進屋。

幾人圍坐在一起，手邊放著一堆布料，顏色鮮豔明亮。

「郎君回來啦，過來瞧，我給你買了料子！」沈蘭溪興沖沖的與他招手。

祝煊幾步過去，被她拿一塊絳紫色的料子在身上比劃。

「怎的，挑了這個顏色？」祝煊有些不自在的問。

他甚少穿得這般明豔，也就過年時被她哄騙著穿了那新衣。

「先前見縣主穿這個，身揹大刀，甚是英姿颯爽。」沈蘭溪說著，皺了皺眉，又搖頭。

「郎君不適合，罷了，留著給祖母做衣裳吧。」

老夫人胸口一噎，氣道：「他不要的便給我？我也不要！」

那神色，猶如鬧脾氣的稚童。

「哪裡是郎君不要？分明是祖母穿這個顏色比郎君好看，最是雍容大氣不過。」沈蘭溪張嘴就來。

老夫人嫌棄又挑剔的瞧了眼她手裡的料子，滿是皺紋的臉動了動。「拿來我仔細瞧瞧。」

沈蘭溪笑嘻嘻的遞給她。「您看這錦緞、這花紋，雖是不打眼，但做成衣裳穿定當貴氣，我挑了好久呢。」

「成吧，勉強給我做一套春衫來，若是難看，我可不穿。」老夫人驕矜道。

「那當然，怎能讓您穿醜衣裳呢？」沈蘭溪連忙附和。

祝煊聽兩人妳一言我一語的，等了片刻才問：「怎的買了許多布料回來？」

沈蘭溪往嘴裡塞了個果子，小尖牙一咬，迸濺得滿嘴汁水，甜甜的，她坐在暖炕上晃了晃腳。「書肆上月賺的銀子對好了帳，今兒去分了分，我便買了這些布料回來。」

雖只開張半月，但是賺的銀錢比她想的多了不少，她一高興，給元寶買了兩隻燒鵝，又買了這些布料回來。

不為旁的，就是這半月她吃了不少老夫人和祝夫人送來的吃食，總要回贈一二。

「曾祖母，何時做衣裳呀？我想穿了。」祝允澄站在老夫人身旁，拿著一塊橙色布料往自己身上比劃，澄淨的眼裡遮不住興奮。

祝煊眼皮抽了下，穿這顏色，怕不是會變成一顆圓滾的橘子。
「瞧你急的，問你祖母何時做。」老夫人沒好氣道。
平日的吃穿用度何曾虧待過他？怎的一副沒穿過新衣裳的模樣，惹人心肝疼。
祝夫人溫溫一笑。「明日我便讓裁衣師傅上門來，把二娘買的料子都做成春衫穿。」
沈蘭溪點點頭，咬了口蘋果，又道：「不必給郎君做了，這些顏色都不適合他。」
「好。」祝夫人道。
祝煊無語。所以，他們都有，獨獨沒有他的？
「你父親的也不用做，他的衣裳都穿不完。」祝夫人垂著眸子道。
「他便是做新的，也就那模樣，算了，不必浪費這料子。」老夫人附和道。
祝家主剛進門，便聽得這麼一句，隨即問：「要做春衫了？」
老夫人連忙搖頭，語氣篤定。「不做不做，都去廳堂用飯吧。」
祝家主無語。他都看見炕上的那堆布料了……
陳醋辣椒油，再加點蒜泥拌一拌，白胖的餃子進去滾一圈，一口塞進嘴裡，唔……真香！
沈蘭溪埋頭吃飯，對面前各種餡料的餃子雨露均霑，再配一口涼拌雞絲，麻麻辣辣的真絕！

吃到一半，祝煊方才說了自己要去雲溯的事。

「這剛開春，那裡且冷著呢，你傷勢剛好，禁不起凍，多帶些厚衣裳去。」老夫人心疼道。

沈蘭溪嚥下嘴裡的餃子，眼睛一亮，喃喃道：「那裡的牛羊肉很好吃。」

老夫人嘴角一抽，瞧著她有些無語。這哪裡是嫁了人，分明是來她家當小娘子的！好吃好穿的供著，又不操勞半分心思。

「正卿，你回來時，若時間寬裕，給這個饞嘴的帶些羊肉回來吧。」老夫人沒好氣道。至於牛肉，甭想了！春日還要靠牛耕地呢，誰敢殺牛吃肉，怕不是想蹲大獄了。

聞言，祝煊輕笑一聲，應了下來。

沈蘭溪笑嘻嘻道：「多謝祖母，祖母真好，最是疼愛小輩了！」

「一點吃的就這般模樣，一副沒見過世面的樣子。」老夫人嫌棄道，又側頭與祝夫人道：「這時節各家該辦賞春宴了，妳帶她多出門見見世面，沒得小家子氣，丟我臉面。」

祝夫人忍笑。「是，母親。」

沈蘭溪聽得漫不經心，又往嘴裡塞了塊醬肘子，醬汁濃稠，肘子軟爛入味，甚是好吃。

春日宴啊，一群小嬌花爭奇鬥豔，無趣。

當夜，祝煊便收整行裝，沈蘭溪悄悄給他塞了幾張銀票進去，想了想，喚來綠嬈讓她找些東西來。

祝煊沐浴出來，便瞧見她拆開他收好的包裹，阿芙正往他要帶的幾件衣裳上縫著什麼。

「這是做甚？」祝煊走到沈蘭溪身邊，垂眼瞧。

好傢伙，一大塊鐵塊！

「這玄鐵，我方才讓人去鐵鋪買的，有點貴，你記得還我銀子。」沈蘭溪依在他身上說。

當著下人的面親熱，祝煊有些難為情，推著她站好，不給她靠。「這個縫在衣裳裡？」

再是打得薄，這麼大一塊，也著實是沈。

「雖你沒說，但此去定也有危險，後背沒有要命處，前胸卻是不然，用玄鐵護著，便是刀劍無眼，你也不會有性命之憂。」沈蘭溪神色懨懨的道。

祝煊嘴角一抽，深吸口氣，提醒道：「金絲軟甲也穿不破。」

那個比這玄鐵輕省許多……

「那不是貴嘛。」沈蘭溪理直氣壯。

花的可是她的銀子，若不是她喜歡他，便是連這玄鐵片她都不會給他買。

「……我有銀子。」

沈蘭溪不解的瞪圓眼。「那你做甚不自己買？」

若是他買了，這買玄鐵的銀子她便能省下了！這男人，真賊！

祝煊閉嘴了，也沒去拿箱子裡穿過多年的金絲軟甲，接受了她這沈甸甸的關切之心。

他娘子，唉……著實與眾不同。

天亮前，祝煊帶著阿年和幾個暗衛走了，沈蘭溪醒來時，已然天光大亮。

尋常她醒來，也早已不見祝煊人影，但今日卻格外悵然若失，擁著被子在床上發了好一會兒的呆才起身。

「去與祝夫人說一聲，我一會兒出門去瞧瞧鋪子。」沈蘭溪吩咐綠嬈道。

「是，娘子。」

鋪子裡的人不少，多是結伴而來的小娘子，元寶忙得焦頭爛額，瞧見沈蘭溪進來時，險些要哭了。

「娘子……」元寶喚了一聲，便要上前。

沈蘭溪連忙擺手。「不必招呼我，妳忙吧。」

元寶無語。她就知道，她家娘子才不會幫忙呢！

不過，沈蘭溪也是疼她的，打發了綠嬈去幫她，自己繞過幾排話本子的書架，走到裡側那排，隨手拿了一本地理雜記，坐在椅子上看了起來。

元寶瞧見沈蘭溪的動作，一臉詫異的與綠嬈咬耳朵。「娘子今兒怎的不看話本子，卻是去翻看郎君送來的書冊了？」

綠嬈偷笑，也小聲道：「娘子呀，是想郎君了。」

元寶更迷糊了，撓撓腦袋。「可是郎君不是今日剛走嗎？」

「傻姑娘，等妳有了心上人便懂了。」綠嬈道。

沈蘭溪從前學地理，東西半球算時差，著實讓她頭疼得緊，之後見到地理相關的書冊都是繞路走，現下瞧著祝煊看過的這書，卻也不覺枯燥乏味了。

上面注解不少，筆跡尤顯稚嫩，與他平日模樣相似，卻也有不同之處，寫這注解的小祝煊，比現在的他要古板許多，見解生澀，卻以大人的口吻一筆一畫的落下，古板又可愛。

沈蘭溪瞧得認真，不時蹙眉，或是勾唇淺笑，沒察覺到旁邊打量她的視線。

元寶卻是不依了，炮仗似的衝過來，拉著那幾個男子的衣袖趕到門口。

「掌櫃的這是做甚？」那男子撫了撫衣袖，一臉不悅。

元寶雙手插腰，擋住他的視線，氣呼呼的道：「你說做甚！你們是來看書的，還是看人的？登徒浪子，也想靠近我家娘子，去撒泡尿照照自己，你配嗎！讓你這樣品性的人進我鋪子，都髒了我腳下的地！哪裡涼快哪兒待著去，再敢驚擾我店裡的女客，我就報官來抓你！」

她罵得舒爽，一轉眼卻瞧見另一側倚著門框嗑瓜子的人，登時氣焰滅了，惱道：「你、你瞧我做甚！」

袁禛晃過來，掏出一個橘子給她。「很甜的，嚐嚐。」

「什麼狗屁租書鋪子，妳就是請爺來，爺都不來！」男子被罵了個狗血淋頭，頓時也火冒三丈的罵。

「就是，自己拋頭露面出來，我們就是看了又如何，真要有本事，妳就去報官抓我們啊！」另一男子絲毫不懼的耍無賴。

元寶伸出去的手還沒抓到橘子，立刻柳眉倒豎，剛要開口，就被袁禛拉了下手腕，把那金黃的橘子塞進她手裡。

「誰請你們來的？不是你們自己巴巴的跑來的？」袁禛說話很慢，語氣很輕，就連臉上淺淺的笑都像在嘲諷。「在這裡鬧事，這幾位……爺？是嫌大獄太空了，你們幾個想盡一點棉薄之力？」

外頭的動靜，自是引得裡面的人瞧了過來，沈蘭溪也聽見了，屁股穩穩的坐著沒動。這鋪子既是交給元寶打理，便是要讓她獨當一面，好的，不好的，她都要學著去管，若今日自己替她料理了那幾個，對她反而不是好事，只是……

「你倆何時這般相熟了？」沈蘭溪意有所指的瞧了眼她手裡的橘子。

元寶眼珠子轉了轉，剛要開口，卻聽她幽幽的補了一句。

「說實話。」

元寶洩了氣，坦誠道：「先前袁禛言語戲弄過我，我便不待見他，後來娘子租了他的鋪子，有一次著實太忙，我便覥著臉去尋他幫忙了。之後，他時不時會過來瞧瞧，若是人多，也會留下幫忙，這、這一來二去不就熟了嘛。」

沈蘭溪在她腦袋上點了下。「仔細著些，他心眼多，莫要被騙了還幫他數銀子。」

元寶嘟了嘟嘴，不依道：「他能騙我什麼呀。」

袁禛一個月賺的銀子怕是比她一年都多，哪裡瞧得上眼？她也沒有旁的東西給他騙。

「騙妳啊，傻子。」沈蘭溪恨鐵不成鋼的道：「若是他循序漸進的待妳好，哄騙妳做他媳婦兒呢？要妳給他生小孩呢？」

「娘子在說什麼啊！」

元寶已年過十六，雖是未開情竅，但也不是不知事的小孩了，頓時唰的一張臉爆紅。

「自己注意著些，別傻傻的把一顆心交出去，他若想傷妳，太容易了些。」沈蘭溪忍不住對她叮囑。「先前我便說過，不管在哪裡過日子，手裡有錢，身邊有人，才會過得舒心自在，要記著。」

「哦。」元寶呆呆的點頭，臉頰上的紅霞尚未褪去，捏著小橘子在手心打滾。

沈蘭溪瞧她動作，又氣不打一處來。「我是缺妳吃的了嗎？一個橘子也值得妳這般抓著。」

她說罷，喚了綠嬈來。「去買些點心果子來，挑貴的。」

綠嬈忍著笑，應聲去了。

不多時，沈蘭溪親自拿了一包點心和一兜橘子給隔壁那人送去了。

都是聰明人，袁禛瞧見那一兜子橘子便笑了，無奈道：「少夫人多慮了，袁某對元寶並無惡意。」

「誰知道呢？」沈蘭溪在一套文房四寶前駐足。「袁郎君心思可比我細，我怎敢放過那些蛛絲馬跡？若是哪日人財兩空，我找誰說理去。」

「袁某可立諾，不會利用元寶。」袁禛神色認真道。

沈蘭溪輕笑一聲，抬手摸了摸那硯臺上的花紋。「我沈蘭溪最是不信諾言，元寶自小便跟著我，身邊人簡單，她也養得單純了些，袁郎君若想圖謀什麼，別牽扯她，但若是有旁的心思，那便是你們二人的事，我也干涉不得，只一點，」她說著轉過身來，臉上含笑，卻是不達眼底，視線堅定的瞧著他。「她若是哪日傷了、疼了，我定會如數還給袁郎君。」

沈蘭溪回去時，粉黛剛走。

「少夫人，這是夫人方才讓人送來的帖子，說是讓您瞧瞧，想去哪家的賞花宴。」阿芙拿著一疊帖子交給她。

沈蘭溪隨手翻了翻，都是有名有姓的世家，從前不曾見過。

「去還給母親吧，就說我一切聽她的。」沈蘭溪道。無甚有趣，她自是不願多花心思。

「是，少夫人。」阿芙說著屈膝退下。

綠嬈端來熱水伺候她淨手，問：「娘子，可要婢子端些點心來？」

「不必，嗯……替我研墨吧。」沈蘭溪擦淨手道。

寬大的書案是祝煊尋常用的，筆墨紙硯也是他的，沈蘭溪素手執筆，一手攬著寬大的衣袖，下筆如有神。

雖我長得好看，但他們瞧我的眼神著實惹人煩，元寶讓他們撒泡尿照照自己，罵的可好了，得我真傳……我還看了你幼時讀的書，注解得好好啊，小正經好可愛，與澄哥兒倒是不甚相像……

祝允澄回來時，沈蘭溪還在寫，嘴裡叮囑道：「不許先行用飯，等等我！」

「哦。」祝允澄淨了手，過來瞧她，鮮少見她提筆，不由得疑惑。「母親在寫什麼？」

「給你父親寫家書。」沈蘭溪坦然道，最後兩個字收尾，拿起來吹了吹上面未乾的墨。

父親才剛走一日便寫家書，也太黏人啦！祝允澄腹誹一句，上前翻看那厚厚的紙張。

「二、三……五頁！」祝允澄大為震驚。誰的家書這麼厚啊？這還只是她一人寫的……

「不知不覺便寫了這麼些，放著吧，等你父親回來拿給他看。」沈蘭溪放下手裡的毛筆，去淨了手，迫不及待的在飯桌前坐好。

祝允澄懵懵的，這是什麼時興的家書？

「不、不寄出去嗎？」他問。

「寄出去做甚？這樣冷的天兒，送信之人豈不受累？」沈蘭溪振振有詞。「左右他回來便能看見了，作何多此一舉？」

多此一舉？祝允澄不懂，但他不問了，乖乖坐好吃飯。

沈蘭溪挾了雞翅給他。

祝允澄立刻挾起來吃。看，他乖就會有雞翅吃！

「母親，何時再烤兔子吃？」祝允澄咬著雞腿，想起那夜他們三人烤的兔子，有些饞了。

「你父親不在，我不會。」沈蘭溪嘆氣道。

「我會啊！」祝允澄立刻道。

「那……一會兒加個消夜？」

一拍即合的兩人，沒再搶肉吃，快速吃過飯，祝允澄也沒等催促，便乖覺的去做功課了。

沈蘭溪卸去頭上的髮飾，換了一身舒服的衣裳，裹著披風等那小學生寫完作業烤肉吃。

片刻後，祝允澄又過來了。「母親，這是我今日的功課，請母親檢查。」

沈蘭溪心中哀號，怎麼還有這個流程呢？

「之、之前也沒有檢查……」沈蘭溪無語道，被學業支配的恐懼讓她哆嗦。

「之前都是父親檢查的。」祝允澄有理有據，隨即又問：「母親是不會我學的這些嗎？」

語氣之真誠，模樣之懇切。

沈蘭溪立刻挺直了腰板，雙手接過他手裡的本子，是一篇策論。

這有啥看不懂的，不就是一篇議論文嗎?!

論的是土地，世家大族圈占土地，百姓手中的地皮不過二三，賦稅徭役繁重，百姓苦不堪言，卻是養肥了那些世家大族，糧食價高，尋常百姓一日兩餐，每餐湯水果腹，困苦艱難。

三要素中的「是什麼和為什麼」寫了，卻是沒寫怎麼辦。

「寫得……有些空泛。」沈蘭溪委婉點評道。

一抬眼，便見那小孩蹲在她面前，目光灼灼的盯著她。

……有點像小狗狗。

「我們養條狗吧。」沈蘭溪突然道。

祝允澄灼灼目光立刻散了去，頗為無語，提醒道：「您在檢查我功課。」

「啊，對。」沈蘭溪點點頭，收回發散的思維，問：「你父親平日如何檢查的？」

「就是看我哪處寫得不好，跟我說該如何改進。」

聞言，沈蘭溪立刻自信道：「你寫得太過空泛，筆墨著重寫了百姓的艱難，原因沒有剖析深刻，該如何解決也沒有提出見解。」

這不也挺簡單的嘛，比她上學的時候簡單多啦！

祝允澄為難道：「但我們自己便是世家啊，每日吃的這般好，想來家裡也是有許多田地的，我……」

沈蘭溪瞬間懂了他的意思，沈吟片刻道：「世事沒有那般絕對的非黑即白，並非所有占有田地的世家都是壞的，比如說，若是生了戰事，世家開墾土地，種的糧食能供養多少人的性命，後方糧草安穩，前方將士才能安心打仗，兩者相契。

「只是，世家占田，在盛世安穩之年，確實於民生不利，百姓生活困苦也是現狀，要如何解決此事便是重中之重。你且年幼，先生也還未教你們這些，不必氣餒，能懂人間疾苦，沒有問出為何不食肉糜的話，便是你父親與母親用心教導之成果了。」

突然被誇獎，祝允澄有些彆扭的扭了扭身子。「但、但我還是想吃烤兔肉。」

「走！」沈蘭溪立刻興沖沖道，放下他的功課，率先出了屋子。

還是吃吃喝喝更適合她！

翌日，沈蘭溪被綠嬈喊了起來，穿衣梳洗，裝扮得明豔大氣。

昨夜吃了一頓小孩的黑炭兔子肉，鬧了大半夜的肚子，她也太慘了些。

「少夫人得快些了，馬車已經備好了。」阿芙進來稟報道。

沈蘭溪點點頭，打了個呵欠，端起湯羹一飲而盡，又往嘴裡塞了一筷子的麻辣雞，才意猶未盡的起身。

她們今日赴的是杜大人家的賞春宴，說是賞春……

「說是賞春，實則是各家未成婚的兒郎與娘子相看，妳不必拘謹，若是怕，跟在我身邊便是。」祝夫人親和的與她道。

沈蘭溪點點頭，忽地問：「宰相大人家的賞春宴好吃嗎？」

祝夫人無言一瞬，點頭。「好吃。」

「那便成了，母親不必擔心我。」沈蘭溪自在道。

馬車在杜府門前停下，沈蘭溪率先下車，一副恭順賢良的模樣攙扶祝夫人。

祝夫人愣了一下，把手遞了過去，瞧她一眼，欲言又止，又瞧一眼，剛要開口，宰相夫人已經迎了上來。

「見過侯夫人。」

「嫂嫂不必多禮。」祝夫人親熱的上前道，又喚沈蘭溪。「二娘，這便是宰相夫人，可喊一聲伯母。」

沈蘭溪乖順道：「二娘見過伯母。」

「哎喲，這就是正卿媳婦兒吧，果真生得標緻。」宰相夫人歡喜道。

沈蘭溪點點頭，也不知是在應前面那句，還是後面那句誇讚。

「是模樣好，這孩子性子淡，從前鮮少出門，旁人也沒見過，我帶她來與各家見見，日後遇到了也別不認得，被欺負了去。」祝夫人頷首道。

綠嬈跟在沈蘭溪身側，聽得眼皮一抽，連忙垂首遮住神色。

也就在祝夫人眼裡，她家娘子是被欺負的那個……

沈蘭溪笑得溫婉，語氣輕柔。「母親體恤，二娘感激涕零。」

「瞧瞧妳，好福氣，得這樣懂事感恩的媳婦兒。」杜夫人一臉豔羨。「快進去吧，外面忒冷。」

杜夫人打發了貼身婢女引沈蘭溪兩人進了府。

祝家門第高，一路行來少不得要停下與人寒暄，沈蘭溪跟在祝夫人身旁充當花瓶，笑得溫柔嫻靜。

直至……

「見過侯夫人、祝少夫人。」陸夫人臉上的笑微微僵硬。

沈蘭溪一改方才的安靜，突然往後退了一步。

旁邊瞧著的一眾女眷神色複雜。先前就聽聞陸夫人對祝少夫人……如今瞧來，只怕傳言不假。

「原來是陸夫人。」祝夫人微微頷首，又側頭瞧沈蘭溪。「怎麼？」

沈蘭溪抿了抿唇，漸漸紅了眼眶，道：「是二娘失禮了，只是……只是先前陸夫人告誡二娘，說我是……說我是山雞飛進了鳳凰窩，不配與她站在一處。」

越說越小聲，還隱隱帶了哭腔。

雖小聲，但也足夠一旁的人聽見了，眾人頓時皆瞧向隱忍怒氣的陸夫人。

「二娘是我家明媒正娶的少夫人，倒是不知，陸夫人對此頗有微詞。」祝夫人收起臉上的笑，身上的氣勢逼人。「二娘無錯無過，陸夫人這般捏著她的門第羞辱，這便是陸家人的教養？」

圈子。

陸夫人瞬間白了臉。

若說沈蘭溪只是這事占一些嘴上功夫的便宜，祝夫人這邊便是把陸家踢出了世家大族的圈子。

「再者，我祝家且有長輩在，二娘即便做錯了什麼，也自有我這個婆母和老夫人來教導，陸夫人越俎代庖之舉，實在沒道理。」

方才還熱鬧的園子，瞬間變得靜悄悄的，旁觀者神色複雜。

陸夫人垂在寬袖裡的手隱隱發抖，垂首道歉。「先前是我說錯話了，對不住，還望侯夫人、祝少夫人……海涵。」

沈蘭溪似是沒聽出她語氣中的憋屈，反倒略一頷首的應下了，語氣輕軟。「我母親是大氣之人，不會與陸夫人計較的，我也大氣，從不記仇，陸夫人只要記著，日後不要這般羞辱其他小娘子就好了，和氣生財，陸夫人家的四郎成親時，夫人莫要忘了給我遞一張請帖，畢竟我們因此而結緣嘛。」

眾人無語。這是不記仇？

沈蘭溪笑得大氣。她就是這樣一個睚眥必報，見一次報一次的人呀！

身分使然，沈蘭溪不主動搭理，卻禁不住有人往她身邊湊，言語裡皆是試探。

「侯夫人待祝少夫人可真好！」

沈蘭溪道：「嗯。」

「聽聞侯老夫人很是嚴厲，可是真的？」

沈蘭溪道：「祖母很好。」

「聽聞侯府的祝小郎君很是桀驁不馴？」

沈蘭溪說：「是有些孩子氣，但郎君與先夫人把他教得很好。」

「那……祝郎君可心悅祝少夫人？」

沈蘭溪平靜無波的眸子總算漾起一絲漣漪，她抬頭瞧向那單純無辜的女子，沒開口。

「祝少夫人莫要生氣，我不是有意的，若是不好說，那我便不問了，不會為難祝少夫人的……」那女子弱弱的道，模樣跟小白兔似的。

沈蘭溪桃花眼微挑，故作柔弱，瞧著比她還無辜。「啊？我生氣了嗎？」

話音落下，她又道：「我只是在想，該如何答這位妹妹的話，是我不好，讓妹妹誤會了呢。」

那女子臉上故作嬌柔的笑僵了僵。「那……」

這是偏要一個回答了？

沈蘭溪眉眼一動，臉上盡是嬌羞。「哪有好人家的女兒這般說情愛的，妹妹真不知羞，不像我，我只會說郎君待我很好～～」

綠嬈閉了閉眼，有些耳朵疼。

「但是，郎君總要歇在我屋裡，好累人哦！」沈蘭溪繼續火上加油。

這煩惱的甜蜜，被她強行塞到了眾人嘴裡。

綠嬈都要憋不住了，額角的青筋直跳。這差事好累人，她好想去鋪子裡幫元寶啊！

沈蘭溪吃飽喝足後，跟著祝夫人離開了杜家。

祝夫人說的不假，宰相大人家的飯菜是好吃的，尤其是……

「時辰尚早，我可否去瞧瞧妳那鋪子？」祝夫人突然出聲。

沈蘭溪愣怔一瞬，隨即點頭。「自是可以，母親去了，那是給我添臉面了。」

祝夫人被她這話哄得發笑。「妳先前也沒說，家裡也有好些鋪面，位置什麼的都好，若是早知妳要開那租書鋪子，也能給妳騰出一間來。二郎也是，妳面皮薄，不好開口，他竟是也沒說一句。」

沈蘭溪從小抽屜裡掏出個橘子，剝了皮遞給她。「我也是一時興起，哪裡就用得上那樣好的鋪子了？那些鋪子還是用來賺租金吧，澄哥兒每日都是要吃肉的。」

她玩笑似的道，一口大鍋甩給不在場的小孩。

祝夫人輕柔一笑。「澄哥兒瞧著胖了些。」

沈蘭溪附和的點頭，他搶了她好多肉，她都險些瘦了……

「夫人，少夫人，到了。」外面車夫出聲道。

下了馬車，沈蘭溪帶著人往自己鋪子裡去。

金燦燦的牌匾在日光下熠熠生輝，瞧得好不刺眼。

午後人少，只幾個小兒郎坐在桌前看書，手邊放著筆墨紙硯，還有一杯茶水和一碟點心。沈蘭溪瞧一眼便知，那茶水點心是元寶送去的。

祝夫人也瞧出了端倪，低聲道：「做得不錯。」

家境貧寒的兒郎，若想憑藉科考出人頭地，本就比世家子弟艱難許多。不說旁的，筆墨紙硯昂貴，書冊更甚。

「也是郎君之功，他整理了些書冊給我，這才有學子在這裡抄書。」沈蘭溪絲毫不貪功。

祝夫人點點頭。「世家多藏書，卻是無人像妳一般，把這書拿出來租賃出去，給旁人也看看，到底是狹隘了。」

沈蘭溪汗顏。那是他們沒見過圖書館，圖書館看書都不用錢的。

兩人也沒多待，看過後便走了，回府後才分開。

祝夫人沒回自己的院子，徑直去了主院。

「回來了？」老夫人懷裡抱著灰兔子在打瞌睡。

「母親安好。」祝夫人行禮。「回來路上，兒媳去瞧了瞧二娘前些日子開的鋪子。」

「如何？」老夫人睜開眼睛。

「雖不算大，但幽靜整潔，二娘指去管鋪子的丫頭也機靈，有幾個貧寒子弟在那裡抄書，那丫頭還上了茶水點心，想來是二娘吩咐過的。」
老夫人哼了聲，明顯是滿意的。「還算沒墮我名聲，妳讓人盯著些，若是那鋪子裡的帳目周轉不開，便從我這裡給她拿一點。」
祝夫人笑了笑。「兒媳記下了。與母親說這事，也是想與母親商量一下，可否將藏書房裡的書冊謄寫一些來，給二娘放到鋪子裡？」
老夫人思索片刻，點點頭。「都說藏書價值千金，但總歸來說，那是死物，唯有人活學活用，方可發揮其價值。妳去與那丫頭說，既是要做，便要做好，我在城南有一間鋪子，還算大，也拿給她去用吧。」
「兒媳代二娘謝過母親。」祝夫人道。
城南住的都是平頭百姓，那裡若開一間鋪子，便給那些讀書人行了極大的方便。
「哼，她怕不是還會嫌我多事呢。」老夫人驕矜道。
「怎會？」祝夫人無奈的笑道：「二娘孝順，這不，鋪子剛賺了銀子，便用來給大家買了料子。」
聞言，老夫人問：「那衣裳幾時能做好？」
「已經讓裁衣師傅拿去做了，約莫十天半月才能送來。」祝夫人莞爾一笑。
昨兒還說澄哥兒著急，今兒自己不也是？
西院的沈蘭溪剛提筆與祝煊寫信，說著今日發生的事，便聽阿芙說了城南鋪子的事。

老夫人怎麼還給她找事呢?!

「祖母可說了賺的銀子如何分？」沈蘭溪直接問。

「鋪子歸少夫人管，賺的銀子也歸少夫人。」阿芙道。

沈蘭溪喜上眉梢，在那寫得滿滿當當的紙上又落下一句。

祖母交給我一間鋪子，「黃金屋」要開分店啦！盼郎歸，居時與我同賀！

「少夫人，還有一事。」阿芙剛要往外走，忽地又折了回來。

「何事？」

「咱們院裡小廚房的師傅，他母親病了，他家鄰居上午特地來與他說，等不得少夫人回來，他先行出府去了，今晚約莫趕不回來做飯了。」

「哦。」沈蘭溪想了一瞬。「那今晚去祖母院裡用飯吧，澄哥兒在梁王府學武，想來是留在那裡吃了。

「對了，明日若他還未回來，便讓人去瞧瞧，跟綠嬈說一聲，從我帳上拿五兩銀子去，若是有能幫得上的，便幫襯一把。」沈蘭溪叮囑道。

員工表現得好，她的慰問也要跟上呀！

「是，少夫人。」

夜裡，沈蘭溪蹭飯蹭得心滿意足，沐浴後，便打發元寶幾個去歇息了。

屋裡的燭火昏暗，寂靜得很，她有些想祝煊了。

思忖一瞬，踩著鞋去研磨鋪紙。

見信如面，這是今日的第二封信，無甚事，就是在睡前突然想到了你。不知郎君行至哪裡了，可有飽食？院裡的做菜師傅有事離府，我去祖母院裡用了晚飯，祖母還讓人特意給我加了菜……深夜絮叨，好吧，是我想你啦！

「母親可歇息了？」門外忽地響起一道聲音。

沈蘭溪手裡的筆險些劈叉。「進來吧。」

祝允澄瞧見她坐在書案後，便忍不住扶額。哪有人日日都要寫家書的？母親也太黏父親啦！

沈蘭溪上下打量他一圈，連忙阻止他靠近的腳步。「站那兒別動！」

祝允澄不解，大眼睛裡寫著懵。「嗯？」

「你身上都是土，別沾到我身上。」沈蘭溪直言道：「你尋我何事？又要檢查功課？」

「今日不檢查，我明兒放假，可晚些再寫。」祝允澄說罷，摸了摸自己的肚子。「母親，我餓了。」

「那你去廚房找東西吃啊，尋我做甚？」沈蘭溪一臉不解。

「廚房沒有吃的，母親都沒給我留飯菜，之前妳還給父親留了呢，就我沒有。」祝允澄委屈道。

沈蘭溪為自己辯解。「你既是去梁王府學武，自是會留在那裡用飯啊！再者，做菜師傅今日不在，院子裡沒有吃的。」

她說罷，視線飄到自己吃剩的點心盤上。「不如，你墊墊胃？」

「母親，我餓……」

半刻鐘後，兩人鑽進廚房，髒兮兮的小孩被指使去燒火，臉都在用力。

沈蘭溪搜出些麵條，和已經滷好的雞腿和雞爪。

「沒有饅頭，煮麵條吃吧。」沈蘭溪道。

「好，多謝母親。」祝允澄很好說話，眼巴巴的瞧她動作。

沈蘭溪無聲的嘆口氣，使出了前世煮麵的深厚功力。

熱氣騰騰的麵條，放了些鹽，上面燙了兩朵青菜，還臥著一顆荷包蛋，旁邊鍋裡的滷雞腿也熱了。

「吃吧。」沈蘭溪把麵條推給他，自己挾了個雞爪啃。

完全是按照她的口味滷的，還軟軟糯糯，入口即化，好好吃！

「方才大舅帶我與褚睢英去了校場，那裡的將士都好厲害啊！」祝允澄突然開口，與沈蘭溪交代。

「哦，他們要保家衛國，很辛苦。」沈蘭溪搭話。

「褚睢英說，他日後也要當大將軍，我想了想，還是決定將來以文入仕。」祝允澄小聲道。

這話倒是惹得沈蘭溪抬眼看了過去，她又挾了個雞爪。「為何？」

祝允澄呼嚕呼嚕的把麵條吃完，才小聲回道：「我想成為父親那樣的人。」

聽得這話，沈蘭溪倒是毫不驚訝。

小孩的啟蒙老師多是父母，有祝煊這般好的先生，這小孩的一言一行與想法，自是會受其影響。

「你父親若是聽見這句，怕是會抱著你親兩口。」沈蘭溪故意誇張道。

那般情緒內斂之人，哪裡做得來這樣的舉動？

祝允澄愣了一下，忽地臉頰爆紅，羞臊道：「父親才不會呢，而且，我都長大了。」

沈蘭溪瞧了眼他把麵湯喝完的空碗，指使道：「自己把碗洗了。」

「哦。」祝允澄應了聲，去舀水洗鍋碗筷子。

他從前沒有幹過這活兒，做得不甚俐落，碗不時碰到鍋。

沈蘭溪靠在一處瞧著，絲毫沒有幫忙的打算，看著他收拾好準備走，才提醒道：「把灶膛裡的火滅了。」

畢竟是烤過兔子的人，這事算簡單。

祝允澄幾下滅了那星星點點的明火，等了片刻，沒再著起來，這才起身。

兩人一前一後出了廚房。

「今日多謝母親，這麵很好吃。」祝允澄在她身後道。

沈蘭溪沒有回頭，丟下一句「早點睡」，便抬腳進了自己屋裡。

她沒回頭，自是沒瞧見身後那兒郎一雙眸子亮晶晶的。

「這還是我第一次吃到母親親手做的飯菜。」祝允澄小聲嘟囔一句，似是在與天上的一輪彎月訴說自己難掩的心情。

第二十章

沈蘭溪進了屋，在那沒寫完的家書上又留下一句，才重新刷了牙，心滿意足的去睡覺。

進入二月下旬，晌午的日頭越發好了。

廊下靜置一張搖椅，躺在上面的人似是睡著了，臉上搭著一塊繡著海棠花的帕子，身上蓋著披風，陽光落在上面，像極了一幅歲月靜好的畫。

祝允澄坐在椅子上，哼哧哼哧的抄書，一抬眼，瞧見那舒懶的人，不由得心生羨慕。

真好，他也想去躺著曬太陽！

但是，沈蘭溪說抄一本便給他五兩銀子呢！

祝允澄那曬成小麥膚色的臉上糾結不過一瞬，還是繼續低頭抄書了。

他還是更想賺銀子啊，沈蘭溪的生辰就要到了，他還未給她備好生辰禮呢。

院子裡寂靜，只依稀聽得見風吹過樹枝的聲音，一道腳步聲逼近廊下，風吹來了他身上的檀木清香。

祝煊動作輕緩的拿走那張芙蓉面上覆著的帕子，剛要端詳這日思夜想的人，卻是猝不及防的被一道力勾著脖頸下壓，對上那雙狡黠的狐狸眼。

「郎君這般偷偷摸摸的做甚？」沈蘭溪先發制人的開口。

祝煊輕笑一聲，手指把她被吹到臉上的碎髮撥到耳後，拇指忍不住摩挲那嫩白玉似的耳垂。「怎的睡在這裡，仔細染風寒。」

「曬太陽啊！」沈蘭溪與他眨眨眼。「郎君方才想做甚？親我，還是抱我？」

她問得直白，故意勾他紅臉。

祝煊耳根染上霞光，有些窘迫的斥責道：「青天白日的，莫要這般不正經。」

不過，他方才確實是想要抱她回屋……

「咦，少兒不宜！」祝允澄聽見動靜，剛興沖沖的抬腳出來，瞧見那二人姿勢，嘟囔一句，急急忙忙的又退回屋裡。

祝煊身子僵了一瞬，輕咳一聲後站直，道：「回屋吧。」

沈蘭溪不想動，朝他伸手。「要郎君抱。」

祝煊有些難為情，站著沒動，垂眼瞧她。「別鬧，澄哥兒在呢。」

沈蘭溪不依。「那我不回，你走開，莫要擋我的太陽。」

她說著，伸手推了他一下，只那輕飄飄的力道，明顯是在氣惱的撒嬌要他哄。

祝煊嘆口氣，彎腰把這小祖宗打橫抱起，步伐穩健的往屋裡去。「就折騰人。」

「若我去折騰旁人，郎君才該哭了。」沈蘭溪理直氣壯。

祝煊瞬即腳步一頓，眼睛危險的瞇起。

沈蘭溪毫不畏懼的與他對視。哼哼哼，就氣你！

祝煊冷哼一聲，在她臀上輕拍了下。「妳敢？」

沈蘭溪突然像是一隻被摸順毛的貓，乖了，只埋在他胸口的臉頰有些熱。

這樣的祝煊，她也好喜歡呀！

屋裡，祝允澄坐在書案前抄書，一副目不斜視、認真專注的模樣，堅決不抬頭瞧那兩人。

哼！父親總是教訓他注意禮儀，他自己還青天白日的抱抱啊！

被放在軟榻上的沈蘭溪，輕扯了下祝煊腰間的大帶。「此次可有受傷？衣裳脫了給我瞧瞧。」

祝允澄瞬間瞪大眼睛，不可置信的瞧向裡間。

他還在這兒啊！

祝煊輕咳一聲，壓下要燎原的火，道：「沒有傷。」

他說罷，似是生怕沈蘭溪扯他大帶，連忙又道：「我給妳帶了肉乾回來，很好吃。」

「牛肉乾？」沈蘭溪來了興趣。

祝煊剛要點頭，有人坐不住了。

噠噠噠的腳步聲靠近，身後響起一道脆生生的聲音。「父親，我也要吃！」

祝煊閉了閉眼，喉嚨裡滾出一個字。「好。」

他回來後先進了宮，一回府便先回了院子，還未去給老夫人請安。

「一起去吧，祖母收到你今日回來的消息，早早的就讓人準備飯菜給你接風洗塵了。」沈蘭溪道。

這麼久沒見寶貝孫子，老夫人早就望眼欲穿的盼著了，一見到人，便直呼瘦了，得好生補補。

祝夫人也是方才過來的，一雙眼睛在自己兒子身上掃了一圈，雖瞧著有些疲累，但瞧著無恙，這才安心不少。

沈蘭溪見怪不怪的耷拉著耳朵聽著，拆開那風乾的肉，撕了一小塊扔進嘴裡，瘦而不柴，很有嚼勁。

「這一路餐風露宿的辛苦了，臉色也不甚好，祖母讓人燉了湯，一會兒多喝一碗。」老夫人心疼道。

「多謝祖母。」祝煊道，拿來另一個包裹。「孫兒帶了些東西回來，勞祖母給各院分一分吧。」

布兜打開，裡面大塊的寶石險些閃瞎人眼。

沈蘭溪嘴裡還嚼著肉乾，一雙眼睛長在了那塊通透又紅得似是滴血的雞血石上。

好漂亮啊！

那塊藍色的也好看，像是寫滿了神秘的海洋色，還有那……

「瞧著品相不錯，正好那饞嘴的要過生辰了，正好給她打一副頭面來。」老夫人摸了摸那沁涼的寶石道。

祝煊側眼，瞧向那看得挪不開眼的人，摸了摸自己袖袋裡的盒子，故意道：「娘子要過生辰了？」

沈蘭溪倏地瞪圓眼睛，立刻譴責道：「你竟是不知！」

祝允澄吃著香噴噴的肉乾，卻是不念及自己的父親，拱火道：「我都知道的！父親竟然不知，唉！」

祝煊瞧向吃個不停的胖兒子，險些氣笑了，互相扎刀道：「少吃些，你都胖了。」

祝允澄絲毫不聽他這話，又往嘴裡扔了一條肉乾，振振有詞。「哪裡有胖，我去歲的衣裳還穿得下呢。」

聞言，沈蘭溪立刻乘機告狀。「就是胖了，你還搶我的肉吃！」

「妳吃的比我多！」祝允澄是小，但不傻，急乎乎的為自己辯解。

「我比你高，自是吃得多。」沈蘭溪驕傲道。

祝允澄捏了捏小肉手。「哼！再過兩年我也會長高的！」

祝煊被他倆嘰嘰喳喳的吵得頭疼，悄聲往後退了兩步，在一旁的椅子上坐下，瞧戲似的看。

自沈蘭溪在祖母面前放開性子，這院裡就難得安靜，難為祖母沒訓斥這兩人沒規矩，兀自與母親商量那寶石料子打些什麼首飾。

祝煊喝了杯熱茶，疲憊漸漸浮了上來。

「你先回去歇一會兒吧？離開飯還有兩個時辰呢。」沈蘭溪靠過來，小聲道。

兩人親親膩膩的，甚是惹人眼，老夫人抬眸掃了過來，心疼乖孫道：「祖母讓人早些擺飯吧，你父親晚些回來隨便吃兩口就行了，不等他了。」

沈蘭溪驚訝。

這樣也行？

吃到嘴裡的酸辣魚告訴她，這樣還真行。

祝家主下值回來時，幾人剛剛放下筷，瞧見一桌子的殘羹冷炙時，愣了。

「回來了？」老夫人說了句，扭頭吩咐婢女。「去讓人煮碗麵來，有什麼菜隨便放一點就行，不用麻煩。」

婢女嘴角抽了抽，絲毫不敢抬頭去看祝家主臉色，屈膝應了聲是，匆匆走了。

祝家主啞言一瞬，也明白過來，瞧向自己兒子，問：「此行可還順利？」

「尚可，多謝父親記掛。」祝煊道。

老夫人瞧不下去了，打發他道：「快回去歇息吧，瞧那臉色差的。」

沈蘭溪吃飽喝足，也順勢告退。

西院，祝煊在裡面沐浴，沈蘭溪讓綠嬈收拾他包裹裡的髒衣服，明兒拿去清洗。

「娘子，這玄鐵可還要留著？」綠嬈問。

沈蘭溪搖搖頭。「拆下來放好，過些時日送去鐵匠鋪，熔了打一副燒烤架子來吧。」

綠嬈含笑。「娘子是又饞肉串了？」

沈蘭溪單手托腮，一雙眸子輕合，想起那鬧市小巷裡的煙火氣，呢喃道：「夏日夜裡，燒烤配酒，最是痛快了。」

話音剛落，腦袋上被敲了下，祝煊頭髮濕濡，肩上單薄的裡衣也被打濕了。「去沐浴吧。」

說罷，又側頭與綠嬈道：「這裡不必伺候了。」

「是，郎君。」綠嬈屈膝退下，體貼的替他們關上了門。

沈蘭溪睜開眼，就著燭火瞧他，面容疏朗，只著裡衣的他少了幾分生人勿近的清冷感。

「那玄鐵打了烤肉架子，不給我用了？」祝煊調侃似的道：「還是說，等妳先吃幾次，再換成現在模樣？」

沈蘭溪的手有些不安分，捲起他的衣帶把玩。「你明明有金絲軟甲，做甚哄我玩？」

祝煊眉眼一挑，顯然沒料到她會知曉。

「前幾日收拾春衫時，我讓阿芙把你的衣裳也拿了出來，瞧見了。」沈蘭溪解惑道。

她說罷起身，手搭在他肩背上按揉。「肩膀不瘦嗎？」

「還好，」祝煊抓住那柔弱無骨的手。「便是馱一個妳，如今也輕省了。」

這話是哄她，卻是把自己搭了進去。

那軟得似是沒有骨頭的人依了上來，攀附著他，嬌聲嬌氣的扯他衣襟。「那我要檢查一下，嗯……郎君馱我去沐浴吧。」

郎君入了狐狸洞，猝不及防的被人潑了水，青色的絲緞裡衣頓時黏在了身上。

祝煊瞧向那使壞的人，眉眼間盡是無奈和偏寵。「鬧人？」

沈蘭溪一臉無辜的開口。「哎呀，沒注意到郎君在那兒站著，對不住。」

毫無誠意的道歉，似是隨口一說罷了。

那雙眸子在他精壯的胸口繞了繞，又笑。「郎君又濕了呢～～」

喉結滾了兩圈，祝煊深吸口氣，還是忍不住上前，不待那人逃，便一把抱著她放進了熱水池裡。

鼓的鼓，細的細，白瓷似的肌膚裡透出些粉，他的手指在她細白的脖頸上打轉，不時碰到那濕濡的衣裳。「誰濕了？」

沈蘭溪被撩撥得紅了臉，卻還是不服輸，抓著他的手，帶他挑開自己的衣襟。「沾了水呢。」

祝煊瞬間眼睛著了火，胸口迅速起伏幾下，甘願入了她的湯池水。

翌日一早，沈蘭溪全身痠疼的醒來，身旁的位置已經沒人了。

她剛要喚人，就聽見有壓低的聲音從外室傳來。

「……母親都給我檢查了。」雀躍的小聲音帶著些輕快，說罷，還意有所指的又補了一句。「母親也會仔細與我說，還不會像您這般訓我。」

祝煊眉梢動了下。「從前我不是這般給你檢查功課的？」

心平氣和的說話，怎麼就是訓他了？

祝允澄有些心虛的扯了扯衣角，但還是梗著脖子反駁。「您與母親說話就是和風細雨的，對我就不是……」

越說越小聲，他也不知自己何時起，才覺察出這些區別的。

祝煊按了按額角，努力使聲音聽著輕緩。「既是你母親檢查過了，我便不看了，去練功吧，一會兒過來用早飯，夠和風細雨了嗎？」

祝允澄見鬼了似的，臉上的表情一言難盡。「夠、夠了……」

他說罷，便撒丫子跑了。

床上的沈蘭溪聽得憋笑，縮在一團被子裡打滾。

「還不起？」祝煊進來，手上拿著她的衣裳，被炭火烘過，暖暖的。

「你去給祖母和母親請過安了嗎？」沈蘭溪坐起身來問。

這個時辰，已經過了平時請安的時候。

「嗯，祖母沒有責怪妳。」祝煊道。

沈蘭溪自是知道。

她生性懶，有時起遲了，索性用過早飯再過去，或是去與老夫人一同用飯，老夫人瞪過她兩次，也懶得計較了，有時還會特意與她說，明早吃好吃的，讓她不必來了。

得了特意叮囑，沈蘭溪自是會早早起床，恭敬有禮的去蹭飯。

祝允澄練功回來，漱洗後換上一身橙橘色的袍子，像是行走的晨陽。

「母親，我衣裳破了，還請母親幫忙縫補。」祝允澄跑進來，躬身行禮道。

沈蘭溪一個頭兩個大。「去尋阿芙來，讓她幫你縫補吧。」

「阿芙姊姊在忙呢。」祝允澄道。

沈蘭溪無法，使喚他去拿了針線來。

這小孩不知怎麼回事，自那夜給他煮了麵，便三不五時拿些小事來找她。

「哪兒破了？」沈蘭溪問。

嗯……收幾兩銀子合適呢？

「這兒。」

沈蘭溪看著那還沒有他手指粗的一個縫隙，沈默了。

有錢人家的小孩都這般嗎？不過是漏了一個針腳啊！

祝煊在一旁看書，充耳不聞，只唇角緩緩勾起。

哪裡是非她縫補不可？只是想親近她罷了。

沈蘭溪懶得多說，穿針引線的去給他補了那一針，卻是卡在了第一步。

「唉！」祝允澄嘆了口氣，一副小大人的語氣道：「還是我幫母親穿針吧。」

那手哆嗦得他都沒眼瞧啦！

沈蘭溪直接把針線遞給他，心裡腹誹，若不是昨夜那頭狼予取予求，她閨中典範沈二娘，何至於此啊！

今早的小廚房準備了牛肉湯麵和水晶蒸餃，還有兩碟素菜。

用過早飯，祝煊便換上官服出門了。

「這筆銀子當真沒送去雲溯養馬場？」向淮之震驚道：「莫不是真的如皇上所說……」

他話沒說完，與祝煊對坐著，搓了搓自己被歲月摧殘得皺巴巴的臉。「我這半月也查了，但是沒查到什麼。」

祝煊喝了口茶，靜默半晌，道：「這筆銀子若只是被貪了便也罷了，但若是被做了旁用，總會留下痕跡。」

「你的意思是，先從這銀子查？」向淮之問。

祝煊頷首。「如今銀子沒送到雲溯是事實，至於是不是杜大人貪墨還未可知，既是從杜大人處查不到什麼，那便先查那百萬兩的銀子。」

「但皇上的意思……」向淮之為難道。

那日皇上說的話，顯然是信了那密函的。

「若那送密函之人當真有證據，又何須你我二人查探？」祝煊挑眉道。

向淮之瞬間後背冒了冷汗，汗毛豎立。

「會試在即，京中不可有大動作，那我先行讓人查碼頭與各出京關卡吧。」向淮之嘆了口氣，起身。「但願此事當真與宰相大人毫無干係才好。」

祝煊也不久留，與他一道往外去，隨口問：「今年科考之事，安排給哪位大人？」

聞言，向淮之腳步一頓，四目相對。

「宰相大人？」

「這是做甚？」沈蘭溪瞧書架上的許多條子，有些無言。

元寶湊過來，笑嘻嘻道：「娘子忘了？今年有春闈啊，不知是誰傳揚說咱們鋪子裡有郎君的文章，許多學子慕名而來，貼了條子在這兒，許願一舉奪魁。」

沈蘭溪嘴角抽了抽，真把祝煊當成孔夫子不成？但她這兒也不是孔子廟啊！

「他們好無聊，有這工夫多溫習一遍書冊不好嗎？求人不如求己。」沈蘭溪吐槽道。

她不求神拜佛，自是不知神佛在他們心中的分量。

「娘子別氣，左右不過一旬，科考完，婢子就把這些條子撤掉。」元寶哄她，又壓低聲音道：「這些讀書人甚是大方，這幾日賺的銀子比往日多了一倍呢！」

沈蘭溪瞬間眼睛發光，立刻大方道：「給他們貼，若是地方不夠，後面那牆也可貼。」

「好！」

看過一圈，沈蘭溪帶著元寶回了沈家。

前兩日，沈家傳信來說，沈蘭茹從她外祖家回來了，只她那時滿心腸的相思，哪裡分得出一點給沈蘭茹呢，如今得了空，正好去瞧瞧她有沒有給她備新年賀禮，正巧她生辰也要到了，還可以收兩份禮！

「二娘子回來啦，夫人正跟三娘子說話呢，婢子去通報一聲。」廊下準備掛燈的婢女笑道。

「多謝。」沈蘭溪在門口駐足。

靜默一息，沈蘭茹腳步輕快的出來了，開口便嬌嗔道：「妳可總算捨得回來啦！」

沈蘭溪抬腳上了臺階，與她跨過門檻，道：「自是要回來的，我還要跟妳拿生辰禮呢。」

「哼！哪年少妳的生辰禮了？」沈蘭茹噘嘴道。

自她懂事起，每年都會送沈蘭溪生辰禮，幼時不更事，手邊無甚東西，她也是拿了屋裡的陳設，或是去跟母親要那漂亮的珠釵耳墜送她。

她有次撿到一塊漂亮的石頭，珍重萬分的送給沈蘭溪當生辰禮，還被嫌棄了，沒眼光，哼！

沈蘭溪也不理她的脾氣，上前與林氏見禮。

「母親安好。」

「茹姐兒念了妳許久，總算是盼回來了，我這裡不用伺候，妳們姊妹二人去說說話，一會兒來用飯。」林氏溫和道。

「是，多謝母親。」沈蘭溪道。

沈蘭茹已經迫不及待的拉著她往外走了。「哎呀，妳何時變得這般繁文縟節了，快走，我帶回來好些寶貝，給妳瞧瞧！」

確實是好多寶貝，沈蘭茹難得沒有誇大其辭。

沈蘭溪瞧著床上一堆亮晶晶的東西，著實挪不開眼。

「妳瞧上哪個，自己拿吧。」沈蘭茹大方道。

沈蘭溪立刻抬眼，閃著精光。「我都喜歡！」

「那不成！」沈蘭茹立刻拒絕。「給妳挑五件，連生辰禮一併挑了去。」

沈蘭溪入定了似的，在一堆釵環首飾裡仔細挑選，還時不時拿起來掂一掂分量。

「俗氣。」沈蘭茹說她，又道：「那兩件都給妳，不必掂量了。」

說罷，她又道：「妳若是見過我表姊，妳倆定會相逢恨晚，都這般喜歡這些東西，害我大舅還以為我也喜歡，讓人備了好些，就這些東西，我就是長十個腦袋也用不完啊。」

沈蘭溪頭也沒抬。「這些是首飾，但更是金銀玉器，若是哪一日揭不開鍋了，隨便拿一件，都夠一家三口半年的嚼用了。」

沈蘭茹自小沒缺過銀錢，不懂她這話。「不是有很多銀子嗎？母親有，妳也有，又怎會揭不開鍋呢？」

沈蘭溪不欲與她講那些禍事，扯開話題道：「怎麼這會兒回來了？雖是入了春，但也冷著呢。」

她話剛出口，那廂小姑娘霎時紅了臉，支支吾吾道：「這不是春闈了嘛……就……母親就說，給我找個學子來配……」

沈蘭溪瞬間明白了，「哦」了聲。「瞧上哪家的？」

「昨兒相看了個盧陽的，就是……我自己遠遠看了眼，他沒瞧見我。」沈蘭茹捏著帕子道。

「哦？」沈蘭溪眼裡閃著八卦的光。

沈蘭茹被她這眼神看得心裡發毛，舉指發誓道：「當真！我就隔著好遠看了一眼！就一眼！」

「我又沒說什麼，妳何必慌張？」沈蘭溪說著，把自己挑出來的幾樣用巾帕包好，遞給她一個紅封。

「我哪有慌張！」沈蘭茹不承認，又小聲問：「二姊姊，妳說我未來郎君是個什麼樣的人？」

沈蘭溪還當真想了想，一副認真模樣道：「一個腦袋，兩隻眼睛，一張嘴的人。」

聞言，沈蘭茹撇了撇嘴，剛要開口，門外婢女來喚了。

「二娘子，三娘子，可去用飯了。」

潘氏帶著兩個孩子與沈青山一同去太原府上任了，桌上冷清了許多。

用過飯，沈蘭溪便帶著元寶要回去了，臨走時，林氏將一只木匣遞給她。

「再過幾日便是妳的生辰了，近日事多，我先將東西拿給妳，省得到時忘了。」林氏道。

沈蘭溪哪裡不知道她的意思，這是怕祝家不給她操辦生辰，到時見不得面，這才提前拿給她的。

「多謝母親。」沈蘭溪承了她的好意。

年歲淺的小輩，生辰不會大操大辦，多是一家人一起吃頓飯，沈蘭溪也不在乎辦不辦，只要有禮收便夠了。

來時兩袖清風，走時滿袋金銀。

上了馬車，沈蘭溪便打開那匣子，只瞧了一眼，倏地瞪圓了眼睛。

母親，果真大氣……

第二十一章

沈蘭溪懷裡沈甸甸的推門進來時，忽地對上兩雙眼睛。

她腳步一滯，臉上藏不住的開心與那苦哈哈的小孩成鮮明對比。

「這般瞧著我做甚？」沈蘭溪臉上的笑絲毫不收斂，關上門徑直往內室去。

祝允澄抬腳跟了上去，控訴似的小聲道：「妳去沈家都沒帶我，我還來尋妳檢查功課……」

聞言，沈蘭溪腦袋上飄過一團黑線，無語道：「你父親都回來了，做甚還要我檢查？」

「我、我想讓妳給我檢查。」祝允澄壓低聲音道。

外室幽幽的傳來一句。「……我聽到了。」

沈蘭溪眼珠子轉了轉，生怕多事累著自己，義正詞嚴道：「入朝為官者，是你父親，自是要他來教導你，外面多少學子想遞上自己做的文章，請你父親指點一二，卻是連他面都見不到，他能這般檢查你功課，是好事。」

外間祝煊聽得這話，唇角輕勾。

就會哄人。

祝允澄癟了癟嘴，卻也不吭聲了。

他雖年幼，但也知曉自己父親在文人之中極負盛名，可……可是父親總是那般盯著他，要他自己說錯在何處，他哪裡知道啊？

「去吧，好好學習天天向上。」沈蘭溪趕人道。

祝允澄耷拉著腦袋走了兩步，又回頭。「母親，先生後日帶我們去踏春，要我們自備飯食，母親，書院裡的同窗都吃過自己母親做的飯菜，聽說很好吃。」

那可憐兮兮的模樣，最是惹人心疼。

只是聽這話的是沈蘭溪。

「我不會做飯菜。」她直接道。

祝允澄默了一瞬，道：「我給妳準備了生辰禮……」

沈蘭溪眉梢一動，立刻笑盈盈的拉長語調。「但我可以學著給你做一餐。」

祝允澄立刻笑了。「多謝母親～～」

「嗯，乖～～」沈蘭溪笑得親和。

在外間聽完全程的祝煊無語扶額，把手裡方才他批得一無是處的文章遞給那胖橘子。「去改。」

胖橘子無語。「哦。」

得到想要的，祝允澄也無甚不情願的拿著自己寫的「狗屎」出去了。

門關上，祝煊步入內室，果不其然的瞧見了金燦燦。

「又是母親給的？」他問著，在一旁坐下，只覺好笑。

這人每次回沈家，回來時總是抱著些金銀首飾，也算是有錢緣了。

沈蘭溪還在端詳著那金簪，聞言，笑得扭了扭身子。「沈蘭茹給的。」稍頓，又擠眉弄眼的補了幾個字。「我的生辰禮。」

這赤裸裸的提醒，祝煊只當沒聽到，指著她手邊的沉香木匣子。「這是什麼？」

「母親給我的生辰禮！」沈蘭溪立刻一把護住。

這動作，惹得祝煊挑眉。

四目相對，沈蘭溪訕訕的收回手，把那匣子抱著，慢吞吞的打開。「好吧好吧，給你瞧一眼啦。」

話音未落，柔和的光從木匣子裡散發出來，拳頭大的夜明珠在昏暗的室內像是墜落的月亮，通體清透，不沾塵埃，光暈似藍又似青。

夜明珠難得，尤其是這樣大，還清透光亮，無甚雜質的。

饒是祝煊這般在富貴窩裡長大的，也禁不住的看直了眼。

沈蘭溪雙手聚在那夜明珠上，把它的光亮遮住，小聲與他咬耳朵。「你說，我母親哪兒來這般貴重的東西？從前我雖知曉她有錢，但也不曾想過，這般夜明珠有一日竟是能送給我。」

莫不是在感謝她幫哥哥嫂嫂料理了那秦嫣？但也用不著這般貴重的東西吧！

她模樣實在有趣，像是偷了腥的貓，小心翼翼的藏著，但那眼裡的開心卻遮不住。

祝煊伸手，按著她的手，把那匣子合上。

「先前查秦家娘子那案子時，不免查到了妳父親母親。」祝煊緩緩與她道，在那雙閃爍著光的眼睛瞧來時，又開口。「妳母親家裡，是前朝第一富商，行的是海商，直至大嬴朝建立，江南林家才忽地沈寂沒落。歷經三朝，也就沒幾人知曉當年的林家了，只以為是江南尋常的海商。」

沈蘭溪雙手捂著嘴巴，一雙眼睛滴溜溜的轉得飛快。

她就說吧！她就說林氏很大氣吧！

沈蘭茹就是投生到了金窩窩裡了！

「只是……我母親怎的就選了沈岩做郎君呢？」沈蘭溪皺著臉問。

「這便是他們之間的事了。」祝煊說著，屈指在她腦袋上敲了下。「東西萬萬收好，財不外露。」

沈蘭溪連連點頭，與她想的是一樣呢。

她揪出脖頸上掛著的鑰匙，打開自己的保險箱，把那夜明珠鄭重其事的放進去，又把沈蘭茹給她的珠環首飾放到梳妝檯上，忙得像隻小蜜蜂。

祝煊思忖一瞬，還是開了口，將今日在衙署的事講給她聽。

沈蘭溪拆下髮髻，扭頭道：「兩種想法。」

「願聞其詳。」祝煊道。

沈蘭溪蹭過去，賴在他懷裡靠著。「其一，我把那位想得好一些，那便是不信謠不傳謠，所以讓郎君暗中查探，但因是信任杜大人的，所以仍然重用，委以差事。其二，我把那位想得壞一點，那就很明顯了，他想讓郎君查出些什麼來，但又以防萬一，把會試的差事給了杜大人，不論郎君這邊有沒有查到杜大人身上，會試之時，定會有事發生，且最好是能坐實罪名的。」

與祝煊的想法不謀而合……

至於會出何事？科舉舞弊是殺頭之罪。

沈蘭溪仰頭看他。「郎君覺得是哪種？」

祝煊閉口不語，只臉色幽黑，沈沈呼出一口氣，把她撐起來，起身便往外走。

「妳先歇息，我去前院一趟。」

沈蘭溪雙手托腮，瞧著那操勞的背影嘆了口氣。

混朝堂好難哦！

她還是再看看自己可愛的小錢錢吧～～

翌日一早，祝允澄又叮囑沈蘭溪，莫要忘記給他準備踏春的飯食。

沈蘭溪不勝其煩，連連點頭。

老夫人多問了幾句，隨後一臉平靜的趕他們回自己院裡用早飯了。

雖不合時宜，但沈蘭溪還是在傍晚時，給他做了春餅，畢竟這是她唯一拿得出手的菜。

兩日後，會試第一日，也是沈蘭溪的生辰，打開小孩遞來的生辰禮時，沈蘭溪想讓他把吃了自己的春餅都吐出來。

「母親不喜歡嗎？」祝允澄歪了歪腦袋看她臉色，似是有些不知所措。

沈蘭溪深吸一口氣，對著那一枝風乾的梅花有些笑不出來，她抽了抽嘴角。「沒有，母親很欣慰。」

沈蘭茹憋笑憋得肚子疼。

這還不如她幼時送的那石頭呢，好歹沈手！

祝允澄忽地展顏一笑，又掏出一個匣子來，逗趣似的。「哎呀，方才拿錯了，這個才是給母親的。」

他說罷，恭敬的遞上。

祝煊抬手，按了按抽搐的眼皮。

果真是近墨者黑。

沈蘭溪瞇眼瞧了眼祝允澄，裡面寫著大大的幾個字——

不許再騙我！

她端莊親和的接過，笑盈盈的打開，傻眼了。

「噗！」沈蘭茹偏頭看一眼，實在沒忍住的笑出了聲。

這動靜，惹得坐在炕上的幾個長輩也不由得伸長脖子。「澄哥兒送了什麼生辰禮？」

沈蘭溪努力穩著面上的笑，上前兩步，把那匣子裡的東西給幾人看。

肥肥的豬腳，金燦燦的……

「這簪子……」祝夫人努力想著措詞。

祝允澄沒瞧出她們的為難，還興奮道：「這是赤金的哦，我過年收的紅封都花在上面了，母親快戴戴看，定會豔驚四座！」

沈蘭溪無語。你母親就是天仙也壓不住這肥豬腳啊！

「澄哥兒有心了。」沈蘭溪一顆心左右為難的誇讚。

說這生辰禮好，誰會戴一隻豬腳在腦袋上？多丟臉！但若說這生辰禮不好，可它是金子欸！

祝允澄立刻洋洋得意的點頭。「嗯嗯！」

沈蘭溪既喜歡銀錢，又喜歡豬腳，那他就送她一支金豬腳髮簪，旁人都沒有的，這可是獨一份！

剛點完頭，祝允澄又很是遺憾的道：「實在是銀子都用完了，不然我還能給妳打一對排骨耳環來戴呢！不過也無妨，待妳明年生辰，我再送妳排骨耳環，也打赤金的！」

沈蘭溪深吸口氣。

這孩子是傻嗎?!

「……明年的事，明年再說吧。」沈蘭溪無福消受道。一年的時間，她不論如何都得把這孩子的審美觀救回來啊！若是年年如此，誰吃得消啊！

她說罷，轉頭看向祝煊，後者還在笑，笑得肩膀直抽！

「郎君給我備了什麼生辰禮？」沈蘭溪直言不諱的要禮物。

祝煊抬手，抹了抹笑出的眼淚，這才從袖袋裡掏出備了許久的東西。

一只小盒子。

沈蘭溪慢慢打開，頓時失語。

她總算知道祝允澄的審美觀是怎麼來的了！

上梁不正下梁歪啊！

瑪瑙綠的金戒指！

是覺得她上了歲數了嗎？啊?!

「郎君與澄哥兒不愧是親父子呢！」沈蘭溪皮笑肉不笑的道。

祝煊怎麼感覺自己被罵了……

是這戒指不好看嗎？但母親和祖母戴的都是這樣的啊。

饒是祝老夫人，此時也有些說不出話來，輕咳一聲，道：「好了，生辰禮既是送完了，一同去前廳用飯吧。」

說罷，被花嬤嬤攙扶著走了。

動作之俐落，讓沈蘭溪望之嘆息。

看，老夫人都看不上這戒指！

沈蘭溪生辰，府裡也沒有大肆操辦，只祝夫人下帖請了沈家一家，在前廳擺了一桌宴，當作給沈蘭溪慶生了。

祝夫人親自去求了一個平安符，請高僧開光後送給沈蘭溪保佑平安。老夫人倒是簡單，給她做了一套新衣裳，還借花獻佛的把祝煊帶回來的雞血石打成了頭面，一套留給祝夫人，兩套給了沈蘭溪。

今日的壽星沈二娘，倒也算得上收穫頗豐。

用過飯，祝允澄嚷著有事便跑了。

沈蘭溪陪林氏與沈蘭茹逛了逛園子、說了會兒話，兩人也告辭了。

回到西院，院子裡甚是安靜，沈蘭溪拿著那戒指去尋祝煊說理。

「不好看嗎？」祝煊語氣疑惑。

沈蘭溪按捺著想咬人的衝動。「什麼年紀用什麼款式的首飾，都是有講究的，郎君若是不知道，便來問我，實在想給我一個驚喜呢，就直接送我金子就好。」

祝煊忽地笑了一聲。「澄哥兒送的金子，也不見妳喜歡。」

「他送的是金子嗎？那是豬腳！」沈蘭溪惱羞成怒的捂他嘴，報復似的道：「趕明兒我就讓人去給你做一枚豬腳玉珮，你日日戴著！」

聞言，祝煊連忙搖頭。

有辱斯文！

「拒絕也沒用，就要給你做！等你生辰時送你！做兩個，再給澄哥兒一個！大家一起丟臉！」沈蘭溪咬牙道。

祝煊拉下她的手，笑道：「不喜歡這個，那晚上送妳一個旁的。」

沈蘭溪眼睛立刻亮了，伸出手。「作何等晚上，現在就要！」

祝煊在她攤開的掌心輕拍了下，堅持道：「只能晚上。」

沈蘭溪立刻賴在他身上，扭著身子撒嬌。「我不～～現在就要嘛～～」

祝煊深吸口氣，關上門窗，把人打橫抱起。

「哎？」沈蘭溪疑惑。

這、這怎麼……

「不許出聲。」祝煊斥道，幾下剝下她身上的漂亮新衣裳。

「唔——混球！唔唔——」

幾個時辰後，沈蘭溪嗅著飯香味醒來，揉著痠疼的腰起身，一出內室，便與祝允澄幽怨的視線對上了。

「母親可真能睡……」祝允澄幽幽的吐出一句。

他抱了小狗回來，都等了她許久，一直都不醒，還不醒……

沈蘭溪卻被他懷裡抱著的一團奶白吸引了，湊了過去，驚喜道：「哪裡來的小奶狗？」

祝允澄摸了摸鼻子，咕噥道：「我一位同窗給的，他家的狗生了好幾隻小狗，實在養不了，偏要給我，我本是不願要的，但想著左右妳每日都要吃肉，那些骨頭都浪費了，還不如抱一隻狗回來餵牠呢。」

這精打細算的，哪裡像是富養出來的小公子？沈蘭溪腹誹一句，也接受了這理由。「日後你吃不完的肉也可以餵牠。」

祝允澄立刻急了。「我哪裡吃不完?!」

祝煊一進來，便聽那兩人又喊了起來，打斷道：「這般大的小狗，還吃不了肉和骨頭。」

「哦。」頭也不抬一號。

「哦。」頭也不抬二號。

祝煊無語。

會試三場考完，平靜無波，諸多學子在各大酒樓宴請，甚是熱鬧。

傍晚昏黃時，沈蘭溪正抱著小奶狗餵牠喝羊奶時，沈蘭茹風風火火的來了。

「二姊姊，我請妳吃酒！」沈蘭茹眼神閃爍道，說著就去拉她手臂。

沈蘭溪抱著腦袋都栽進奶盆裡的小奶狗起身，敏捷的躲開她的鹹豬手，瞇眼道：「老實說。」

沈蘭茹洩了氣，手指戳了戳那肉團子的腦袋。「怎麼養了條狗，牠瞧著好蠢。」

「但牠咬人很疼。」沈蘭溪幽幽道。

那戳狗腦袋的手指立刻縮了回去。

「上次我不是與妳說，母親看中了一個盧陽的書生嘛，今日父親在薈萃樓請他吃酒，他們二人倒是相看好了，但我還沒瞧過那人是何模樣呢，我也想看看。」沈蘭茹央求道。

沈蘭溪不去。「她替妳相看的郎君，應當是好的。」

「哦，那我不看他了，我請妳出門吃酒去。」沈蘭茹聰明道。

路過的時候瞧上一眼，也不算去瞧他。

只一眼，沈蘭溪便識破她心中所想，細軟的手有一下沒一下的撓小奶狗的下巴。「吃酒也成，不去薈萃樓吃。」

沈蘭茹立刻急道：「妳不是最喜歡薈萃樓的燒鵝嗎？聽聞近日還出了新菜色，我都請妳吃！」

「那新菜色我都吃過了。」沈蘭溪一副巋然不動的架勢。

沈蘭茹到底還是退而求其次的應了她。「好吧，那去另一條街的東陽酒樓吧。」

沈蘭溪也沒吩咐人套馬車，與沈蘭茹一同上了沈家的馬車。

東陽酒樓在槐香街上，與杜府倒是距離不遠。

兩人還沒進去，便聽裡面一陣喝彩聲，震得人頭疼。

「這局徐兄勝！」一人跳起來道：「徐兄文采斐然，定能一舉奪魁，日後飛黃騰達，還請莫要忘了小弟們啊！」

男子一身黑色粗布衣，瞧著憨憨的，聞言，急得面紅耳赤。「沒有沒有，這位仁兄謬讚了。」

「徐兄本就出於嶺南，以扶桑花為題略勝一籌又有何稀罕的？」那輸了的人不甚滿意道，視線像是帶了刺，在樓內瞧著可為題的物件，視線忽地被進門來的人牽走。「既是要比，那就以這位娘子的容貌賦詩一首，再一較高下，可好？」

「好！」一群看熱鬧不嫌事大的應聲。

好個屁！

沈蘭溪視線掃過那群明顯酒意上臉的人，在心裡翻了個白眼，喚來跑堂的小二。

「要一間清淨的廂房。」沈蘭溪毫不心疼銀子，左右是沈蘭茹這個不知是富幾代的人請客。

「好！兩位客官樓上請！」小二說著，手裡的白色巾帕甩到肩上，躬身引路。

沈蘭溪幾人剛走兩步，卻被一個身著白袍的男子匆忙攔了路。

「這位娘子稍等，我們還未以娘子的容貌賦詩呢。」那人說話間，噴灑出來的氣息滿是酒味，難聞得緊。

沈蘭溪立刻後退一步，避開那難聞的氣息。

綠嬈皺眉，上前把沈蘭溪護在身後，厲聲呵斥。「放肆！膽敢對我家少夫人無理！」

「這位小娘子作何動怒？我們不過是閒來切磋詩詞，碰巧瞧見妳家少夫人，這才想以這位夫人的容貌作詩罷了，自古多有讚嘆女子美貌之詩詞，算得甚無理？」那最先挑頭的錦衣玉郎君面色不屑的道。

聞言，沈蘭溪剛邁出去的步子頓時收了回來，冷笑一聲。「來，我倒是要聽聽，你們這幾個酒色之徒能作得什麼詩詞來？」

此言一出，酒樓裡氣氛瞬間炸了天，顯然是被沈蘭溪那句「酒色之徒」惹惱了。

綠嬈上前，拿了椅子給沈蘭溪坐。

身後側的沈蘭茹卻擰眉打量著那鬥雞似的要一爭高下的人。

若她那日瞧得沒錯，這是……

「三娘子。」綠嬈把椅子放在她旁邊。「可坐了。」

「嗯？哦。」沈蘭茹呆呆的坐下。

「方才是徐兄先來的，那這次便我先了。」范凌說著，一雙眼在沈蘭溪身上掃視。

沈蘭溪抬手揉了揉被吵得有些疼的太陽穴，眼眸掀起一條縫瞧他，語帶嘲諷。「古有曹植七步成詩，這位郎君要多久？」

范凌頓時氣血上湧，握著摺扇的手摩挲著扇柄，想了片刻，吐出一句。「秀色掩今古，荷花羞玉顏。」

「好！」圍觀者立即紛紛鼓掌。

「啪」的一聲，范凌甩開摺扇，搧了兩下，面上難掩驕矜，瞧向徐橋周的眼神滿是挑釁。「徐兄，請。」

徐橋周抿唇思索一瞬，剛要開口，卻聽見一聲清冷的嗤笑。

眾人頓時循著聲音瞧過來，便見沈蘭溪撫了撫裙襬起身，面上的嘲諷赤裸，在眾人的視線下淡漠開口。

「前人尚且能作得一句雲想衣裳花想容，春風拂檻露華濃，惹世人傳頌，到你們這兒，卻是只剩秀色掩今古這般通俗的話來，當真是浪費美酒佳餚。嘖，世間書生千萬，不是誰喝一壺酒，胡謅兩句，都能被稱為詩仙的，著實是……丟臉哪！」

沈蘭溪說罷，隨著一臉尷尬的小二往樓上去，身後的沈蘭茹微垂著頭跟著。

「妳是誰家的小娘子，竟這般狂妄自大！」范凌被羞辱得面紅耳赤，也顧不得涵養，伸出來的右手指著沈蘭溪。

沈蘭溪餘光掃過他的尾指，剛要加碼嘲諷，卻是不防被人搶了先。

「喲！文鬥不成改武鬥了？」倚在門口的男子身形高大威猛，便是穿著錦衣緞袍也掩不住那身子裡蘊藏的力量，臉上的嘲笑瞧著有些混不吝，最是惹人氣惱。「你這樣的身板，你猜我一拳能打幾個？」

「你！」被指著鼻子羞辱，范凌臉紅了又青，剛要上前卻被身後小廝打扮的人拉住手臂。

「郎君，天子腳下多貴人，還是莫要生事的好。」小廝低語。

范凌面露不屑。「貴人又如何？過不了幾日我——」

「郎君！」小廝低聲喝止。「慎言！」

縮在櫃檯後躲清閒的掌櫃瞧見門口的人時，頓時神色一變，肥肉震顫的身子硬生生擠出一條道來。「成——」

「夠熱鬧啊！」李昶許斜著眉眼瞅他。

掌櫃訕笑一聲。「這些學子好不容易考完了，這不是在這兒壓彩頭比試嘛，開門做生意的，也不能因為吵鬧趕他們出去不是？您裡面請，小的給您開一間廂房，保證雅靜。」

「不用。」李昶許擺擺手，從腰封裡摸出兩個碎銀扔給他。「兩壺花雕酒。」

「好！您稍等！」掌櫃應一聲，挪著步子去了。

雖是不曾提及姓名，但掌櫃的殷勤態度也著實能瞧出些門道來。

廳堂內坐著的一眾學子雖不悅，但也沒人敢上前尋他的不快。

踏上樓梯的沈蘭溪朝李昶許微微頷首，遙遙道了聲謝，這才帶著始終沒抬頭的沈蘭茹上去了。

這便是成安郡王啊，氣勢果真威猛，難怪兄長要追隨他呢！沈蘭溪腹誹一句，出了氣，腳步自又輕快起來。

在廂房坐定，沈蘭溪點了幾道菜，綠嬈在一旁給她斟茶。

「二姊姊……」沈蘭茹遲疑開口，有些難以啟齒。

「做甚？」沈蘭溪喝了口茶，側眼瞧她。

「咳……方才下面那個，好似就是母親看中的那盧陽學子。」沈蘭茹面色尷尬。

沈蘭溪差點一口茶噴出來，甚是無語。「哪個？」

「就、就妳方才罵得盡興的那個……」她也聽得盡興……

沈蘭溪張了張嘴，復又閉上。

好吧，她收回在府中說的話，林氏不只是瞧自己的郎君沒眼光……

同一時辰，莊嚴的上陽殿內氣氛肅穆。

祝煊與向淮之已經在這兒跪了小半刻了，書案後的人盯著面前的摺子，一言不發。

「這便是你們二人，這一個月來查到的？」皇上掀起眼皮瞧來，不怒自威。

「是。」祝煊應道，背脊筆直，風骨不屈。

聞言，皇上喉間逸出一聲輕嗤，隨即「啪」的一聲，那摺子扔到地上跪著的二人面前。

向淮之的五官擠在了一處，垂著腦袋閉著眼，對這怒氣恨不得眼不見為淨。

「讓你們去給朕查杜行知，你們卻查到了三皇子身上！是朕平日太縱著你們了嗎？」上位者的氣勢壓迫而來，語氣沈得厲害。

祝煊沈默一息，叩首道：「回稟陛下，臣以為，如今該查的是那筆被貪大半的養馬銀子。」

此話一出，又是一陣窒息的沈默。

向淮之深吸口氣，剛要開口，忽地洩了氣，又深吸一口，咬牙道：「臣、臣也以為……貪墨不是小事，當以此為重，且、且臣與祝大人一同查了宰相大人的帳目，並未發現問題……」

越說越小聲，顯得有些底氣不足。

皇上臉色不善，緩緩舒了口氣，攥緊的手鬆開佛珠手串，道：「這筆銀子是否進了三皇子府中，朕會另讓人去查，此事不必聲張，下去吧。」

「是，微臣告退。」

夜風一吹，向淮之打了個寒顫，開口道：「這天兒，小祝大人，一同去吃銅鍋涮肉去？」

祝煊躬身，與他見了一禮。「今日連累向大人了，改日我作東，請向大人吃酒，只是今兒不巧，內子給我留了飯菜，不能陪向大人了。」

向淮之嘴角抽了下，連連擺手。「一同辦差，說甚連累不連累的？左右是查到了那些，咱也如實報了去，無愧於心了。」

算了，他也回家吧，誰還沒個給郎君留飯菜的娘子了？

兩人在午陽門前分開，祝煊乘馬車回府，卻瞧見府外停著一輛馬車，上面赫然是三皇子府的標誌。

「郎君，家主吩咐人來說，讓您回來先去廳堂。」門口的小廝道。

祝煊「嗯」了聲，腳步不停。

到底還是打草驚蛇了。

廳堂內，李乾景面前的茶水添了三次，面色漸漸不耐，剛要開口，外面總算傳來動靜。

祝煊踏入廳堂，上前見禮。「父親、三殿下。」

「回來了，殿下尋你有事，坐了許久了。」祝家主道。

祝煊這才側身過去，主動開口。「不知殿下尋我，有何急事？」

「倒也沒有什麼要緊事，只是許久不見二哥了，這才多坐了片刻。聽聞二哥近日去了趟雲溯馬場？」李乾景面上浮笑，狀似隨意的問。

「是去了一趟，想來殿下也聽說了，雲溯馬場的馬匹年前死了近半，那皆是供養著的戰馬，一旦北邊生了戰事，都要隨將士廝殺，如今狀況著實讓人生憂。」祝煊徐徐道。

李乾景垂在身側的手不自覺捏緊，道：「二哥可查到了是何緣由？」

祝煊淡淡一笑。「殿下喚我私稱，問的卻是政務，殿下若是想知曉，還是去問皇上吧，臣不便多說。」

李乾景面色僵硬的笑了下。「是我失了分寸，二哥莫怪。今兒我得了一副棋盤，想著岳父大人愛棋，便送了過來。天色不早了，我便先告辭了，改日再來拜訪。」

祝家主這才起身。「多謝殿下掛念，臣當不得這聲岳父。」

李乾景連連擺手。「阿窈在我心中如髮妻一般，您自是我的岳父。」

祝家主唇角動了下，卻也沒再多言。

裝睡之人如何喚得醒？

祝煊將人送至府門口，拱手。「殿下慢走，夜間路滑，仔細腳下。」

「二哥若是得空，可來瞧瞧阿窈，她念著你與岳父大人呢。」李乾景意味不明的道。

昏暗的燈籠光暈下，祝煊眼神頓時一變，道：「家裡人自也是念著她的，祖母前幾日還說，下個月清明節，讓人喊她回來，去祖宗靈位前跪三日呢，上次驚擾了祖先，要日日在心裡掛念著。」

這話不像是祝煊尋常會說的，李乾景臉上的笑僵了一瞬，躬身致歉。「年前那事是我的錯，與阿窈無關，酒意上頭，這才欺負了她，祖母若是要罰，便罰我吧。」

祝煊嗓音平淡，瞧著幾個臺階下行禮的人，也沒避讓。「祝家家訓，從來都是訓自家子弟，殿下若是要跪，還是去跪自家祖宗吧。」

李乾景心中頓時生出怒意。

竟敢當真讓他去跪？

祝煊剛要收回視線，眼角餘光觸見那遠處天邊的火光時，頓時神色一凜。

槐香街上，百姓往一處湧去，幾輛馬車相繼被堵住。

沈蘭茹跳下馬車，踮著腳也瞧不見什麼，裡面被圍得水洩不通，只見火光冒了出來。

饒是沈蘭溪這般懶得移步去瞧熱鬧的人，也被那灼人眼的景象刺得下了車。

「前面怎麼了？」沈蘭溪問。

那駕車的小廝也不甚清楚，只探著腦袋瞧，猜測道：「前面是相府，怕是走水了吧。」

人聲吵鬧至極，沈蘭溪心裡一個不好的猜測浮上心頭。

「駕！都讓開！」略帶哭腔的聲音由遠及近。

兩個飛馳而來的身影，強勢的撞進眾人眼裡，方才還不見縫隙的人肉牆，頓時推推攘攘的敞開一條路來。

馬蹄聲清脆，沈蘭溪慌忙去扶被擠得站不穩的沈蘭茹，卻還是遲了。

一陣急風掠過，沈蘭茹摔倒在地，那行在後面的少年勒馬回首，遲疑不過一瞬，還是折了回來。

「如何？可還站得起來？」玄色衣袍的少年跨身下馬，問了句。

沈蘭茹兩隻手都蹭破了皮，黏著些塵土沙粒，癟著嘴想哭，卻又覺得丟臉。

沈蘭溪皺眉把人扶起。「除了手還摔到了哪兒？」

沈蘭茹神色有些不自在，她屁股好疼啊！但是不能說……

那少年等不及，又瞧了眼那近在咫尺的相府，留了句「對不住，若是有傷，去同安街喬家要銀子吧」，便急急忙忙擠進人群沒了身影。

沈蘭茹藉著天黑，悄悄用手背揉了揉摔得發麻的屁股，小聲問：「二姊姊，相府是不是出大事了？」

方才人牆敞開的一瞬，她瞧見了，相府門口守著皇上的近衛羽林衛。

沈蘭溪沈著臉沒吭聲。

裡面是走水了嗎？不見得吧。

「二姊姊，我們回家吧……」沈蘭茹裹緊身上的藕粉色披風，聲音輕飄飄的有些怕。

沈蘭溪點點頭，剛要與之回身上馬車，忽地一陣議論聲中傳來了哭喊與尖叫聲，在黑夜裡讓人頭皮發麻，她頓時腳步一頓。

「二姊姊……」沈蘭茹哆嗦的喚她。

沈蘭溪回頭，從那人潮縫隙間瞧去，只見幾人被羽林衛押了出來，方才那身著靛藍袍子的疾行少年便在其中。

「救火啊，救火……」頭髮亂了，布滿皺紋的臉上滿是焦急，那雙眼裡透著心疼與絕望，一聲聲的求，像是泣血的鴉。「藏書，我的藏書啊……」

沈蘭溪愣在原地，彷彿人潮皆褪，在那空盪的天地間瞧見了文人風骨被折。

自來到這個朝代，她從未有一刻比現在更加清楚感受到這幾百年的時代鴻溝。

這裡，封建王朝，沒有報案、上訴、辯駁等一系列繁瑣又努力公正的程序，那住在宮殿裡的人掌管天下人的生殺大權，他或許也在努力做一個可以名留青史的明君，但手上沾了鮮血，以權勢為餌，百姓為棋……

「羽林衛辦案，閒人閃開！」

一聲厲喝，前面站著的百姓頓時紛紛往後退，面上不無害怕。

「我父親犯了何罪，便是抓人也要有名頭！」那半大少年被硬生生壓彎了脊梁骨，梗著脖頸怒道。

「杜大人營私舞弊，我等受皇上之命前來抓人。」那領頭的人冷淡的說了一句，左手抬起揮了一下。「都帶走！」

「是！」

人群散開，沈蘭溪幾人立於邊角處，待熙熙攘攘的議論聲漸遠，餘光瞥見那府門前立著一少年。

孤零零的，失魂落魄。

「沈蘭溪，回家了。」自街角行來的人輕聲道。

瞬間，沈蘭溪眸子濕了，映入眼底的人影晃動，她拔步朝他跑去，不管不顧撲進他懷裡，被那熟悉的木香包圍。

「你怎麼才來啊……好嚇人啊……」她帶著哭腔。

祝煊抬起的手頓時一僵。

嚇哭了？

第二十二章

溫熱的淚珠打濕了他胸前的布料，纖細的身子縮在他的大氅裡，哭得肩膀直抽。

今天之前，沈蘭溪只是想念那個文明時代的美食，但是今晚過後，她還想念那個時代的平安與自由。

太嚇人了！祝煊會不會有一天也被這樣抓走啊……嗚嗚嗚……

絲毫不知她內心所想的人，手落在她後背，輕輕拍著，像是無聲的安撫。

沈蘭茹回過神來，目瞪口呆的瞧那行徑大膽的兩人。

「三娘子，時辰不早了，還是早些回府吧。」綠嬈垂著眼皮勸道。

「哦。」沈蘭茹呆呆應了聲，邁步往馬車那邊走。

她二姊姊果真大膽，她的膽量也要大一些才行！

沈家的馬車走了，綠嬈過去，停在那還抱著的兩人幾步遠外。

祝煊垂眸，只能瞧那玉簪綰髮的腦袋。「有人在看，回去再哭，可好？」

那顆腦袋倏地抬了起來，哭得鼻尖通紅的人譴責他。「哪有你這樣的，還讓人回去哭……」

祝煊抬手，抹了下她濕漉漉的眼睛，嗓子乾啞。「都哭紅了。」

沈蘭溪聽出裡面蘊含的心疼，難得生出幾分不好意思來，吸了吸鼻子問：「我的妝花了嗎？」

祝煊仔細端詳一瞬，搖搖頭，老實道：「瞧不清楚。」

沈蘭溪滿意了。「回家吧，我要坐馬車。」

「好。」

夜裡，梳洗後，沈蘭溪躺在床上翻來覆去，一閉上眼，眼前便是杜家人方才被抓走的場景，只那一張張臉卻換成了祝家人。

「郎君……」她側身喚他。

屋裡的燭火滅了，她瞧不清他是否睡著了？

「怎麼？」祝煊應聲，一把捉住她伸過來的手。

沈蘭溪蹭過去枕在他肩頭，小聲嘟囔道：「你方才沒瞧見，來了好多羽林衛，那人什麼事都不管，只是抓人……我還聽見那位杜大人說，他的藏書被燒了……裡面著了火，不知道有沒有人去救……」

她心裡亂，說的也亂七八糟，一股擔憂梗在心口，委實難受。

都說樹大招風，祝家這棵樹也挺大的……

祝煊思忖一瞬，捏了捏她柔軟的手。「雲瀬馬場的銀子查到了，在三皇子府中，但被皇上壓下了，只怕事情當真如妳預料的那般壞。羽林衛既是今夜抓了人，案子該是送去刑部了，緣由於何，明日便可知了。」

確實如祝煊所料一般，向淮之回家剛吃了口熱飯，案件便送了來，整個人可憐得像是秋風裡飄零的落葉。

一早上朝，不等旁人開口，向淮之便行了個大禮，進言道：「啟稟陛下，宰相大人一案事關重大，微臣不勝惶恐，接不了這般重任，還求陛下恩准，合三法司之力共查，早日斷得此案。」

「准！」皇上沈聲道：「都察院這邊讓小祝大人去，至於大理寺，便讓少卿許大人去吧。望諸位莫要辜負朕的期望，早日偵得此案。」

向淮之眉心一跳，只覺不好。

挑誰不好，偏偏挑了祝二郎與許有才，這兩人是朝中鮮有的剛正不阿之人。

若說此案沒詐，這時機也忒湊巧了些。但若是有詐，那兩人眼裡如何揉得了沙子？

「是，微臣領旨。」祝煊與許有才一同道。

散朝後，眾人從大殿出來，向淮之幾步追上那比肩而行的兩人，瞧向祝煊的神色帶著些難兄難弟的共苦。「小祝大人瞧著，昨夜也是沒睡好。」

祝煊微微頷首，無奈道：「內子昨夜突然發熱，著實讓我心驚了。」

昨夜，好不容易把人哄睡，半夜卻像抱著暖爐一般，生生把他熱醒了。

沈蘭溪像是燒迷糊似的，嘟嘟囔囔的說起了胡話，一張臉紅得像蘋果。

三更半夜的讓人請來大夫，院裡的人也被吵醒了。

澄哥兒穿著裡衣神色驚慌的跑來，不敢錯眼的瞧著床上昏睡的人。

「父親，母親不會也離開我吧？」他問著，癟著嘴巴忍住哭，只那明顯胖了的臉上遍布委屈與害怕。

祝煊幫沈蘭溪換了額頭上散熱的巾帕，在那小孩的腦袋上輕敲了下。「不會。」

澄哥兒母親生他時受了苦，之後身子便不大好，時不時纏綿病榻，直至最後走時，足足躺了一個月，人瘦得不成樣子，任誰都能瞧出是心裡有掛念，這才撐了那些時日。

沈蘭溪這是心悸發了熱，吃幾副湯藥便能好，只是瞧著嚇人罷了。

雖他如此說，祝允澄還是在床前守了大半夜。

直至……

沈蘭溪口乾舌燥，內裡冒火的醒來時，便瞧見床前的一大一小，那架勢，彷彿她現在便要駕鶴西去了一般，讓人心裡咯噔一聲。

「這是……」

「醒了？坐起來喝點水。」祝煊說著，扶她坐起，大半個身子靠在自己身上，又支使旁邊的小孩。「去瞧瞧藥可煎好了。」

祝允澄抿了抿唇，也忘了行禮，轉身便往外跑。

「郎君，我好熱……」沈蘭溪懶懶的靠在祝煊身上撒嬌，臉頰泛著不正常的紅暈，就著他的手喝了兩口溫水，便不願再喝。

嗓子有些疼，吞嚥變得艱難。

「妳發熱了，再喝兩口，嗯？」祝煊輕聲細語的哄她，摸了摸她被烤熟了似的脖頸，燙得嚇人。

沈蘭溪瞥了眼又挪到嘴邊的杯子，敷衍的又喝了一口，腦袋便埋在他胸口不願動了，喃喃道：「我又生病了……」

身子因發熱而不舒服，但這次不同，身邊有人哄她。

「母親，可以喝藥了。」祝允澄穩穩的端著湯藥進來，只當沒瞧見那兩人親密的姿勢。

喝水都要人哄，喝藥只怕更難。祝煊腹誹一句，剛要伸手接過，卻被一隻素白瓷淨的手搶先端走了。

碗裡的湯匙被她放回盤子裡，那發熱到起皮的唇先試探著碰了碰濃稠苦澀的湯藥，隨即，纖細的脖頸揚起，碗裡的湯藥被一飲而盡。

瞧得出來是苦的，那雙細眉擰著，一張小臉緊皺，久久不鬆。

祝煊塞了個蜜餞到她嘴裡，這才好了些。

沈蘭溪靠在他胸口，苦惱似的道：「但我嚥不下。」

靈動的眸子此時懨懨的，只掀開一條淺淺的縫。

祝煊扭頭與還杵在床邊的兒子道：「喝過藥便無事了，回去歇息。」

祝允澄雖不願，到底是被沈蘭溪打發走了。「小孩晚上不睡覺會長不高的，明早晚些來吵我，我要多睡會兒長高高呢。」

門闔上，屋裡的藥味尚未散去，祝煊伸手，在她被蜜餞撐得鼓起的左腮點了下。「還吃嗎？」

聞言，靠在他胸口的腦袋輕搖了下。

祝煊低頭，虎口輕輕扣著她的下頷，唇齒抵開她的，輕輕把那蜜餞勾了出來。

很甜，很軟。

沈蘭溪亂了呼吸，她舔了舔唇，一雙眸子饜足，卻又燦若星子，嬌嬌道：「還要～～」

祝煊在她燙人的腦門上碰了下。「沒有了，躺下歇息。」

沈蘭溪剛要纏人，卻被毫不留情的放在床上，錦被拉至胸口，一塊微涼的帕子覆在額上。

行吧，物理降溫嘛，她知道。

不知是否因額頭的那點沁涼，還是藥效來了，沈蘭溪舒服了些，不一會兒便又睡了過去。

祝煊給她換了幾次涼帕子，怕驚擾她歇息，索性輕手輕腳端著水盆走出外室。

小書房裡，一豆燭火照亮了裡面的光景。

祝煊翻找著先前沒看完的書冊，卻不防在左側的抽屜裡瞧見一摞書信，上面明晃晃的寫著「郎君親啟」。

簪花小楷，很娟秀的字跡，瞧著像是內謹的大家閨秀所書，與那床上睡著的人實在對不上。

祝煊在椅子前坐下，拿出那一封封信拆開。

你不在家，我閒來無事便去了鋪子裡，雖我長得好看，但他們瞧我的眼神著實惹人煩，元寶讓他們撒泡尿照照自己，罵的可好了，得我真傳……我還看了你幼時讀的書……

祝煊似是瞧見那滿頭釵環的小娘子，在這兒或嗔或喜的落下一個個字的模樣，委實讓人軟了心腸。

他提筆，在那句「罵得好」後面落筆，只一字。

嗯。

想起給她整理出來拿去鋪子裡的書籍，手腕微轉，寫下一句。

那時年幼，見解不成熟之處，還望娘子諒解。

……盼郎歸，屆時與我同賀！

已歸，祝賀娘子日進斗金。

見信如面……不知郎君行至哪裡了，可有飽食……深夜絮叨，好吧，是我想你啦！

雖餐風露宿，但也無礙。

手中狼毫稍頓，視線落在那句「想你」之上。

好半晌，祝煊輕笑一聲，想起自己出行在外時作的夢，提筆落下一句詩。

別夢依依到謝家，小廊回合曲闌斜。

紙頁翻動，後面那張宣紙上只有兩句。

晚上澄哥兒歸家晚了些，院裡沒有飯食，我給他煮了麵，售價五兩銀子，郎君記得給我報銷哦～～（附贈一個小秘密！）

祝煊無奈的笑了聲，輕輕落筆。

日照當空，沈蘭溪醒來，便見枕邊一疊書信，是她先前寫的。

誰拿出來了？

沈蘭溪心中疑惑，拆開一封來瞧，便知曉了答案。

只那回信寒酸，且著實氣人了些！

店家這麵委實貴了些，我囊中羞澀，還是與我家娘子銷帳吧。（既是秘密，祝某也不好聽一耳，還請店家守口如瓶。）

「杜大人主持春闈，是皇上指派的，如今這摺子上卻說，宰相大人不避同鄉……」向淮之簡直欲哭無淚。

那故意惹人惱的人，此時身著官袍，一副端正肅嚴的模樣，緩緩出聲。「那不是最要緊的。」

左邊搖著羽扇、身材削瘦的男子含笑點頭，一雙眼黏在案桌上的答卷上。「這舉子的這篇策問，寫得著實好啊，當今世上也尋不出幾個人來與之一較高下。」

「這是杜大人所作。」

一石激起千層浪，祝煊這話惹得兩人皆側目，面露震驚。

「去歲在宰相大人書房，有幸一觀。」祝煊又道。

「這當真……」向淮之後背發涼的問。

「一般無二。」

室內一片死寂。

忽地，一聲清淡的笑響起。「這倒是好事。」

向淮之都要哭了，扭頭不可置信的看向出聲之人。「……這算什麼好事？」

許有才笑得像隻老奸巨猾的狐狸，羽扇敲了下鼻尖，但笑不語。

向淮之又轉向祝煊，企圖從後者臉上瞧出一些與自己一般的神情，卻是遍尋不著。「到底是什麼意思，兩位說說啊！」

祝煊從卷宗裡抬頭。「向大人這裡面不是寫了？」

「什麼？」向淮之一臉懵的瞧向他手裡的東西。

是他寫的啊，但——

「啊！我知道了！」向淮之忽地撫掌。「那舉子雖曾拜訪過宰相大人，卻是不巧，不曾見到，更別說瞧見宰相大人書房中的文章！如此一來，那便是有人把這文章拿了出去！」

「那位舉子的住處，向大人可讓人查過了？」祝煊問。

「查過了，但只是些金銀細軟，並無旁的。」向淮之說著稍頓，面上有些心虛。「不瞞兩位，便是那冬日裡的厚衣裳，我都讓人拆開查過，也未曾尋到贓物。」

「那便有趣了，捉人還捉雙呢，如今卻是拿著一張答卷，便能信誓旦旦的說是舞弊，贓物不見找來，人倒是抓得快。」許有才晃著羽扇，彎著月牙眼，笑得有些諷刺。

祝煊從書案後起身，吩咐道：「傳那舉子來見見吧。」

許是祝家幾個長輩不如尋常見到的那般嚴厲，沈蘭茹聽得一事，顛顛兒的又跑來與沈蘭溪念叨，心裡半分藏不住事。

「當真?!」沈蘭溪詫異的抬眼瞧她。

她莫不是穿進了小說裡吧？怎能這般巧？

她前腳罵了那盧陽舉子，後腳他便被抓了起來，這得是錦鯉體質吧！

「千真萬確！」沈蘭茹重重的點了點頭，瞧她臉上的神色，甚是滿足。「我今早聽得這事，到嘴的油餅都掉了，母親還罵我不穩重呢。」

說罷，她嗤嗤一笑，有些幸災樂禍的湊過去與沈蘭溪咬耳朵。「昨晚父親在薈萃樓等了好片刻，便是連傳話的小廝也未等到，卻是不知人家正在酒樓大肆慶祝呢。」

沈蘭溪一根手指抵開她湊近的腦袋，更說不出什麼附和的話來。

沈蘭茹便是對沈岩有氣，也是對父親的氣，語氣裡的揶揄與心疼明顯。但於她而言，沈岩不是父親。

沈蘭茹順勢躺臥在軟榻上。「他們想讓我低嫁，說是我未來夫家若是依附著沈家，我即便是出嫁，日子也好過，婆家的人不敢為難我。

「但是要我說，什麼高嫁低嫁的，都不甚重要，只要夫婦間有情，長輩慈愛，不會為難新婦，那便夠了。」沈蘭茹天馬行空的想著自己未來郎君的模樣，絮絮叨叨的說個不停。

沈蘭溪接過元寶遞來的羹湯潤潤嗓子，也不想打破她心中對婚姻的理想狀態，只是道：「經此一事，母親怕是不會再給妳找書生來配了。」

誰知沈蘭茹輕嗤一聲，不為所動，反倒是有些憤憤。「不喜歡書生了，人前一套，人後又一套，滿口的仁義道德，卻是輕賤女子，視為玩物，著實可氣！」

沈蘭溪略一挑眉，瞬間又明瞭，這是被昨日的事刺激到了啊。

沈蘭茹眼珠子一轉，坐起身來，慌忙為自己辯解道：「我可沒說姊夫啊！我就是罵那些壞的！」

「哦。」沈蘭溪不甚在意。

昨夜發熱，她現在身子還是乏力得很，隱隱有些燙。

剛想過橋拆河的趕人，綠嬈進來了。

「娘子，人牙子帶人來了，您現在可要見？」

「這麼快？」沈蘭溪有些驚訝，坐起身來穿鞋。「既是來了，便見見吧。」

「什麼人啊？」沈蘭茹好奇道。

上到二十，下到十五，七、八個姑娘一字排開，後面跟著五個兒郎，也是差不多年歲。

沈蘭溪瞧了眼名冊，視線在幾個或低頭或瞧她的人身上繞來繞去，有些拿不定主意。

她原想尋幾個人去幫幫元寶，讓她能輕鬆些。但真的要買人，心裡卻是冒出些鬧騰的負罪感。

她不是這個朝代的人，沒有生來的尊卑觀念和主僕契約，做不到無動於衷的把人當作物件一樣去買賣。

「少夫人可有看中的？」人牙子小心翼翼的問，心裡直打鼓。

「元寶，去幫這幾位端些茶水點心來，咱們坐下聊聊。」沈蘭溪道。

元寶稍一愣，屈膝去辦了。

說完這話，人牙子再看她的眼神頓時變得古怪起來。

沈蘭茹察覺那人神色變化，生怕她會覺得沈蘭溪好欺負，虛張聲勢道：「我二姊姊和善，也捨得吃穿用度，但若是有人因此想欺上瞞下，先想想自己有幾條命來償還。」

聞言，沈蘭溪一口金銀花茶險些噴出來。

側眼瞧去，那姑娘小巧的下頜微抬，端的是一副不可欺的架勢，到底是做主人家的，話語稍凌厲些，身上經年累月的氣度便顯露出來，與面前站著的幾個縮頭縮腦的成了明顯對比。

沈蘭溪在心裡嘆息一聲，指了元寶幾個搬來的圓凳讓他們坐。「都抬起頭來，不必怕，就是尋常問問話，老實答便是了。」

這一問，沈蘭溪從幾人的姓名問到了祖宗八代，足足用了一個時辰，眼瞧著到了晌午，這才敲定了三個人，年歲相差不大，都不過十八。

一手身契，一手銀錢，錢貨兩訖。

「那就不打擾少夫人了，小的先行告退。」人牙子笑得露出牙花。不愧是高門大戶的夫人，都不殺價，比平常多賺了幾十兩呢！

「阿芙，去送送。」沈蘭溪招手喚來婢女。

一群人離開，院子頓時冷清了下來。

沈蘭溪瞧著面前壓著喜色的三個人，道：「你們許是也聽出來了，我要的是識字、讀過書的，買你們來，不是讓你們在後院伺候人的，明兒起，你們三個隨著元寶去鋪子裡做事，聽她的吩咐。」

瞬間，幾人臉上的喜色再也遮不住，面面相覷後，跪下給沈蘭溪磕頭道：「多謝娘子！」

沈蘭溪微微側身，避開這禮，生怕折壽。「起來吧。」

等人退下去，元寶才雙眼發光地問：「娘子，做甚給我買夥計啊？」

沈蘭溪把手裡的三張身契遞給她。「城南的鋪子已經收拾好了，妳先帶著他們，過些時日，調兩個去城南新鋪去，那邊的鋪子沒有租子，賺多賺少都是進了我的荷包，好好幹。這身契妳收著，如今是大掌櫃了，手下總要有兩個人手幫襯妳，到時也不必日日拴在鋪子裡。」

元寶笑得歡喜。「多謝娘子！」

沈蘭溪打發她去準備擺膳，帶著沈蘭茹進了屋。

「二姊姊，妳怎的把那身契交給了婢女？」沈蘭茹費解道。

「想讓馬兒跑，總得先餵飽草。」沈蘭溪神色淡淡，透著些睏倦，又去軟榻上靠著了。

沈蘭茹搖頭。「但若是生了異心，妳這便是肉包子打狗。」

「我身邊沒幾個人，元寶若是都信不過，也就沒心腹了。」沈蘭溪說著大實話，只是這話顯得有些可憐。

沈蘭茹張了張嘴，還是閉上了。

算啦，她二姊姊比她聰明許多呢！

飯菜剛在桌上擺好，一個小孩跑了進來，氣喘吁吁的對上了兩雙視線。

「母親、沈姨母。」祝允澄規矩的上前行禮。

沈蘭溪還有些愣神，喃喃一句。「怎的這會兒回來了？被先生請家長了？」

祝允澄倏地一張臉漲紅，凝著沈蘭茹在這兒，壓著羞惱道：「我才不是那般頑劣不懂事的學生！」

「哦。」沈蘭溪忽地猜到什麼，單手托腮，言笑晏晏的瞧他。「那你是為何回來的？」

沈蘭茹聽得直搖頭。她二姊姊又要作弄人了！

不過……她樂得看戲！

祝允澄抿了抿唇，臉上雲霞朵朵，卻是說不出一、二句溫情語來，哼哧道：「學堂裡的飯菜不好吃，我回家吃飯。」

沒聽到想聽的，沈蘭溪朝他招招手。「過來。」

祝允澄滿臉疑惑與警惕的靠近，在她身邊的凳子上坐下，面前擺著一副碗筷。

「做甚？」他彆扭的開口，忽地腦門上一熱，整個人忍不住的愣怔。

溫溫的，像是他在沈蘭溪這兒嚐過的那杯含著果香的溫酒。

他沒告訴她，其實那酒，有點好喝……

沈蘭溪微微傾身，手覆在他腦門上，稍熱的溫度傳給他。「不燙了，不必擔心。」

一股暖熱生生燙紅了小孩的臉，祝允澄裝作大人模樣，狀似無奈的嘆口氣，老氣橫秋道：「還是燙的，要好生靜養。」

有一瞬，沈蘭溪在這張稚嫩的小肉臉上似是瞧見了祝煊的影子，想起早上留在枕邊的書信，忍不住遷怒的輕掐了下他臉上的肉。「當什麼大人，都不可愛了。」

祝允澄一副受到冒犯的模樣，面紅耳赤，身上的毛都要炸了，有些崩潰的嚷嚷。「我是男兒！怎會可愛?!」

腳邊窩著的小奶狗被他驚得跑開，又折回來窩在沈蘭溪腳邊繼續打盹兒。

「男兒怎就不能可愛？」沈蘭溪斜眼反問，一股壞心思起，壓都壓不住。「你父親有時就很可愛啊。」

祝允澄露出一副「妳是不是吃壞了東西」的神色看她。

他、他父親威嚴高大得像郊外他一直登不了頂的山一樣，雖然有時候更像水啦，但是不能可愛啊！

不知是自己養了這些時日，還是這心口不一裝大人的小孩確實討喜，沈蘭溪終於尋回一些良心，不再逗他，挾了雞翅給他。「快吃飯，都餓瘦了。」

祝允澄一口氣哽在喉嚨裡，有些不好意思的低聲咕噥。「倒也沒有，就今早起晚了些，沒吃早飯罷了。」

沈蘭茹看戲下飯，吃得津津有味。

她二姊姊果真厲害，那樣頑劣的孩子在她面前都服服貼貼的！

用過飯，兩人前後腳離去，沈蘭溪拆掉髮髻，爬上床去睡了。

到底是沒好透，近黃昏時又開始發熱，小院忙得雞飛狗跳的。

元寶不安心，匆匆去請了大夫，把脈後診斷沈蘭溪正在慢慢復原，只喝昨夜開的湯藥便可，這才給了診金送人出府。

消息傳到正院，老夫人吩咐人去燉了碗清淡滋補的湯，被花嬤嬤攙著過來了，正巧遇見下值回來的祝煊。

「祖母。」祝煊快走兩步，上前問安。

「今日回來早了些。」老夫人被乖孫攙著走。「聽說昨夜沈氏便發熱了？」

祝煊「嗯」了聲，扶著她穿過拱花門，繞過長廊。「她雖瞧著沒心沒肺了些，但心思細，昨夜杜府的事還是嚇著她了，半夜發了熱，請大夫來瞧過了。」

老夫人輕哼了聲，似是有些不滿。「身為祝家主母，日後還有她獨當一面的時候，這點膽子哪裡夠？」

祝煊想到那憑空出現的罪證，眉間陰翳復返。「祖母去歲說想回汝州瞧瞧故人，如今春日了，路上的冰雪消融，是個好時候。」

「你倒是心疼她。」老夫人睨自己乖孫一眼，對他心裡的盤算一清二楚。「此事你自與她說，若是她願意，我便捎帶上她。」

沈蘭溪自是不願。

這又不是後世，交通便利，再怎麼遠，坐飛機或是高鐵，也咻的一下就到了。在這兒想要去哪裡，舟車勞頓的委實辛苦，而她又受不了辛苦。再說老夫人，年紀大了，萬一路上有個好歹，她以死謝罪都不夠，可不願意去承擔那些壓力。

喝了老夫人親自送來的湯潤了嘴，還得到幾句算是溫馨的叮囑與安撫，沈蘭溪腹誹著，翹著腿在床上翻看剪紙。巴掌大的紅紙，卻是可窺見市井的熱鬧，阿芙果真是個妙人兒啊！

「……汝州街頭的小食很好吃，過一、兩個月，枝頭的桃子也熟了，汁水充沛，酸甜可口，正是採摘品嚐的時候，那裡雖不及京城，但珠釵首飾都很漂亮。再者，妳是新婦，見過族人，是能收到禮錢的。」祝煊坐在床邊，絞盡腦汁的想要誘哄她改變主意。

沈蘭溪忽地蹭過來，仰面躺著，腦袋枕在他大腿上，燦若星子的眸子笑盈盈，帶著些慣有的狡黠。「縱使那些桃子好吃，也不及郎君的滋味。」

至於收禮錢，她如今吃穿不愁，手中還有餘錢，夠花了，她很滿足。而且，她才不要異地戀呢！

祝煊瞬間耳根著了火，被她挑逗得喉結滾了滾，視線不自覺落在她某處飽滿上。

沈蘭溪察覺到他的視線，唇角越發有恃無恐的勾起，纖細的食指從他下頷滑到滾動的小球上，最後作勢要沒入他的衣裡，忽地被一隻溫熱乾燥的大掌擒住。

男人聲音喑啞，低斥道：「別胡鬧！」

沈蘭溪輕笑一聲，翻了個身趴在他腿上，纖細的脖頸仰起，脆弱又讓人著迷。

腿上壓著的柔軟讓人不能忽視，感覺到有些不受控，祝煊嘆息一聲，把人抱著坐起，擒著那盈盈一握的腰身，不讓她亂動。

「昨夜雖是抓了人，卻並無罪證，向大人查了兩次，也未從那舉子的行囊裡發現什麼，但今日下午，再查那被翻得底朝天的廂房時，卻意外發現了證據，一切都太巧了，朝中有人在攪渾水，且權勢不小，這些事本不該與妳說，但妳聰慧，便是我不說，妳也能猜到。我被捲入此事當中，眼下且脫不了身，妳不必跟著憂心，隨祖母去汝州住一、兩個月，若是膩了，我讓人去接妳，可好？」

後背被攬著，沈蘭溪像個稚童一般被他抱在懷裡哄，道理揉碎了講與她聽，男人肩上扛著家族的擔子，也有自己為人臣的堅持，卻不要她陪著一起。

沈蘭溪抬手，摸了摸他乾裂起皮的唇，忽地仰頭輕啄了下。刺刺的，不太舒服，但她異常喜歡，又親了兩下。

「我喜歡吃喝享樂，不喜煩憂，天下那些讓人夙興夜寐的事從不往腦子裡去，但依上祝家這棵大樹，我要乘涼，少不得要為其風不止的事煩憂些。你是我郎君，想為我遮風擋雨，但我不是菟絲花，要我放下自己去依附於你，才是真的要我的命。」

沈蘭溪把玩著他的手指，說著自己的心裡話，雖有些誅人心，但還是補了一句。「我可以是你的娘子、祝家的少夫人、沈家二娘，但排在最前面的，是沈蘭溪，是我自己。我要過得好，過得舒服，需得是因我自己有這個能力，而不是因有你護著。」

室內陳寂許久，沈蘭溪惴惴不敢抬頭。

這話比先前與祝煊約法三章還要駭人聽聞，也難以理解。時代有鴻溝，她一直都覺得，最大的鴻溝不是科技的變化，而是思想的轉變。

女人依附於男人，在這個時代像是餓了要吃飯一樣的規律，她用現代的思想在與祝煊碰撞，只是想告訴他，她不會躲、更不會逃。

山不來就我，我就去就山，總有一方要去適應的。很顯然，是她要去適應這個朝代，如果用幾百年後的現代思想去改變這個朝代的封建，無異於揠苗助長，結果只會適得其反。

水滴石穿，不在於一朝一夕。

她懶，也胸無大志，做不得這以身殉志的第一人。

好半晌，祝煊聲音沙啞的問：「我護著妳，不好嗎？」

頓時，沈蘭溪一顆心揪得生疼，他的嗓音不似往常清潤，藏不住的受傷絲絲縷縷的冒出來，像是萬千藤蔓纏在了她心口。

沈蘭溪深吸口氣，仰頭，笑得明媚。「有郎君護著自然是好，但我貪心，也希望自己能擔得起風雨。」

祝煊未置一詞，靜靜的看著她。

沈蘭溪在他緊抵的唇上親了親，潤了潤，話語像是帶了纏人的鉤子，滾熱的呼吸灑在他耳畔，那一字一句滾進了他耳朵裡。

「我不想當你金屋裡藏的嬌，我要成為與你並肩的愛人。」

愛人。

一個很陌生的詞，但卻讓他心裡著了一團火，越燒越烈。

祝煊眼裡冒了火，手指碰了下自己的唇，喑啞開口。「再親一下。」

話雖如此，卻是不等沈蘭溪動，他已經掌著那後腦，把那燒人心肝的嘴送到自己唇前，含住，掠奪她的呼吸。

他親得有些用力，乾裂起皮的唇剮蹭到沈蘭溪嬌嫩的唇，引得她嚶嚀出聲，臉頰上飛了紅暈，兩隻手被他緊緊攥著，無措又可憐。

懷裡的人太軟了，綠粽子被人剝開來反覆品嚐，瑩白的腳趾蜷縮幾下，把床尾的東西蹬了下去。

太陽落了山，床上的簾帳被繃著青筋的大手解開，散了開來。羞煞人的聲音不斷往外冒，嬌的、悶的，皆勾人心魂。

「好。」一句鄭重其事的回答淹沒在一聲聲的嬌吟中。

我要成為與你並肩的愛人。

好。

第二十三章

晚間，元寶進來擺膳，悄悄瞪了眼那一本正經給她家娘子穿鞋的人。

哼，現在知道對她家娘子好了？她家娘子可是病著，郎君竟然還那般禽獸！他們在院子裡都聽見動靜了……

沈蘭溪不知元寶越燒越旺的火氣，打了個呵欠，靠在床邊神色懨懨道：「明兒便是澄哥兒生母的忌日了，紙錢、香燭等東西我已讓人備好了，明日我就不去祭拜了，你帶著澄哥兒去吧。」

她渾身軟得像是剛出鍋的麵條，一點力都不願用。

祝煊也習慣她這般模樣，把人抱起放在外間的軟榻上。

門外的小孩腳步一滯，抿了抿唇，沒有進去。

他阿娘的靈位供奉在祝家祠堂，往年都是父親帶他祭拜，大舅和褚睢英也會來。但其實，平日他若是想阿娘了，也會偷偷去。

母親與沈蘭溪一樣好，但也有不一樣的地方。

他母親不會黏著父親，不像沈蘭溪那般會撒嬌的往父親腿上坐，他更不曾見過父親抱沈蘭溪那般抱過母親。

他雖年幼未開情竅，但也不是少不更事的時候，父親待沈蘭溪與母親不一樣的。

「嗯，祐睢安許是會來，晌午會留下用飯。」祝煊捏了捏她軟弱無骨的手。「此事母親會安排，到時我來喚妳。」

沈蘭溪不太想去，但也說不出拒絕的話，只是道：「明日再說吧。」

越是喜歡，越是在乎，一旦入了心，便恨不得他整個人都是自己的。但那些前塵往事與旁人的時光歲月，她也不能把他從心口刨出來扔掉。

越想心裡越酸，沈蘭溪濡濕的手推在他臉上，不想瞧見他。

小孩撒氣的動作，讓祝煊輕笑出聲。

他伸手把她腦袋擺正，一雙眼裡似是盛著浩瀚星河，一字一句道：「我夜裡入夢見到的小娘子，只有妳。」

日有所思，夜有所夢。

沈蘭溪瞬間領會了他話裡的意思，卻是輕哼一聲，驕矜的抬著下巴不語，只是心裡那些小泡泡悄無聲息的沒了。

用飯時，祝允澄悄悄瞅了瞅沈蘭溪，又看了看自己父親。

這是生氣了？怎麼都不說話了？

祝允澄撓撓腦袋，主動給沈蘭溪挾了一塊排骨，裹滿醬汁的排骨還沒沾到碗邊，就被一雙筷子劫走了。

「……父親，這是給母親的。」祝允澄小聲抱怨道。

聞言，祝煊略一挑眉，溫言解釋。「她發熱，不能沾葷腥。」

祝允澄剛要反駁「沈蘭溪中午還吃了肉」，忽地腦子轉了過來，不吭聲了。

不能用肉哄，還剩什麼？

銀子？但他這個月的例銀都花光了，新的還沒發……

「母親。」祝允澄期期艾艾的開口，待沈蘭溪抬眼看過來時，他抓了抓鬢邊因習武亂了的頭髮，躲開父親的視線，低聲道：「明日妳真的不與我一同去見見我阿娘嗎？」

沈蘭溪微微驚訝，隨即恍然，這是聽到她方才與祝煊說的話了。

「我——」才不去呢。

「我阿娘靈位前供著的點心很好吃……」

祝煊愣了一瞬，又無語扶額，緩了緩心神，教訓道：「教的規矩也忘了？用過飯去抄寫五遍來。」

祝允澄立刻癟了嘴，像是漏氣的氣球，可憐兮兮的往嘴裡塞了根青菜。

「你怎知不是他阿娘讓他吃的？」沈蘭溪突然幽幽開口。

屋裡的兩人沈默了。

祝煊額角的青筋抽了下，低聲訓斥。「別鬧。」

沈蘭溪哼了聲，不以為意，吃了口寡淡無味的青菜，改變主意。「明兒我一起去。」

「好啊！」祝允澄歡欣鼓舞。

「嗯？」祝煊驚詫轉頭。

沈蘭溪不正經，故意道：「我去嚐嚐那貢品。」

聞言，祝煊閉了閉眼，卻遮不住裡面的無奈與好笑。「不許胡鬧，想吃什麼點心，明日我去讓人給妳買。」

沈蘭溪充耳不聞，翌日，一身素色衣裙與那父子倆一同來了祠堂。

她面色沈靜，雙手合十，閉上眼，在心裡道：雖都是小事，但都是我做的，先人說了，滴水之恩當湧泉相報，倒也不用妳湧泉相報，那太客氣了，妳就意思意思的給我攢點功德就行啦！初次見面，我也不知道送妳什麼好，就給妳燒了紙錢，若是不夠用，妳夜裡託夢給澄哥兒，讓他再給妳燒一些。唔……咱倆商量一下，別找祝煊好不好？他現在是我的夫君，你們大半夜的見面不太好，有點沒把我放在眼裡了，這點我不能忍啊！好啦，妳安心吃吃喝喝睡睡覺，不必擔心澄哥兒，家人都待他用心，他也心善，雖是吃了妳的貢果，但定是因太餓了，當然啦，要不要計較妳說了算……

祝煊立在一旁，瞧著那似是入定的人，眉眼間滿是無奈。

好半晌，終於等沈蘭溪放下手，祝允澄這才上前敬香，一臉虔誠的跪在蒲團上，與母親說心裡話。

阿娘，您看到我的新母親了嗎？她待我很好哦！是不是您不放心我，才找她來照顧我的呀？我過得很好，父親現在和煦了很多，沈蘭溪也很好，他們……

秉持著自己是親兒子，不能比沈蘭溪「說話」時間短，祝允澄跪到膝蓋疼時，才意猶未盡的起身，又躬身行禮後方才退下。

褚睢安立在一旁調笑道：「如今長了一歲，卻變得嘮叨了。」

他說罷，伸了個懶腰，身子一半於陰暗，一半處於盛陽，眼中有些心疼與傷悲，與那靈位道：「走了，妳在下面好好的，有什麼缺的就託個夢來，哥給妳弄來。」

沈蘭溪如旁觀者一般瞧著，忽地有些羨慕。她若是有一日不在了，除卻元寶，有誰會記得她呢？

因著祭祀，晌午的宴席是全素齋，恰好沈蘭溪這兩日不能吃肉，也不覺什麼，只是那比平日少了一半的飯量，還是惹得桌上幾人側目。

「再吃一點，晚上回來給妳帶薈萃樓的新菜色。」祝煊與她低語道。

用過午飯，褚睢安隨祝煊一同走了。

兩道身影一前一後，一個高大如楊木，一個筆直如松柏，很漂亮的風景線。

祝允澄看得搖頭，小大人似的道：「不必惦記，父親晚上就回來啦！」

沈蘭溪收回視線，看了眼小少年有些圓的肚子。「你要勤快練武，不然長不成你父親那般讓人惦記的郎君了。」

「哼！」

兩個小孩跑了，沈蘭溪悠哉的喝了口水。

老夫人恨鐵不成鋼的念叨她。「不穩重，逗弄澄哥兒做甚？」

打嘴仗贏了，沈蘭溪心情好，發出邀請。「祖母可要與我一起上街逛逛？您不日便要動身去汝州，總要買些東西帶著去送親戚朋友嘛。」

這般好的日頭，悶在府裡才是浪費光陰呢，自是要出去吃喝玩樂啦！

春光漸暖，老夫人穿著沈蘭溪孝敬她的絳紫色春衫，啟程要前往汝州了。同行的還有祝夫人，身邊只跟著一個陪嫁嬤嬤和粉黛。

不知是出行讓人歡喜，還是春光太美，那婆媳倆臉上的笑太惹人眼了。

「……府中的事都交給妳了，也不必忙，交代下去自有下人去辦。」祝夫人握著沈蘭溪的手殷殷叮囑。

頭一回這般把手裡的事情盡數放出去，祝夫人難免不放心。

倒是老夫人滿意得很，灑脫道：「老虎不在家，猴子稱霸王，讓她自個兒折騰去吧，府裡也就那幾個人，吃穿用度什麼的，若是管不好，就將就將就，哪裡有那般嬌氣。」

沈蘭溪掩袖打了個呵欠，面容睏倦，贊同的點點頭。

管什麼家啊？將就將就吧，等祝夫人回來就好了。

此次祝夫人陪著一同回汝州，打了眾人一個措手不及，與沈蘭溪匆匆交代了府中的日常事宜，又把一大串鑰匙給了她，自己樂陶陶的收拾行囊準備出發了。

常說母子連心，但祝夫人與祝煊這個親兒子之間的那根心神相連的線怕是斷了，除卻祝家主，最驚訝的便是祝煊了，便是此時站在府門前送人，也是一副沒緩過神來的模樣。

七、八車行李，還有幾十個隨行侍衛，動靜委實不小，惹得街上的行人紛紛瞧來。

老夫人擺擺手。「行了，你們都回去吧，弄這麼大的陣仗做甚。」

祝夫人拍了下沈蘭溪肩膀，轉身跟上老夫人的腳步，留了句。「走了，回來給妳帶吃的。」

車隊出發，沈蘭溪轉身要回府，旁邊的祝允澄一臉豔羨的瞧著那走遠的隊伍，由衷感嘆道：「若是我不讀書就好了，就可以陪祖母和曾祖母一起去玩了。」

祝煊眼皮狠狠一跳，屈指在他腦袋上敲了一下。「昨夜檢查過的功課改完了嗎？」

小孩瞬間垂頭耷腦。「還沒。」

「去寫，我晚飯後檢查。」祝煊道。

「哦。」

當家的男人出去賺辛苦錢了，沈蘭溪帶著放假的祝允澄往回走，盤算著去補個覺，昨夜睡得晚，今早又起得早，整個人雖是醒了神，但像是踩在棉花上一般，有種虛浮感。

「母親，妳知道祖母為何與曾祖母一同去汝州嗎？」進了院子，祝允澄才小聲問，一雙眼睛閃亮亮的。

「為何？」沈蘭溪滿足他的分享慾，順口問。

祝允澄高興得晃了晃圓滾滾的身子，一把撈起門口椅子上趴著的小奶狗抱在懷裡，興奮又小聲道：「我那日去陪曾祖母時，聽見祖母說的，原話不記得了，但是意思是，母親活得這般自在，祖母有些羨慕，索性學妳一學，手裡的事放下，去外面瞧上一瞧，心寬了，什麼事都懶得再去計較了。」

說罷，他喜孜孜的瞧沈蘭溪。「曾祖母還很贊成，想來是十分喜歡母親的。」

這話說得有些討好，沈蘭溪也不戳破，模樣驕傲道：「那是自然，我這般好的人，世間可不多見，遇見了就要珍惜，這點你就做得很好。」

祝允澄喜不自禁，笑出了一口小白牙。「一會兒褚睢英來尋我，我回來給妳帶滿香樓的點心吃！」

「好呀。」沈蘭溪也笑得格外喜人，絲毫沒有花小孩的錢的不好意思。

換了個人管家，感覺最明顯的是祝家主。

下值回來，那原本夜夜亮著燭火的屋子變得漆黑，飯菜也精簡得只有兩菜一湯，到處都空落落的。

「這飯菜……」他恍然出聲。

伺候在旁邊的婢女不明所以。「味道不對嗎？」

「沒有，下去吧。」祝家主擺擺手道。

那婢女聞言退下，行至門口時，又折身回來。「稟家主，這飯菜是尋常夫人愛吃的，您若是想吃什麼，可吩咐婢子，明日再讓廚房做。」

「夫人平日也就兩道菜？」祝家主驚問。

婢女愣了下，點頭。「這是一人的分例，夫人勤儉，鮮少加菜，只是偶爾家主要留下吃飯時，會把您的分例從韓姨娘院裡挪來。」

祝家主拿著筷子的手一抖。「知道了，下去吧。」

行禮退下的人腳步輕快，屋裡只剩一豆燭光、一個人影。

祝煊忙於查案，每日都早出晚歸，沈蘭溪也落得清閒，把事情吩咐下去後就不過問了，但您閒不過幾日，就有事情找上門來。

「娘子，韓姨娘說春衫不夠穿，問您可否把庫房裡用不著的布料拿些出來給她做衣裳？」

「告訴她，沒有用不著的。」

「娘子，韓姨娘差人來問，膳食可否加一些？」

「跟她說可以，自己添銀子給廚房，讓人出府去買。」

「娘子，韓姨娘說屋裡的案桌舊了，想打一張新的……」

沈蘭溪深吸口氣，把手裡的話本子扔到一旁，從椅子上起身，氣勢洶洶的往外走。

綠嬈被她的動靜嚇了一跳，立刻抬腳跟上，接連幾次進來稟報的阿芙險些哭了，踉蹌一下也急匆匆追了上去。

韓氏的院子與沈蘭溪的西院相隔甚遠，繞過大半個後院，沈蘭溪腳下生風，火氣也噌噌噌直冒。

先前因祝窈一事，她們本就生了嫌隙，沈蘭溪出了氣，本想放過，這人卻偏來撩撥試探，惹人心煩。

沒有通報，主僕三人直接進了院子，一眼便瞧見那悠閒坐在葡萄藤下點茶的人。

「韓姨娘好雅興。」沈蘭溪上前，不見笑模樣，視線掃過桌上的茶碗，一副青山遠黛被點成了狗屁。

韓氏眼中掠過詫異，起身與她見了半禮。「少夫人安。」

沈蘭溪腰背挺直，在隔了一個石凳的位置坐下，素手執壺，綠嬈上前給她拿了一只新的茶碗。

茶香撲鼻，像是見了雨後天晴。

祝家主倒是捨得，拿這樣好的茶葉來給韓氏，難怪縱得她敢打庫房裡東西的主意。

許久沒有做點茶這樣的雅事了，但其中要領卻爛熟於心，動作熟稔，不慌不忙，在這小院裡美得像是景。

韓氏瞧見她的動作，臉色逐漸變得難看。

沈蘭溪屈指在石桌上輕叩兩下，驕傲道：「姨娘可瞧好了，這才是青山遠黛。」說罷，她把自己點好的茶給了綠嬈，眉眼輕抬，光明正大的欣賞韓氏臉上的難堪。

「與其肖想旁人的東西，姨娘還是抓緊自己現有的吧。我與母親不一樣，母親不愛計較，我卻相反，從我手裡走帳，便是一文錢也要講明白。姨娘說春衫不夠穿，飯菜分例少，大可自己補貼，畢竟這上好的松蘿茶，您也喝得起，沒餓著肚子，便不必來報。」

沈蘭溪聲音清冷，聽著有些刻薄無情，她說著起身。「另外，姨娘若想讓人出府買些什麼，需得差人來知會我一聲，母親如今陪祖母回汝州省親，家裡的規矩還是要講的。」

「是，妾身記下了。」韓氏臉上的笑甚是勉強。

沈蘭溪出了氣，剛要走，忽地回首。「對了，姨娘既是覺得桌子舊了，那便打一張新的吧，銀子自己出，畢竟帳上的銀子是要給一家子使的，那桌子姨娘打了搬回自己院裡，我們也使不上不是？至於舊的，」她說著粲然一笑，視線落在韓氏敞著門的木桌子上。「姨娘既是嫌棄，綠嬈，妳就搬回妳房中用吧，省得放這兒礙人眼。」

綠嬈咬了咬唇。「是，娘子。」

她剛要動，韓氏臉面扭曲的攔住了。「少夫人，妾身用舊的物件，怎好給您身邊人用，怕是有失體面。」

這桌子本就是個由頭，哪想沈氏竟真敢讓人搬走?!

沈蘭溪輕笑一聲，一副聽了什麼笑話的模樣。「韓姨娘這話真怪，姨娘三番兩次讓人來跟我要庫房的東西，不覺得沒臉面，一張舊梨花木桌子給婢女用，就失了我的體面？這是什麼道理？」

瞬間，韓氏一張臉漲紅，被堵得說不出話來。

「綠嬈，還愣著做甚？」沈蘭溪冷著眉眼催促。

綠嬈立刻屈膝行了一禮，帶著阿芙登堂入室的去搬人家桌子。

「對了，這桌子算是舊物回收，瞧我這兩個婢女細胳膊細腿的也著實受累，看在韓姨娘穿金戴銀的面子上，那便一人給她們五兩銀子吧，也不失姨娘的體面不是？」

韓姨娘快氣瘋了，搬走她的東西，她還要倒貼銀子?!

直至回到西院，阿芙捧著手裡的銀子還在恍惚。

她們搬回來一張桌子，還得了銀子？

沈蘭溪也說話算話，讓她們把那桌子擦洗一番搬回她們屋裡，心情甚好的回屋繼續看話本子了。

祝煊聽得這事，還是兩日後在祝家主的書房。

「……沈氏厲害啊。」祝家主嘆息一聲。

祝煊勾了勾唇角，壓著心裡的與有榮焉，道：「她受母親託付，自是不敢妄為，韓姨娘若是安分守己，她也不會過去。」

這話說得偏心，但也是事實，祝家主被自己兒子堵了一嘴，也搖搖頭不說了。

踏著霜月回院子，祝煊沐浴後擦著頭髮進了內室，便瞧見那人趴在床上還在看書，燭火昏暗，著實傷眼。

沈蘭溪看到精彩處，絲毫沒發覺有人進來，忽地一隻大手拿開書本，她險些氣得跳起來。

「做甚？」她凶巴巴的問，一副不高興的模樣。

祝煊輕笑了聲，在床邊坐下。「收拾韓姨娘了？」

一聽這話，沈蘭溪也顧不得話本子了，跟他說了那日的事。「……那我能忍嗎？當然不能！想從旁人那兒得到什麼，必先要付出什麼，或是用等價的東西來換，哪有她那樣一上來就掏人家口袋的？我護食又守財，自是不能讓她如願！」

「那張桌子呢？」祝煊把她本就散亂的頭髮揉得越發的亂，瞧她眉眼飛揚的模樣，嗓音輕潤又溫和。

「給綠嬈她們了，三個小姑娘得了這樣一物件，高興得一晚上都沒睡好。」沈蘭溪說起，覺得好氣又好笑。「韓姨娘若是多作幾次妖，我還能給她們弄些東西來。你說，她是被我氣到了嗎，怎的就安分了呢？」這語氣還頗為遺憾。

祝煊眉眼閃過些什麼，以指為梳順過她的髮。「當真安分？那父親是如何知道的？我又是如何聽得的？」

沈蘭溪一個翻身坐了起來，氣惱道：「她還有臉去告狀，我——」

忽地，她話音一轉，問：「父親讓你來訓斥我了嗎？」仰起的眼眸裡閃著絲絲火氣。

祝煊毫不懷疑，若他敢點頭，下一瞬便會被她一腳踹出去。

「沒有，」他說著稍頓，勾唇又笑。「只是說妳厲害。」

沈蘭溪不覺得這個評價有什麼不好，滿意的催促他上床睡覺，又忍不住與他嘟囔道：「母親不願搭理她，我亦然。但誰讓她非得來試探我，既是招惹了，我又怎能讓她全身而退？左右這樁事，我在東院的凶名立了起來，但日後若是還有這般事，你只能護著我，記住沒？」

凶神惡煞的惡霸似的，一隻纖細白嫩的手臂壓在他脖頸，逼迫他點頭。

祝煊無奈的「嗯」了聲，順毛道：「自是只會護著妳。」

「郎君真好。」惡霸沈二娘依偎在人家胸口，嬌聲道。

營私舞弊一案，查得太順了，背後那人恨不得把所有證據都送給他們一般。收押大獄裡的舉子范凌承認自己曾賄賂考官，買了答案，但因暗裡交易，並不知道那漏題且賣給他答案的人是誰。

杜大人雖沒招，但在范凌住過的房間裡搜出來的答案，字跡與他的一般無二，樁樁件件都指明，但卻蹊蹺得很。

皇上催促過幾次，他們三人只推脫尚未查明，那東西握在手裡有些進退兩難。

向淮之揉了把臉，只覺得臉上的溝壑又深了些。「此事不宜再拖了。」查到今日，他清楚的知曉這案子，皇上緣何指了這兩人來，伴君如伴虎啊，其中手段……

「向大人知道，這案子有蹊蹺。」祝煊揉著額角道。

昨夜春雨寒涼，他又被搶了被子，有些染了風寒，不時地打個噴嚏，額角隱隱泛疼。

「先不說蹊蹺之事，只要杜大人一日不招，這案子便一日不能結，皇上便是催促也無用。」許有才冷笑道。

祝煊垂眸瞧著案桌上陳舊的紙張，似是要盯出個洞來。

這搜到的文章，與他在杜大人書房中瞧見的一模一樣，但就是一樣才顯得刻意，讓人生疑。

「稟各位大人，祝少夫人來了。」門外候著的小吏叩門通報道。

瞬間，兩道視線皆落在一人身上。

君子儀態端方，只起身的動作急了些。

「將人請進來。」祝煊說著，疾走兩步迎了出去。

外面的雨未停，淅淅瀝瀝的似是珍珠砸在石板上，那一身若草衣裙的人執傘緩步而來，瞧見他時，一雙桃花眼彎得像是上旬月。

「郎君。」沈蘭溪微微屈膝與他見禮，卻被一把拉至廊下，溫熱從掌心傳到心裡。

「這般大雨，怎的來了，冷不冷？」祝煊替她合了傘。

沒得到回答，他抬眼瞧去，順著她的視線看向身後。那兩人，一左一右的靠門站著，臉上的打趣半分不藏。

祝煊輕咳一聲，帶著沈蘭溪過去，指著木門左邊那山羊鬍的滄桑男人。「這位是刑部向大人，妳見過的。」

說罷，視線又落在右邊面皮白淨，一支木簪束髮的男人身上。「這位是大理寺少卿許大人。」

沈蘭溪一副溫柔嫻靜模樣，與二人頷首。「向大人、許大人安好。」

「祝少夫人安。」許有才也頷首回了一禮。

「正逢落雨天涼，少夫人裡面坐坐吧。」向淮之招呼道。

畢竟這裡是他的地盤，總要有些主人翁的樣子。

沈蘭溪也不推拒，還十分端莊的把手從祝煊手裡抽出來，有意守規矩落後他半步。

祝煊無奈的笑了下，也由她去了。

隨沈蘭溪出來的是綠嬈和元寶，兩人手裡皆拎著食盒，一打開，裡面的熱湯香味瞬間占據幾人的味蕾。

「瞧著天涼，我便想著送些湯羹與點心來，打擾郎君了。」沈蘭溪面帶歉意的道：「帶得多，兩位大人也賞臉嚐嚐？」

「那便多謝少夫人了。」向淮之立刻道，讓人去拿了湯碗來。

祝煊但笑不語，哪裡是瞧著天涼，分明是這饞嘴的去薈萃樓吃了暖鍋，順道來瞧瞧他罷了。

不過，他也甚是滿足。

一碗熱湯下肚，幾人身子都暖了，話也多了起來。

沈蘭溪卻瞧著祝煊面前泛黃的紙張皺眉，哪家小孩研的墨，色澤都不對，著實委屈這篇文章了。

「怎麼？」祝煊把點心盤子往她面前推了推，問道。

「這個，」沈蘭溪指著紙張。「就是元寶研的墨都比這個好。」

聽見這話，向淮之咬著一塊梅花酥與她解釋道：「這文章是幾年前的舊作了，色澤自是暗淡了些。」

聞言，沈蘭溪眉梢立刻輕抬了下。難不成她看走眼了？幾年不開張，功力退化了？

「我能仔細看一下嗎？」沈蘭溪側頭問祝煊。

後者頷首，她才拿起，拇指與食指摩挲了下那紙，是陳年的紙，仔細瞧，上面的墨跡……

「不是，這墨是調出來便寡淡無澤，不是因陳年的問題。」沈蘭溪自信道。

「舊作便是時隔多年拿出來，光澤會少，但不會暗，與這個不一樣。且陳年墨寶，墨香味會揮散，也只是在開箱的那一瞬會明顯聞到，但你嗅這個，上面是有明顯墨香味的。」她說著一頓，眼眸合上一瞬又睜開。「這個聞著像是松煙墨。」

與袁禎鋪子裡沉香燭火壓著的那股淡香一般無二。

三人皆臉色一變，面面相覷一瞬，湊上來仔細瞧。

向淮之嚥了下口水，瞧向沈蘭溪的眼神都不一樣了，散發著崇拜的光芒，與旁邊的兩人對視一眼，把范凌的那篇答卷也拿了過來。

「還請少夫人幫忙瞧瞧。」雙手奉上，語氣諂媚。

沈蘭溪沒接，看向祝煊，眼裡的意思很明顯——我能看嗎？

「看吧。」祝煊替她接過，只是他也驚詫，竟不知她有這般鑒賞之能，明珠蒙塵。

「兩篇一樣？」沈蘭溪恍然抬頭，忽地明白過來，這怕不是就是祝煊與她說的，那營私舞弊案的物證了……

「這個一氣呵成，」她嫩如蔥根的手指點了點那答卷，又拿起那篇舊作仔細看。「這個……像是模仿什麼人寫的，可有透鏡？」

「有有有！」向淮之立刻去拿，這幾日時常用到的物件，都無須翻找。

沈蘭溪接過，分別照了幾處，問道：「可發現了不同？」

「相同筆畫，運筆力道不同，收筆時也不同。」許有才握著羽扇道。

沈蘭溪立刻露出一個讚賞的笑。「所見略同。」

說罷，她又照了幾處，放大的光暈不一。

「這個，墨跡風乾的速度不同，右手邊快，這邊應是有陽光透進來的，色澤光暈要比左邊的淡一些。」沈蘭溪解釋道。

許有才嘖嘖稱奇，不吝誇讚。「少夫人懂的真多，您這般的小娘子世間罕見。」

話音剛落，他臉上多了一道視線，男人依舊平靜，裡面卻是多了些什麼。

許有才緩緩勾起唇角，笑得不懷好意。

祝煊緩緩收回視線，不欲與這人多言。

「可有杜大人的墨寶？」沈蘭溪抬頭問，瞧見向淮之立刻瞪圓的眼睛，安撫似的解釋。

「不難猜，這事坊間巷子都知道。」

向淮之張了張嘴又閉上，頗為憋屈的拿了一個摺子來。「只有這個。」

「夠用了。」

第二十四章

一個奏摺，一篇文章，並置於案桌上。沈蘭溪逐字看過，果斷道：「這兩篇，不是一人所書。」

三人皆鬆了口氣，許有才求知若渴的問：「敢問如何見得？」

沈蘭溪在摺子上挑了幾個字出來，又讓他去比對文章上的幾個字。「字形結構相同，但明顯書寫筆順不同，所以只是達到了形似而已。你再看，這篇文章的這幾個字，它的落筆下壓與收筆上提的動作並不流暢，這是在對抗自己的書寫習慣，再有，你用這個透鏡看，這個摺子的筆力較重，起承轉合處尤為明顯，但是這文章的卻不然，筆形相似，力道迥然不同。」

「是這樣。」許有才一臉驚嘆的仰頭，招呼道：「來，祝大人一同來瞧？」

祝煊深吸口氣，不著痕跡的擠開旁邊這異常熱情之人，接過透鏡，在那青蔥細指壓著的地方仔細看。

經沈蘭溪一說，先前疏漏的皆被摘了出來，透鏡放大字體，確能看出她所說的幾點不同。先前便覺得缺了些什麼，如今才察覺，九分的形似，但因這些細微不可察的不同，缺了神似。

「那、那……」向淮之搓著手，激動開口。

沈蘭溪觸到他灼熱的視線，立刻打斷。「今日我只是來送了湯，別無其他。」她臉上掛著微笑，說著起身。「避雨至此，便不多打擾各位大人辦案了，先行告辭。」

提點一二是為良知，但也僅此罷了。沒有安全保證的朝代，樹大招風之理比後世更甚，她想好好活著。

祝煊隨之起身。「風大雨急，我送妳出去。」

「多謝郎君。」沈蘭溪與之一笑，聽出其中袒護之意。

她不願意，他只會護著他，昨夜的話，倒是沒浪費口舌，沈蘭溪兀自歡喜。

出了府衙，沈蘭溪踏上馬車，把油紙傘遞給祝煊。「染風寒了？早些回來，給你煎藥煮湯。」

有人牽掛，心裡熨貼，祝煊笑著回應。「好。」

馬蹄聲清脆，沈蘭溪先把元寶送回鋪子，思索一瞬，跳下馬車，從雨霧裡衝到她傘下。

「娘子？」元寶一驚。

沈蘭溪一雙眸子濃如墨。「澄哥兒的墨錠用完了，我順道給他買些。」

兩句話間，兩人走到門口，沈蘭溪催促。「妳去忙吧，不必陪我，買完我便回府了，今日落雨，妳也早些回來。」

被關心著，元寶笑得喜孜孜的。「是，娘子。」

隔壁鋪子，用了一個冬天的棉簾子被撤下了，一推門，便瞧見那掌櫃的與之前那般趴在櫃檯前打瞌睡，似是畏寒，身上還套著一襲灰藍色的棉袍，露出的一截手指青白。

沈蘭溪上前，屈指在櫃檯上輕叩兩下，驚醒了夢中人。

「嗯……喲，少夫人大駕光臨啊……」袁禎抬起頭，瞧著那錦衣金釵之人，笑說一句，慢吞吞的揉了揉脖頸。

沈蘭溪打量他一瞬，收回視線。「家裡小孩的墨錠用完了，順道從你這兒買些，掌櫃的不介紹一下？」

這人，從初識她便未曾瞧清楚過。

鋪子裡依舊燃著敬神的沉香，卻嗅不到了那絲松煙墨香。

聞言，袁禎從櫃檯後站起身來，繃著手臂伸了個懶腰，踏足那擺滿墨錠的地方，一一介紹過又道：「少夫人來錯地方了，我這兒都是尋常墨錠，小郎君金尊玉貴的，怕是用不慣。」

沈蘭溪視線一一掠過那擺放整齊的墨錠，無一例外，都是油煙墨。

「雖是金尊玉貴，但那孩子絲毫不嬌氣，便是便宜的也用得。」她說了句，忽地側頭。「怎的不見松煙墨？」

袁禎垂在身側的手一僵，視線與她對上。幾個轉瞬便明白，這哪裡是來買墨錠的？

他笑了下，揶揄出聲。「我這鋪子挨著少夫人的黃金屋，自是要靠文房四寶賺銀子，松煙墨不比油煙墨有光澤，價格略低，做生意嘛，自是要賣貴的才賺銀子不是？」

他眼中神色轉瞬很快，但沈蘭溪還是捕捉到了，這話是在裝糊塗，她也不戳破，隨手拿了兩塊讓他結帳。

沈蘭溪出了屋，順手幫他把門闔上，鋪子裡靜了下來，恍若方才的一切都只是他沒睡醒的夢。

袁禎怔怔盯著那木門愣神片刻，轉身掀開牆上掛著的一幅山水圖，慢吞吞道：「被發現了，叔叔，你依舊不同意嗎？」

聲音迴盪在這生意清淡的鋪子裡，又瞬間遠去。

臨近清明，小雨下不停，沈蘭溪被府中清明祭祖的事絆住手腳，沒個清閒，瞧著那雨絲便覺心煩意亂，夜裡對著祝煊也沒好臉色。

平白受了這炮火的祝煊，翌日告了假，幫她處理府中雜事。

難得一個飽覺，沈蘭溪睡得日上三竿才起，想起昨夜自己惡劣的態度，有些歉意的蹭過去，軟趴趴的伏在他背上。「郎君～～」

「醒了？」祝煊肩背筆直，受著那重量。「今日沒有落雨，用過飯，我帶妳去郊外跑馬，可好？」

沈蘭溪睡得紅撲撲的臉頰蹭了蹭他的肩背。「你今日不用上值嗎？」

祝煊「嗯」了聲，就見阿芙出現在門口。

在府中憋悶多日，沈蘭溪自是歡喜，踩著鞋風風火火的跑去梳洗。

「進來。」祝煊瞧著門口的婢女道。

阿芙這才進了屋，恭敬稟報。「郎君，事情都吩咐下去了，也差人去知會了三娘子，來人回稟說，三娘子明日一早回來。」

「知道了，午後我與娘子出府，若是還有其他事，便尋母親身邊的曹嬤嬤說，她會看著辦的。」祝煊囑咐一句。

「是，婢子記下了。」

用過午飯，沈蘭溪換上一身束袖的袍子，沒綰髮髻，梳了高馬尾，瞧著甚是英姿颯爽，只那糟糕的騎術，卻是對不住整身裝扮。

祝煊無奈扶額，出了城便與她共乘一騎，馬蹄揚起塵土，把隨行的幾人甩在身後。

從未這般暢快的跑過馬，雖是顛的屁股疼，但被人圈在懷裡的沈蘭溪依舊覺得快意，整個人都輕飄飄的，微涼的春風拂面而過，帶走了臉上的熱意，身後抵著的卻是越來越熱。

她微微回首，眨著眼戲謔道：「春衫薄，郎君這般，不怕被人瞧見失儀？」

祝煊面色端方，只那滾燙的耳根暴露了他的窘迫。他的娘子在懷，又怎能坐到心如止水，不為所動？

他垂首，含住那嬌嬌的白玉耳垂，在她顛起之時又鬆開，只氣息滾熱的道：「那便再快些，讓他們追不上。」

正是春光明媚的時節，綠茵草地是憋了一個冬的人的所愛。行進深處，幾人視線相對，皆是一震。

沈蘭溪瞧著那被壓在樹幹上被迫親吻的人，眼珠子險些掉出來。

揹大刀的女子果真生猛啊！

褚睢安瞧見馬背上的兩人，頓時一張臉爆紅，趕忙推了下壓著他的姑娘，「唔唔」出聲。

丹陽掀起眼皮瞧他面上的飛霞，又吸了下那被她親得紅豔的唇，這才舔著唇齒鬆開他。

馬蹄聲疾，她早就聽到了，只是不在乎被人瞧見罷了。

京城眾人皆知她丹陽縣主心屬梁王，她擔了這名兒，自是得嘗些甜頭才算不虧。

「慫貨。」她輕嗤一聲。

褚睢安深吸口氣，掐了下她的細腰，惱火道：「名聲不要了，臉面也不要了？」

哪有這般把閨房之樂示之於眾的?!

丹陽冷笑一聲，仰頭迅速在他滾動的喉結上咬了一口，留下兩排牙印，眼瞧著那小球滾動得越發的快，反問。「如今誰還有臉面？」

要臉面做甚？左右這輩子都要與他糾纏，她嫁不得人，他娶不了妻，做得什麼清白人？

沈蘭溪挺直脊背看得正爽，卻不防被人捂住眼睛，身後之人在她耳邊輕語。「別學。」

沈蘭溪輕哼一聲，才不會與他說，她會的可多啦！

褚睢安故作鎮定的整了整縐巴巴的衣裳，勉強撿起碎成渣的臉面，走出那棵大樹的庇蔭，倒打一耙道：「讓我給你們帶孩子，你們倆倒是玩得開心啊。」

祝煊輕笑一聲，眼睛裡的調笑很明顯。「不及梁王樂陶陶。」

褚睢安被他堵了一句，忽地眯起眼，哼笑道：「坐在馬上做甚?下來啊。」

瞧見那血脈賁張的一幕，任誰都不會沒有反應，祝煊面上神色淡淡，手臂圈著前面乖乖坐著的小娘子，含笑道：「就不打擾二位了，我們夫妻先告辭了。」

他說罷駕馬而去，把那惱羞成怒的人甩在身後。

「呸！祝二郎你就裝！」

「澄哥兒也在這兒嗎？」沈蘭溪側首問。

「這兒離校場不遠，許是褚睢安帶著澄哥兒和英哥兒出來跑馬了，那兩個估計在前面。」祝煊答，忽地那硬邦邦之處被細指點了下。

「為人父喲~~」幸災樂禍得非常明顯。

話音剛落，箍在腰間的手臂忽地收緊，沈蘭溪撞上他的腰腹，男人的嗓音恍若含著岩漿。「很好玩？」

日暮時分，倦鳥歸巢。

沈蘭溪回來時便瞧見元寶等在府門口，翹首以盼。

「娘子，郎君，小郎君。」元寶急急跑上前來行禮道。

沈蘭溪被祝煊抱下馬，面色有疑的瞧她。「有事？」

元寶欲言又止，最後含糊其辭的道：「鋪子裡的事。」

祝煊生了一顆玲瓏心，把那想要湊上去聽熱鬧的兒子拉走。「今日的功課寫完了嗎？」

祝允澄拎著兩隻撲騰腿的野雞叫苦不迭。「還沒來得及寫，晚些再寫嘛，先吃飯。」

祝煊變得和煦，後果是祝允澄在他面前越來越放肆，時不時的驕縱一下。

「飯後寫，明早檢查。」祝煊偶爾也寵慣他一回。

「好！」

「老實說，何事？」沈蘭溪拉著元寶走在後面。

「就是袁禛，他託婢子給您傳話，說是待您有空去鋪子，他有話要與您說。」元寶悄聲道。

沈蘭溪眉梢一動，瞬間想起那日的事，哼了一聲。「他想說就叫我去？我還不稀罕聽呢。」

知道的越多，死得越快，這是故事裡的鐵律，她幹麼去呢，活著不好嗎？

「啊？」元寶驚訝。

「妳就跟他說，我沒空。」沈蘭溪直接道。他是聰明人，無須說得太透。

翌日清明，與上回見祝窈不同，這次沒出么蛾子，早早的便回來了。只是經過上次的事，族人瞧她的神色有些一言難盡罷了。

沈蘭溪把眾人的神色收於眼底，也不多嘴。

祝窈似是沒察覺旁人的神色，依過來期期艾艾的與沈蘭溪小聲道歉。「上回是我的不是，還望嫂嫂大人有大量，莫要與我計較。」

沈蘭溪用團扇遮陽，聞言側頭掃她一眼。「這話與妳二哥說了嗎？」

祝窈臉上討好的歉意瞬間一僵。

沈蘭溪心下了然，無甚情緒道：「妳我二人之間的牽扯，是因妳二哥，妳對我的不敬，那日我已還了回去，妳該道歉的，是妳的二哥。」

祝窈訕笑。「二嫂與二哥夫婦一體嘛，我與妳說，也算是與二哥說了。」

沈蘭溪冷笑一聲，懶得與這樣糊塗的人多說，只道：「妳的道歉我收到了，但我不原諒妳，所以，可以回到自己的位置了嗎？」

被這般明白的拒絕，祝窈恍若被撕下一層面皮，露出裡面滾燙的臉。

「二嫂……」祝窈嬌弱開口，眼睛逐漸泛起一層水霧。

「今日祖母與母親雖不在，但規矩還是要守的，我說話直，妹妹不會生氣吧？」沈蘭溪打斷她的話，聲音輕軟得像是揉了蜜。

旁邊站著的本家嬸娘，只以為她身為新婦不好管教外嫁的小姑子，面色嚴肅道：「窈姐兒，還不快站回自己位置上去，磨蹭什麼？」
祝窈神色僵硬，這才回到自己的位置。
沈蘭溪輕哼一聲收回視線，與那插嘴的嬸娘好生道了謝。
「妳雖面嫩，但馭下要嚴，不然旁人不會聽妳的話。」那嬸娘板著臉與她說。
沈蘭溪一臉受教的點頭。「多謝嬸娘教導，二娘定然謹記於心。」
祝家主帶著一眾族人給祖宗掃墓插柳後，午時回來於前廳用飯。清明時忌火，吃喝都是涼的，下人擺膳倒是很快。
沈蘭溪沒瞧見韓氏，倒是頗感意外。韓氏為妾，雖不可與他們一同掃墓祭祖，但今日祝窈這個親女兒回來了，祝家主竟也沒讓她來一同用飯。
待祝家主坐下時，沈蘭溪才與祝煊一前一後於桌前坐下，端莊守禮。
「父親，我難得回家一趟，讓人去喊小娘來一同用飯嘛。」祝窈坐在祝家主另一側，抱著他手臂撒嬌道。
祝家主輕皺了下眉。「不可胡鬧，於禮不合。」
「都是自家人，何必講究這麼多？」祝窈嘟著嘴，一副不高興的樣子。
長輩沒動筷，小輩自是不能先吃，沈蘭溪被迫欣賞著這場戲，連祝家主眼裡一閃而過的遲疑也瞧得分外清楚。
唉，男人啊！沈蘭溪心下嘆息，就聽旁邊響起一道略顯稚嫩的聲音。

「可是，沒有椅子了啊。」祝允澄眨著眼睛，一副人畜無害的模樣。「要坐在祖母的位置上嗎？」

祝家的椅子都是按長幼排的，空著的兩個，除了老夫人的，便是祝夫人的了，饒是祝家主也坐不得老夫人的位置。

「長輩說話，不許插嘴。」祝煊嗓音淡淡的訓斥一句，敷衍至極。

沈蘭溪垂首，掩下克制不住的笑。

「是，孩兒知錯了。」那桌下的胖腳晃了晃。

祝家主眉心一跳，撥開手臂上的手，厲聲斥責道：「妳母親用心教妳規矩，如今一點分寸都沒了嗎？妳小娘是妾室，如何能於前廳用膳！」

沈蘭溪憋不住了，一副顧全大局的語氣道：「父親莫要動氣，妹妹也是許久不見生母了，這才沒了規矩，但她有句話說得不錯，都是自家人，應是互相體諒，父親說得也對，妾室不能於前廳用膳，禮不可廢，既如此，不如中和一下？」

頂著幾人的視線，沈蘭溪溫吞的說完那句。「喚韓姨娘來給父親布菜吧，想來，韓姨娘定是欣喜的。」

祝窈立刻瞪了過來，眼裡直冒火。

沈蘭溪回之一笑，輕柔道：「妹妹不必謝我。」

既是盯上了祝夫人的位置，那就好好受著。母女情深的戲碼，她也許久未看了呢。

祝家主絲毫不覺什麼，反倒採納沈蘭溪的主意，喚人去喊韓氏來。

還不到天熱之時，冷食吃著有些沒滋味，就算那母女倆憋屈的表情足夠下飯，沈蘭溪也吃得不多。

過節休沐，午後，祝煊帶沈蘭溪出了府，徑直往東陽酒樓去。

「先喝碗湯暖暖，吃了一頓涼食，肚子該難受了。」祝煊把一碗奶白的蘑菇濃湯放到她手邊。

沈蘭溪挾了一筷子魚肉餵他，拿起湯匙喝了口熱湯，胃裡頓時暖暖的。

「怎麼不喊澄哥兒一起？他午時也沒吃多少。」沈蘭溪問。

祝煊頭也不抬。「一用過飯，他便鑽進房裡吃點心去了，哪裡餓得著？」

沈蘭溪眉眼彎彎，忽地生出幾分約會的感覺。「我的胭脂水粉用完了，郎君陪我去買嗎？」

約會嘛，不就是吃飯逛街看電影。

「嗯。」

「還要去聽戲。」

「好。」

男人帶著這個朝代的古板與含蓄，不會在街上親密的牽手攬腰，沈蘭溪也不為難他，飯後消食一般帶著他在鋪子裡穿梭閒逛，想起他送她的那枚祖母都嫌的戒指，索性指著鋪子裡琳琅滿目的首飾，與他一一講過。

「……這種的端莊典雅，最適合母親用了，像是這枚珠釵，花枝上綴著珍珠，是少女款式，二八年華最為合適，再看這個白玉簪，上面雕刻臘梅——」

「我能先去旁邊的鋪子裡買筆墨紙硯來記嗎？」祝煊一臉認真的問。

沈蘭溪張著嘴，剩下的話都吞回肚子裡，頗為嫌棄的搖搖頭。「孺子不可教也。」

說罷，又裝作夫子一般，捋了下不存在的鬍鬚，闊然道：「罷了，還是隨我去玩樂吧。」

祝煊顫抖了兩下的唇角還是沒忍住，緩緩勾起，一聲清朗的笑從喉間逸出。

街邊賣的小食不少，沈蘭溪每個都想嚐，吃過幾口便塞給祝煊，又奔向下一個攤子。

教養禮儀使然，祝煊從未有過在街上邊走邊吃的體驗，不過片刻，手裡便滿滿的都是她吃剩的小食。

「嗯？你嫌棄我？」沈蘭溪拿著一串熱糖糕，威脅似的睇眼瞧他。

不見凶狠，倒是添了幾分可愛。祝煊瞧著，想捏捏她的臉，但在這街上，只得作罷，還好聲好氣的與她解釋。「邊走邊吃……不雅。」

沈蘭溪就喜歡祝煊這點，他堅持自己的看法，卻從不會以自己的看法來要求她，甚好。

眼珠子轉了下，壞主意壓都壓不住，纖細的手拉著他的衣袖，直把人往小巷子裡帶，兩邊瞧一眼，咬一口糖糕又踮腳餵給他，一雙眼裡滿是壞笑，還調笑的問：「甜嗎，小郎君？」

朗朗乾坤，身著月牙白衣袍的小郎君嚥下嘴裡被堵進來的糖糕，故作鎮定道：「不過爾爾。」

本是故意惹人的話，卻不料那小娘子贊同的頷首。「確實不及小郎君的嘴巴甜。」

勉強豎起的高樓瞬間崩塌，祝煊輕呵一聲，笑意裡透出幾分罕見的野性。「不長記性？」

沈蘭溪腦子瞬間炸了鍋，眼裡的調戲如潮水般褪去，後退兩步求饒道：「我錯了！」

誰認錯還這般大聲？理直氣壯得很。

祝煊剛想開口，卻見一人倚在門前貼著的紅對聯上笑著看戲。

注意到祝煊的視線，沈蘭溪疑惑的回頭，不由得「咦」了一聲。

「少夫人安好。」許有才目光灼灼的笑，身上的書生才氣被痞氣替代。

「竟是不知這般巧，又遇見許大人了。」沈蘭溪也笑著打招呼，心裡卻思忖自己方才放浪形骸的舉動有沒有被人家瞧見。

雖她不在乎丟臉，但是這位小祝大人是要面子的，總不能讓他丟了小包袱吧？

許有才視線轉了轉，似是無奈的對上祝煊的目光，有理有據道：「祝大人這般瞧著我做甚？分明是你們夫妻挑了我家門口親熱的，焉能怪我？我也很為難的啊。」

哪裡瞧見幾分為難，明顯是看戲看得歡喜呢。沈蘭溪腹誹一句，撐著厚臉皮道：「那是我們不懂事了，許大人莫怪，我們去挑旁人家的門。」

說罷，她作勢要拉著祝煊往巷子深處走，被一道聲音喊停了腳步。

「遇見即是有緣，兩位不如進來喝杯茶，歇歇腳。」許有才一副熱情好客的架勢，拿著羽扇的手做出恭迎的姿勢。

祝煊瞧了眼那門扉，淡聲道：「茶就不喝了，改日備了薄禮再來叨擾。」

沈蘭溪溫婉一笑，一副夫唱婦隨的乖巧模樣。

往回走時，已近黃昏，兩人路過杜府，門上的封條撕了，莊重的匾額也摘了，似是不知主人家姓氏。

只那門口，一群人擠作一團，手裡拎著什麼，或是掛著竹籃，布巾蓋著，瞧不真切，不過看著甚是熱鬧。

沈蘭溪不由得駐足，踮腳想要瞧個分明，好奇道：「那是在做什麼？」

「杜伯父辭官要還鄉，皇上准了，另賜了黃金百兩，杜伯父把那錢送去了東霖學堂，當作是京中貧苦人家孩子的束脩。這許是那些人家感念其恩，特來答謝的吧。」祝煊說著，把踮腳看熱鬧的人拉回來。

前兩日，他與許有才和向淮之一同把營私舞弊一案寫在奏摺上，在朝堂奏稟，樁樁件件證據確鑿，分毫沒有私藏。

真正營私舞弊的人雖沒查到，但也能證明杜大人是被冤枉的，如此還把人關押詔獄實為不妥。幾個肱骨老臣在朝上一同請求放人，使杜大人官復原職，皇上臉色雖難看，但也不得不下令將人放了。

只是當日幾近退朝時，杜大人在外請求面聖，於一眾昭昭中，主動跪請乞骸骨還鄉。入獄一趟，那才氣卓然的人不見了，身著白衣跪於大殿之人，亂了髮，折了腰，面如土色。

一時間，朝堂譁然，眾官相勸，吵鬧得宛若菜市，只那被勸之人恍若未聞，垂眸抿唇不語。

峰迴路轉，得了這麼一句，皇上神色變得溫和許多，出聲寬慰幾句，見他堅持，最後只得一臉遺憾的准了，又賜了布帛、銀兩給他當盤纏。

「我上回與母親一同來參加賞春宴，言辭間家裡似是與杜家相交甚篤。」沈蘭溪疑惑道。

祝煊「嗯」了聲。「杜家原出濟南，杜伯父與父親一同上榜，榜眼和探花，後又一起共事幾十年，感情自比旁人深些。」

「榜眼和探花？那狀元郎是誰？」沈蘭溪生出聽故事的心，好奇的問。

「是我叔叔。」一道聲音平白插了進來，帶著些病裡的孱弱，卻是耳熟。

沈蘭溪循聲瞧去，就見袁禛立於她身後兩步遠，比上回見時瘦了許多，身上的袍子寬鬆。

她有心想聽聽這少年漾春風的故事，卻閉了嘴，不敢多問。

不知為何，她就是覺得這人危險得很。
祝煊眉頭一皺，不動聲色的把沈蘭溪拉至身後，面色無波的與他打招呼。「袁郎君。」
「祝大人。」袁禛與他頷首見禮，又轉頭咳了幾聲，面上湧起些血色。
沈蘭溪聽那撕心裂肺的咳嗽聲，忽地覺得自己喉嚨也有些癢，乖乖躲在祝煊身後輕咳兩聲，忽地對上他瞧過來的視線。
「怎麼？」祝煊問。
沈蘭溪鼓了鼓臉，似是有些氣。「聽不得咳嗽聲。」
這是病，但治不好。
「旁邊有茶樓，袁某可否請祝少夫人潤潤喉？」袁禛一副守禮模樣。
哪是喝茶，分明是要講故事給她聽！沈蘭溪心裡糾結，祝煊沒查到那賣答案的人是誰，但她有些猜測，也不知當講不當講。
但是哪有袁禛這般的，還主動往小祝大人臉前湊！
茶樓雅致，木質樓梯，踩上去還會咯吱咯吱響，包廂裡，木窗撐開來，樹葉的清香與茶香在微風中交融。
沈蘭溪委婉道：「其實，我沒那麼想聽故事……」
「但袁某想說。」袁禛傾身為她斟茶，笑道。
沈蘭溪往門口又瞧了一眼，氣道：「你敢說給我郎君聽嗎？」

「少夫人也可喚祝大人一同來坐。」袁禛絲毫沒有被威脅了該有的神色。他這般氣定神閒，沈蘭溪反而猶豫了，沒好氣的道：「天色不早了，有話快說，休想賴我一頓晚飯。」

袁禛側頭又咳了兩聲，才一手撐著下巴，似是喃喃自語。「從哪兒開始說呢？嗯……先說我叔叔吧。」

那個狀元郎？沈蘭溪心裡問了一句，面上卻不顯。

「我叔叔袁嵐，京城人士，學於東霖學堂，於十五歲那年下場科考，不負先生所望，摘得狀元頭銜……」

嗓音如夏風徐徐，沈蘭溪似是窺見那少年英才頭戴金華烏紗帽、打馬遊街的意氣風發模樣。

東霖學堂，先帝御筆題名，其中先生皆是學中大拿，京中子弟趨之若鶩，先人逝去，後繼者不興，終是難掩頹敗，直至袁嵐於十五歲之年，在科考中一舉奪魁，才使得這座學堂興往日風光。

「我叔叔好酒愛交友，沒多久便與同樣身負才華的杜行知引為好友，二人一同以文會友，還辦了安榮院，收養流落街頭、無父無母的孤兒，教他們讀書識字、珠算作畫，時人戲稱他們為『左袁右杜』。只好景不長，正是娶妻生子的年紀，兩個大男人總是同進同出，時日久了，難免有人覺察出些什麼來。」

沈蘭溪眉梢一動，眼睛都瞪圓了，勁爆啊！

袁禎掃到瞬變的神色，輕笑一聲，飲了口手裡的熱茶，才又徐徐道：「我叔叔好男風，杜行知亦是，二人在斷袖之癖的傳聞前，便已互通心意，不離身的玉珮送了，手中的中書君送了，就連身子都互相給了，只那約定好相守一生的話，只我叔叔當了真，被人瞧見親熱時，我叔叔認了，受盡白眼與嘲諷，等來的卻是杜行知一句『飲酒不識人，當真抱歉』。」

沈蘭溪一巴掌拍在桌上，杯裡的熱茶被震得晃了晃，一張芙蓉面上神色複雜，欲言又止。

禽獸啊！

「朝堂上風言風語起，叔叔被罷官，學堂的先生可惜他一身才氣，引薦他入堂為師，只那一雙手，再也寫不出引人傳誦的詩詞，作不出眾人交相稱讚的畫作了。沒多久，那學堂裡似瘋似癡的先生，躺在來年初春的鵝絨飛雪之上，未再醒來。」袁禎說著，手指沾了茶杯裡漸涼的水，似是在桌上隨意塗抹。

沈蘭溪垂眸，只見那窗外景色，赫然躍於楠木桌面之上，同樣是寥寥幾筆，卻是甩了祝允澄過年時畫的豬腳十條街。

「也再無人，手執戒尺站在我身後嚴厲教導。」話音悠揚，繾綣中是藏不住的落寞與哀傷。

沈蘭溪張了張嘴，只能冒出一句節哀順變。

袁禛似是被她這話逗笑了，眼睛彎了彎，後又變得鋒利，似是插了一把刀。

「安榮院裡二十一位小孩，我是最大的，安葬了叔叔後，接管了他手中的鋪面錢財，替他把那些小孩養大，一年復一年，有長大的，卻又來了新的，總不得閒。我也眼睜睜的看著杜行知平步青雲，扶搖直上，官拜宰相。每他升官時，我都要咒罵一次老天瞎了眼，卻也無甚用處。

「所以，我動了手，用他最得意的文章送他入了詔獄，從雲端跌到塵埃裡的滋味，他也該嘗一嘗了。既然老天無眼，那我就來做這雙眼！」袁禛恨意滔天，脖頸上的青筋暴起，透出幾分青紫，一雙眼紅得似是入了魔。

沈蘭溪立刻屏息，被他這模樣嚇了一跳。「你……」

「他以為散盡錢財送去書院，便能抵消他手上的人命了嗎？他作夢！」袁禛暴怒一句，復又閉眼平息。

沈蘭溪平日裡哄人的話，此時半句說不出，只覺得難過，餘光忽地掃到門外踟躕的影子，卻不由彎了彎唇。

「我做錯了嗎？」袁禛睜開眼，聲音很輕，似是在迷霧裡失去方向。

沈蘭溪雙手托腮，嘆息一聲。「不知道，我的心長在左邊，本就生歪了的。」

惻隱之心下，是那位狀元郎，他愛得坦蕩，只是愛人卻不如他一般堅定。

「只不過，我若是你，也定然會鬧得那負心薄倖之人名聲掃地，再無顏面示人。」沈蘭溪篤定道。

故事聽完了，茶也涼了，沈蘭溪起身欲走。

「妳不問問，為何我挑了范凌嗎？」袁禎在她身後出聲。

沈蘭溪回頭，哼笑一聲。「哪裡是你挑的，分明是范凌尋你的。」

對上他略顯詫異的神色，沈蘭溪有些得意。「若是我沒看錯，范凌右手小指是殘的，依本朝律法，除非他中三鼎甲，否則身殘之人絕無入仕可能。那人我見過，還生了些齷齪，才氣是有，但不多。」

寒窗苦讀十幾年，好不容易到了會試這一步，范凌自是要賭一把，卻是不想，入了旁人的樊籠。

沈蘭溪繼續道：「後日我在城南的黃金屋分店開張，還煩勞袁郎君明兒去幫忙掛牌匾呢。」

袁禎愣了一瞬，復又笑，咳了幾聲，面上漲起紅，才道：「又是空心的？」

「自然。」沈蘭溪絲毫不覺如何，答得順口。

袁禎瞧著那道柔軟的背影與門口的影子交融，後一同消失，唇角的笑越來越深。她沈蘭溪哪裡缺一個掛牌匾的人？不過是告訴他，依舊可以往來罷了。

第二十五章

走出茶樓時，天色已經漸晚，風迎面吹來時，沈蘭溪立刻往祝煊身後躲了躲，藉著寬袖遮掩，暖暖的手握上了他的，半邊身子倚著他的手臂，嬌滴滴的喚了聲。「郎君。」

祝煊抓著手裡的溫香軟玉，尾音上挑的「嗯」了聲，問：「想在外面用晚飯？」

沈蘭溪本無此意，但他既然提了……

「好啊！」

兩人慢慢往前走，祝煊有些歉意的道：「對不住，方才我在外面聽到了些。」

沈蘭溪仰頭瞧他，不以為意。「袁禛知道你在外面。」稍頓，又粲然一笑，揶揄道：「郎君不知道，你的影子都晃進了房裡。」

祝煊腳步一滯，面色生了窘迫。「我……」

「既是聽得了，郎君這案子可還要查？」沈蘭溪問。

「尋常案子都是送往刑部，由向大人主理，既是無人報案，自無案可查。」

先前只是以為杜大人乞骸骨回鄉，是因對那位的失望，如今瞧來倒不盡然，只怕是他心裡清楚，這事背後藏著的人是誰，按下不表，是為了償還袁狀元嗎？

先以利刃捅之，又以蜜糖哄之，無甚用處，只是為安自己的心罷了。

沈蘭溪安了心，吃飽喝足散步回府時，卻見那小孩可憐兮兮的坐在門口張望，瞧見他們時，與人生氣一般轉開頭，屁股沈沈，不挪一寸。

沈蘭溪忽覺好笑，聽完故事的沈重感頓時消散，鬆開祝煊的手臂跑過去，這才瞧見他懷裡還抱著一隻打盹的小狗，越發顯得可憐。

「喲，這誰家的小孩坐在我家門口？」沈蘭溪欠扁地湊過頭，故意招惹人家。

「哼！」祝允澄又把腦袋扭向另一邊。

沈蘭溪跟著他扭頭，故作驚喜道：「咦？你長得好像我兒子耶！」

祝煊跟了上來，聞言嘴角抽了一下，也不插話，悄悄立在一旁瞧他倆鬧。

祝允澄險些被沈蘭溪這話氣哭了，視線掃過他父親手裡拎著的食盒時，越發委屈，氣呼呼的控訴道：「你們就知道自己玩！騎馬不帶我，出去吃好吃的也不帶我！」

沈蘭溪忍不住笑，抬手抓了下他腦袋上的髮髻團子，模仿祝煊的語氣教訓。「男子漢大丈夫，不可貪嘴。」

祝煊詫異的揚眉，無奈的笑了下，東施效顰一般，也抓了下她的髮髻，把手裡的食盒遞給自己的胖兒子。「你們先回院子。」

祝允澄剛要被沈蘭溪那話惹得炸毛，懷裡一沈，嗅了嗅鼻子，聞到熟悉的香味，乖乖應了聲。

祝煊去前院書房尋祝家主說事，沈蘭溪帶著祝允澄回院子。

食盒裡的香味勾人，祝允澄饞得緊，忍不住道：「妳走得好慢啊。」

沈蘭溪垂眸，瞧了眼左手一隻鴨、右手一隻狗的人，說著大實話。「沒法子，吃撐了。」

祝允澄無語。

院子裡，元寶在廊下用飯，沈蘭溪從食盒裡拿了隻醬鴨腿給她。「又回來晚了？」

元寶笑得見牙不見眼。「婢子聽您的話，在城南租了個院子給大紅她們三個住，今兒才辦妥這事。」

大紅便是沈蘭溪先前買下的那三個夥計，都是姑娘。

「位置好嗎？可還安全？」沈蘭溪問。

元寶立刻點頭。「那條巷子我都摸熟了，左鄰右舍都住著人，喊一聲都能聽見。」

「那就好。」沈蘭溪不吝誇讚。「她們幾個如何分工，妳作主就是。」

說完這事，沈蘭溪腦子裡冒出一個人影，忽地問：「妳可知袁禛——」

「他？他怎麼了？」元寶從飯碗裡抬起頭，臉上的茫然瞧著憨憨的。

「他今日病了。」沈蘭溪嚥下那沒說完的話，換了個說詞。

元寶立刻放下心來，「哦」了一聲，扒了扒碗裡的飯，神情低落道：「都病了好幾日了，之前是他院子裡一個稍大些的孩子來看鋪子的，昨兒他才過來，但還是咳嗽，娘子都不知道，他好瘦啊，手臂與我一般粗，平日裡身子就不大好，還要照顧院子裡那些小孩，不過，那些孩子都很乖，家裡沒大人，活兒都是他們自己做的，飯菜也好吃……」

沈蘭溪眉心一跳。「妳何時吃人家的飯菜了？」

大快朵頤的祝允澄循聲瞧來，嘴裡還咬著醬鴨腿，醬汁蹭到嘴角都不知。

「就……平時都是他們做好飯菜送過來的……」元寶說著，後知後覺的覺出幾分不妥，又立刻辯解道：「我本來是在外面吃的，但是袁禛說，左右他都是要被送飯的，多我一個也不多，不必在外面花銀子。我想了想，也覺得有道理，原是想給他飯錢的，但他不要……」

司馬昭之心路人皆知，奈何撞上了這個不開情竅的。

一時間，沈蘭溪也不知道該心疼誰了，倒是沒想到袁禛會對元寶毫不遮掩自己的身世，但他既沒挑明，她也不便說，擺擺手道：「罷了，不是大事。」

「但是，我父親說，吃了旁人的東西，是要還回去的。」身後冒出一道小孩聲音。

沈蘭溪回頭，便瞧見祝允澄不知何時從屋裡出來了，正蹲著餵小狗吃飯。

元寶眼睛一亮。「那我也請他們吃飯就好了呀！」薈萃樓吃不起，她可以買些肉和菜送去給他們吃。

沈蘭溪無語。挺好，智者不入愛河。

不過幾日，朝堂上又活泛起來，各陣營的人都想著那宰相之位，明裡暗裡使了不少絆子，不過，這與祝煊無甚干係。他拒絕了幾個宴請，回來陪沈蘭溪一同用飯，沒心沒肺啃雞腿的人，渾然不知自己在外的名聲有變。

「宰相之位空缺，如今六部可直稟皇上……」

沈蘭溪抬起頭，不禁眨眨眼睛，這……怎如此相熟？

瞧她反應，祝煊不由多說了兩句。「如今眾人都盯著那個位置，每日上朝都有一半的奏摺在說這事，但皇上反應平平，有些……敷衍。」

沈蘭溪喃喃道：「因為他本就想廢宰相之位啊……」

祝煊倏地眉眼一凜，心裡掀起驚天駭浪。從前那些想不通的事，一瞬間有了答案。

先是雲溯養馬場，又是營私舞弊案，都與杜大人有關，且言之鑿鑿，若是在其中攪亂的人是皇上……

「妳先吃，我去尋父親。」祝煊起身，步伐凌亂出了門。

沈蘭溪嘖嘖兩聲，端起湯一口乾了。「賺錢好辛苦呀。」

事情爆發是在一句後的早朝，會試過後，剔除了范凌，後有殿試，前三甲分為三鼎，卻遲遲未授官職。

「三甲封為大學士，於上陽殿伺候筆墨，協助朕處理公務，自此，宰相之事不必再提。」

朝上肅穆一瞬，瞬間譁然。

「啟稟皇上，撤職宰相，實為不妥啊！」
「臣附議！」
接二連三的出聲，不過片刻便跪了一大片。
大殿上陳寂一瞬，忽地一聲響，什麼東西摔了。
為數不多站著的人也瞬時跪下，垂首不敢多瞧。
緩過幾日，祝煊聽得這事，莫名有種塵埃落定的踏實感。上位者要收權，下位者又如何干涉？
接連幾日，跪諫者都或多或少的受了罰、貶了官，始終未等到皇上改變主意。
祝煊本以為自己是游離在眾人之外，卻不想竟被人在身上扔了一把火。
「成都府的按察使年邁辭官，朕已准了，如今這位置空了出來。」皇上餘音緩慢，視線落在祝煊身上。「朕夙興夜寐，想來還是派小祝大人去吧，你剛正不阿，朕最是放心不過，還望卿能勤勉，莫讓朕失望。」
祝煊愣怔一瞬，跪下接旨。「臣祝煊，定不負聖恩。」
散朝後，褚睢安立刻蹭了過來，勾肩搭背笑得揶苦。「恭喜小祝大人。」
祝煊拍掉肩上沈甸甸的手臂，無甚情緒道：「多謝。」
「唉，明升暗降啊，瞧著是升了正三品，但那山路艱難之地，誰願意去？憑你之能，就是在京中熬個幾年也能升官，如今去了外面，幾時才能回來。」李昶許說得直白，臉上滿是嫌棄。

祝煊心下嘆息一聲，不言語。

三人直奔酒樓，祝煊單手撐額，吃了口粥才道：「外放出京就罷了，只是——」

「只是什麼？」褚睢安吃完一碗粥，疑惑抬頭。

「無甚。」祝煊輕笑一聲，搖了搖頭。他只怕那最愛繁華之人，不願隨他一同外放。

三人用過早飯，祝煊坐馬車去上值。

剛進府衙，就見向淮之拎著一籃新鮮瓜果，只那臉皺得像苦瓜。

祝煊快走兩步，迎上前去。「向大人。」

「小祝大人用過早飯啦？」向淮之抬起頭來，把手裡的籃子遞給他，皺紋裡都是歉意。

「對不住啊，那案子還是連累到你了，我也無甚能做的，這是我家內人自己種的瓜果，拿些給你嚐嚐。」

祝煊也不推託，伸手接過，只是笑道：「向大人何必道歉，此事與大人無關，不必掛懷，再者，都是辦差，哪裡都一樣。」

送走一臉愧疚的向淮之，祝煊忙了一日，手裡的差事也不過才交接了十之一二。

晚上下值回來，推開門便瞧見那一大一小的兩人腦袋湊在一起，樂顛顛的在拆包裹。軟榻上堆著好些物品，吃的用的，無一不是金貴的。

沈蘭溪每拆出一樣東西，那小孩便大叫一聲，興奮得很。

「郎君回來啦！」沈蘭溪百忙之中回了下頭，又轉了回去，滿眼都是金燦燦，卻也不忘敷衍的招呼他。「祖母與母親讓人捎來的包裹，郎君一起來看！」

祝煊關上門，淨了手才過去，立在一旁瞧著她拆出來的東西，有些無言。

足足五大包裹，捎給他的不過兩套軟布衣衫和一柄摺扇，反觀那兩個，從頭到腳的衣衫首飾有五、六套，還有些汝州特有的吃食與玩物。

醋意漫了上來，自己都無語的輕笑了聲。

祝允澄不愧是親兒子，抬頭一副認真模樣的安慰他。「父親該知足了，祖父只有一封信哦！」

祝煊嘴角一抽，越發說不出話來。

祝允澄扭了扭胖身子，縮著脖子笑得幸災樂禍。「我下學回來，正巧碰到人家阿兄送東西來，還想喊母親過來一同拆，誰知那阿兄尷尬道，這些都是給母親與我的，祖父伸出來的手都不好收回去，還好那阿兄從懷裡掏出封信給祖父，我都替祖父覺得可憐。」

那模樣哪有覺得可憐，身後的尾巴都要開心的搖起來了。

祝煊抬手，屈指敲了下他的腦袋。「今日功課做了嗎？拿來給我檢查。」

小孩不滿的嘟囔。「哪有人的父親一回來就問人家功課的……」

祝煊挑了挑眉，輕笑一聲。「那要問甚？」

小孩仰著胖臉覷他一眼，碎碎唸道：「至少是先問問可用過飯了？餓不餓，渴不渴，在學堂如何，可有人欺負你？再問先生講授了什麼，可還能聽懂？哪裡不懂，我與你講，最後才是問功課可做完了，從頭到尾，說話要親和。」

說罷，他又快速瞧他一眼，大著膽子補了一句。「父親這般，絲毫不見對孩兒的慈愛。」

祝煊險些要被他氣笑了，視線落在他身上色彩鮮豔的衣裳上。「還問你可用過飯了，餓不餓，渴不渴？再過一個月便要入夏了，你還如冬日穿著大氅一般圓潤，自己不知？」

祝允澄立刻瞪圓了眼，有些崩潰的大喊：「母親，父親罵我！」

難得見祝煊這般模樣，似是撕掉君子的外皮，露出不受拘束的內裡，沈蘭溪只覺新鮮，樂得看戲。

她抬腳軟軟的踢了他一下，半側臥在軟榻上，單手撐著腦袋，護短道：「人家胖怎麼了，吃你家大米了？喝你家水了？」

祝煊眉梢輕挑，看著她不語。

沈蘭溪後知後覺，轉頭與小孩道：「哦，你還真吃了，那就給他說幾句吧。」

「你們夫妻倆一唱一和的欺負小孩！」

這罪名沈蘭溪可不認。「你要知道，我是真心想替你說話，但奈何你自己不爭氣，非得吃人家大米。」

祝煊沒忍住笑出了聲，差使兒子道：「去喚人擺膳。」

祝允澄不情不願的哼了聲，腳步沈重的往外走。

門一關上，沈蘭溪的腳踝便被人一把握住，腿抬高，乾燥的大掌脫下她的珍珠繡鞋，拍了下她的腳。

「踢我？」

這般姿勢，沈蘭溪頓覺臉熱，有些羞臊的抽了抽腳，紋絲未動，生怕外面的小孩聽到，壓低聲音有些氣惱道：「我錯了！」

倒是能屈能伸。祝煊眼底染笑，手卻使壞的又拍了下她的腳。「既是知錯，那認不認罰？」

沈蘭溪瞪他一眼，只那紅臉模樣像是撒嬌一般。

「嗯？」祝煊威脅似的又揉了下那纖細腳踝。

「認認認！」沈蘭溪紅著臉喊，可憐又無助的想要收回腿。

祝煊這才滿意，蹲身親自替她穿鞋。「起來，去用飯。」

沈蘭溪不講規矩，用飯時想到什麼就會說出來，祝允澄有樣學樣，眉飛色舞的模樣帶著這個年紀的少年氣息。

席間，只祝煊一人安靜，直至放下筷，才道：「今日有一事。」

「什麼？」沈蘭溪頭也不抬，與祝允澄搶最後一隻金黃雞翅。

「我升官了。」

「哦。」

「不日便要外放，任成都府按察使。」

「嗯？」一顆腦袋抬了起來，滿臉驚喜。

祝煊與她四目相對，剛要交代，便見那人像是被踩了尾巴的貓，倏地跳了起來。

「哎呀呀！好事成雙啊！」沈蘭溪抑制不住的笑。「你們先吃，我去喊綠嬈來幫我收拾東西！」說罷便要往外跑。

祝煊連忙抓住她的手臂，面上神色不解。「妳……要隨我外放？」詫異得尾音上揚。

沈蘭溪這才覺察出什麼，順著他的力道，在旁邊的凳子上坐下，一副溫順恭良的模樣，內斂的頷首，語氣誠懇道：「與郎君成婚，我自該相夫教子，孝順公婆，但如今祖母與母親回鄉省親，徒留我在家中坐，澄哥兒已長大，也無須我教導什麼，如此，我也只好隨郎君去上任，伺候郎君衣食，替郎君看顧內宅。」

漂亮話聽多了，祝煊也能分辨出真假，只是不欲戳穿她，而是道：「蜀地多山，路途遠且艱難，尤其夏日暑熱，冬日濕寒，不是好去處，妳隨我去，恐欲受苦。」他原想哄騙她去，想她在身邊相伴，但這嬌嬌只是吃不到肉都會哭，怕是受不住那裡的艱苦，他……也捨不得。

兩人你一言我一語，旁邊的小胖子啃著豬蹄看戲，那津津有味的模樣著實惹人眼紅。

沈蘭溪趕忙把盤子裡最後一塊豬蹄挾起來啃。「相比起那暑熱冬寒，我更受不了與郎君分離之苦。」

胖兒子一口蹄膀肉險些沒嚥下去，無奈提醒道：「我還在這兒呢，你們也太膩歪了……」

這般直言情意，不只是小胖子受不住，就是祝煊也不禁臉紅耳朵燙，明知那小娘子是在哄他，卻也聽得心裡滾燙，顧不得其他了。

「你年幼不懂，情愛之事放於心中不表，只會惹得對方猜疑，何苦來哉？我與你父親夫妻恩愛，這話也只是寫實。」沈蘭溪毫不收斂，說罷，又轉頭與那當家作主的人裝可憐。「郎君若是不帶我，我在家裡害怕，韓姨娘會仗著父親的勢欺負人家～～」

祝煊眉心一跳，低聲訓斥。「別胡說。」

哪裡有韓姨娘欺負她的分，那又得桌子、又得銀子的人可是她沈二娘。

祝允澄拍了拍自己的胸脯。「母親別怕，我給妳撐腰！」

那豪氣架勢，似是自己生得魁梧壯碩。

沈蘭溪敷衍道：「你且年幼，腰還軟著呢，我要你父親。」

祝煊被這話惹得輕咳一聲，連忙應承。「交接之事還要幾日，妳先讓人收拾些要帶的東西，不必著急。」

得了應允，沈蘭溪高興了，賢良淑德的又給他盛了碗湯。「郎君多喝些～～」

祝煊為難，小聲道：「喝不下了。」

「哦。」沈蘭溪手裡的湯碗一轉。「無礙，給你胖兒子喝吧。」

接著幾日，府中著實熱鬧了一番，沈蘭溪每日都忙著把自己的金銀寶貝和漂亮衣裳打包裝車，冬日曬的臘梅也包好帶走，還有一些零嘴點心帶了一大兜，生怕路上挨餓。

祝允澄坐在圓桌前，雙手托腮看著屋裡的幾人忙活，突生了些豔羨，脫口而出道：「母親，把我也帶走吧。」

父親、母親一走，府中便只剩下他與祖父了，實在無趣。

如此一想，祝允澄立刻扳著手指細數。「曾祖母與祖母在汝州玩得樂不思蜀，來信也不說歸期，只說那裡風景好，要多住幾個月，妳與父親也要走，就我孤零零的待在府裡，爹不疼娘不愛的沒人管，被人欺負了你們都不知道……」

這話說得可憐，本沒惻隱之心的沈蘭溪忽覺幾分心酸。

「你且先等等，」沈蘭溪打斷他的話，在那雙疑惑的眸子看過來時，慢悠悠的說完。「等你父親回來再哭訴。」

祝允澄抿了抿唇，臉上泛起些羞惱的薄紅。「我哪裡哭訴了！」

沈蘭溪不搭理他這話，自顧自的斟了杯花蜜茶。「你也知道，我最是心軟，若是不小心答應了你，那說的也不算。」

「妳哪裡心軟，方才還與我搶最後一塊糕點吃！」祝允澄與她翻舊帳。

沈蘭溪悠悠喝茶，聞言斜睨他一眼。「那你還要一同去？」

「我、我沒見過蜀地的山，先生說了，讀萬卷書不如行萬里路，我就想去瞧瞧。」祝允澄梗著脖子道。

沈蘭溪瞧他那要面子的模樣覺得好笑，剛想逗弄兩句，外出打工人回來了。

「你留在府中，好生跟著先生讀書，莫要胡鬧。」祝煊直接駁回他的要求，稍頓，又道：「若遇見難事，就與你祖父講，不可逞強。」

祝允澄噘著嘴，負氣的轉過身子，垂頭不吭聲了。那模樣活似被人遺棄的小狗，可憐兮兮的。

相顧無言的用過飯，祝煊去了前院書房，直至夜深才回來。

「怎的還沒睡？」入了內室，他脫去衣裳，看向那在床上蹬腿的人。

沈蘭溪合上話本子，一骨碌從床上爬起來，臉上帶著些薄紅，興奮得似是那偷了腥的貓。「你回來啦！」

祝煊瞧她如春月桃的臉，又不著痕跡的掃了眼那冊子，略一挑眉，也沒戳破。「與父親說了些事，回來晚了。」

熄了燭火，沈蘭溪靠在他懷裡，搓了搓被角，耐不住的出聲。「當真不帶澄哥兒嗎？」

沒想到她會這般問，祝煊睜開眼。「妳覺得應該帶著？方才怎麼不說？」

為了維護你這當父親的威嚴呀！沈蘭溪腹誹一句，安靜幾瞬，聲音輕而軟。「澄哥兒嘴上不說，實則是很想親近你的，當局者迷，你許是沒發覺，他越來越像你了，我知家族同氣連枝，有父親與族中親人照料，澄哥兒留在府裡也不會受委屈，但哪有在父母身邊自在？雖是血緣相連，但是經久不在身邊，難免情感生疏淡薄，幾年或是幾十年後他依舊孝順敬重你，但卻也親近不得了。」

「他年歲漸長，再過幾年便該下場科考了，如今正是需要好生讀書的時候，萬不可懈怠，在外難尋京城這般名師，對他不是好事。再者，他是男子，該學著待人處世了，不能再這般貪吃了。」祝煊說著，無奈的嘆息一聲。「妳說說他。」

沈蘭溪立刻一腳蹬了過去，像是被戳了尾巴的貓。「我是繼母，傳出去便是苛待繼子，祝二郎你不安好心！」

祝煊被她喊得眼皮一跳，摸黑去捂她的嘴。「別嚷嚷！」

「哼！」沈蘭溪咬他手，卻是被捏住了嘴唇。

「但他有一句說得不錯，讀萬卷書不如行萬里路，澄哥兒長到今日，最遠也就去過郊外的校場、莊子，沒瞧過繁華以外的荒涼，也不是好事。」祝煊又道，聲音不疾不徐，內心的糾結在她面前絲毫不藏。

沈蘭溪默默翻了個白眼，不欲多說。

這人自己意識到了，也無須她多費口舌，古人的智慧是無窮的，他還是自行考慮吧。

沈蘭溪丟掉那些心理包袱，蹭回到自己枕頭上要睡覺，忽地又被一把拽了回去，腦袋枕在了那人頸窩。

「別睡，沈先生指點祝某一二？」祝煊聲音很輕，如夏日微風，下巴蹭了蹭她的髮頂。

「方才父親也說，還是把澄哥兒留在府裡的好。」

沈蘭溪眼皮沈重，奈何背後的人實在擾人，不勝其煩道：「不說澄哥兒，就你如他這般大時，可願自己一個人留在家中讀書？

「他含著金湯匙出生，生來便比許多人站得高，不必為生計煩憂，也不必擔心書冊筆墨昂貴，又作何著急去下場，早日登得大殿賺那三兩紋銀？既是福澤披身，那就坦然享之，出去瞧瞧這山河，眼界寬了，只有……」

後面的話沒了聲，小娘子抓著被子昏睡過去。

祝煊卻覺醍醐灌頂，一雙眸子越發光亮，半晌後，不禁低笑出聲。他祝正卿何其有幸，得這樣一娘子啊。

他自幼時，母親溫和，父親嚴苛，祖母雖慈愛，但也未曾溺愛，兄長伴他長至五歲時故去，親情於他羈絆不重，後被選入宮為皇子伴讀，越發勤勉，旁人說起他時，誇讚少年英才，祝家二子無一不是人中龍鳳。

他從前只覺得生於高門，自當如此，教導澄哥兒時，也與從前父親教導他時一般嚴苛，望他早日成長，能擔得起家族門楣，卻是忘了，他也可以過得快活些，他這般年紀，正是愛玩鬧時，也是沈蘭溪入府之後，日漸活潑，那些早早教與他的東西，那孩子未曾忘，便是縱得他外出玩耍幾年又何妨？

五月初，祝家門前，十幾輛馬車整齊排開，馬踏嘶鳴聲甚是熱鬧。

沈蘭溪忽地感覺到了老夫人出門前的快樂，對元寶的囑咐都顯得敷衍了許多。

「……又不是不會見了，不必傷懷，想我了可給我寫信，順便捎帶些好吃的。」

元寶有些難過。「婢子還從未與娘子分開過呢，都怪婢子太能幹了，不如鋪子的事交與旁人，婢子也能隨娘子一同去了。」

相比元寶的傷春悲秋，騎著黑色小馬駒的祝允澄就快樂許多，忍不住搖頭晃腦，語氣歡快。「放心，我會照顧好母親的！」

稍遲些出門來的祝煊在他腦袋上輕敲一下。「坐好，別晃。」

祝允澄「哦」了聲，露出一口小白牙依舊笑得開心。

與祝家主道別後，沈蘭溪腳步輕快的上了馬車，祝煊隨其後。

車隊起，十幾輛馬車熱鬧得似是去走親訪友。

祝家主瞧著他們走遠，才轉身回府，恍然發覺，這偌大的府邸，只剩他自己了。

風吹過，空蕩蕩的。

沈蘭溪隨夫上任，最歡喜的莫過於韓氏，早早就讓人伺候著沐浴、染蔻丹，換了掐腰的新衣裳，在門口等著祝家主下值。

焦頭爛額忙了一日公務的祝家主，瞧見一盞明燈遙遙亮著等他歸時，心頭暖了一瞬。

「怎麼等在這兒？」

韓氏手中的燭火照亮他腳下的路，柔聲答道：「家主都許久不曾陪妾用膳了，妾想您了。」

被這般牽掛著，著實讓人受用，先前的不快頓時消散不少，祝家主面色變得柔和了些，接過她手裡的燈籠，閒話家常般的問：「晚膳做好了？」

步入院裡，韓氏這才輕擺腰肢依了上去，嬌柔的道：「妾作主讓人把您的分例挪來了，也讓人準備了炸肉段和清蒸魚，都是您喜愛的。」

院子裡沒人，祝家主順勢攬住那稍顯豐腴的身子。「妳有心了。」

「夫人不在，妾自是要伺候好家主。」韓氏半邊身子貼著他，手指在那健壯的胸口攀爬。「您今晚留下來陪妾嘛，好不好？」

明目張膽的邀寵，祝家主也不惱，伸手掐了下那軟腰。「依妳。」

受過韓氏的備至殷勤，祝家主大汗淋漓的躺著平息，臂彎裡摟著那不嫌熱的人。

「您這春衫都舊了，今年也沒做新的，裡衣都穿薄了。」韓氏捻了捻他的衣裳，嬌滴滴的嘟囔。

祝家主哼笑一聲，捏了捏她的臉。「是妳想做新衣裳了吧。」

韓氏輕呼一聲疼，順勢攀上他的胸膛，扭了扭。「眼瞧著要入夏了，妾還未做薄衫呢，再做一身紗衣穿給您瞧好不好？」

氣吐幽蘭，噴灑在男人的喉結上，頓時惹得那男人翻身壓了過來，咬著那飽滿的耳垂，似是恨恨。「多做幾身。」

「呀！您怎麼……」韓氏似羞似惱的小拳捶在那滾燙的胸口。「那妾還要多做幾身夏衫～～」

「做！」祝家主乾脆俐落的應了。

紗帳裡的聲音，羞紅了月亮臉，那彎彎的一輪明月，立刻躲到烏雲身後堵住耳朵。

翌日烏雲密布，韓氏一早送祝家主上朝，便讓人去請花嬤嬤來。

她早便打聽了，沈蘭溪走時，把庫房鑰匙和帳冊交給老夫人身邊的花嬤嬤打理，如今府裡作主的都不在，她這半個主子最大，饒是花嬤嬤不情願，有祝家主在，她想要什麼都成。

「姨娘，主院門還沒開。」院子裡伺候的婢女提醒道：「您不必急，左右家主都應了您，不過幾個時辰，等等也無妨不是？」

韓氏勉為其難的「嗯」了聲。

老夫人的院子，縱使她不情願等，也斷然沒膽子去闖。

只是誰知這一等，卻足足等了三日，都等到了祝家主休沐，午時後才聽人來報，說花嬤嬤回來了。

韓氏立刻喚來身邊的婢女去請人，不過片刻，卻見婢女隻身一人回來了。

「姨娘，花嬤嬤說，她告假幾日，院裡大小事情著實忙得厲害，實在抽不出身來，您若是有吩咐，讓婢子去與她說一聲。」婢女小聲道。

瞧韓氏變了臉色，那婢女趕忙小聲提醒。「姨娘，花嬤嬤是府裡的老人，也是老夫人身邊得臉的，夫人與少夫人平日對她也是敬重的，不曾差使。」

韓氏深吸口氣。「家主在何處？」

「家主午飯後便去了前院書房，下人說一直都沒出來。」

韓氏咬了咬牙，生生捱到了晚飯時刻。

「家主晚飯吃得有些多，不如妾陪您去走走，消消食？」韓氏道。

祝家主被伺候著漱了口，也願意陪她走幾步。

出了東院，兩人往園子裡去，韓氏狀似方才想起來一般，道：「先前家主說要給妾多做幾身夏衫，可還算數？」

「自然。」祝家主應了句。

「妾就知道您心裡有妾。」韓氏嬌聲道，挨過去勾著他的手指，晃了晃，軟言央求。「少夫人臨行前，將府中事務交付給花嬤嬤，您知道，老夫人不喜歡妾，妾不敢自己去與花嬤嬤說，您陪妾去一趟好不好？」

祝家主抓住她的手，止了她的動作，眉心皺起。「方才出來時便想著這事吧。」

被瞧出來了，韓氏也不敢撒謊，低聲道：「妾害怕嘛。」

心裡剛燃起的一點火就被這軟聲磨沒了，祝家主繃著臉道：「先前我便說過，莫要耍這些心機，有事坦然言之，妳沒往心裡去。」

乍然間嚴肅起來，韓氏咬了咬唇，乖順認錯。「妾知錯了，您別生氣，妾想與您出來消食也是真的，您一下午都在書房，妾不敢打擾，卻也想您能多陪陪妾。」

祝家主心下一軟。「罷了，這次先不與妳計較，下不為例。」

「妾記下了。」韓氏又晃了晃他的手臂。「您陪妾去嘛～～」

主院，花嬤嬤聽完兩人來意，心下冷哼一聲，果真如少夫人猜想一般，面上卻畢恭畢敬。

「稟家主，少夫人臨行前，交予老奴兩個月府中的花銷，各院置辦東西的銀子、小廝婢女的例銀，每一筆都是算清且記了帳的，東院夫人不在，少夫人便把夫人與老夫人的分例都沒算在內，韓姨娘的夏衫依照府中規矩，可做兩套，若是想多做幾身，超過分例，老奴手裡也沒銀子可挪用。」

聞言，韓氏期期艾艾的瞧了祝家主一眼，又一臉委屈的垂下頭。

「府庫的鑰匙呢？」祝家主問。

花嬤嬤為難道：「家主這就折煞老奴了，府庫鑰匙向來是主母掌著，便是少夫人離家，鑰匙也斷不會交給老奴保管，要不，您稍候，老奴讓人去喚少夫人院裡的婢女來問問？」

祝家主皺了皺眉，卻是問：「若是兩個月後，老夫人沒回來呢，府中開銷如何？」

「家主放心，少夫人與郎君給老夫人去了信，便是兩個月後，老夫人與夫人未歸，老夫人也會讓人送銀子回來的。」花嬤嬤信誓旦旦道。

這還有什麼看不清楚的，沈氏分明是防著的，事事都安排得明白，哪裡像是庶女，便是被用心教導的嫡女，也不外如是。

祝家主嘆息一聲，也不想落了面子再問。「既如此，便把我的衣衫分例給韓氏用吧。」

花嬤嬤的面色越發為難。

「怎麼？」祝家主不悅出聲。

「稟家主，少夫人說，老夫人來信說您的衣裳左右不過那幾樣，今年的夏衫和秋裳都不必做了，省下來的銀子給夫人在外用了。」

第二十六章

祝家主深吸口氣又緩緩吐出。「二郎媳婦……真是能幹。」

花嬤嬤贊同點頭。「老奴也說了，但少夫人說，受人之託自當忠人之事，夫人將府中事宜託付給她，她自得完完整整的交還給夫人，府中便是多花一文錢，她都愧對夫人的信重。」

祝家主心裡忽地抽了一下，有些難掩的落寞。「時辰不早，嬤嬤忙吧，我且先走了。」

兩手空空的來，又兩手空空的離開，韓氏壓著心裡的火氣沒出聲。

好個庶女，竟用這般法子防著她！

「妳回院子吧，不必留燈，今夜我歇在書房。」祝家主簡單交代一句，抬腳往前院去。

「家主……」韓氏柔弱出聲。

祝家主停下腳步，回頭道：「兩套夏衫，再加上去歲的，也夠穿了，不可鋪張浪費。」

說罷，便隻身往書房去了。

韓氏停在原地，恨恨的跺了跺腳，臉色鐵青。

家裡如何，沈蘭溪不甚關心，每日吃睡玩。行在途中，雖比在府中疲累些，但也更為自在。

到了成都府，十幾輛馬車打長街而過，引得行人紛紛駐足。

受沈蘭溪所累，祝煊新官上任還未放把火，名聲卻已大噪——侯府出來的郎君吃不得苦，衣裳皆是綾羅綢緞，靴不沾泥，手不生繭，吃飯用的都是金碗筷。

沈蘭溪聽到傳言，險些笑出聲來，只對面的人端坐，手裡的筷箸是當地人愛用的竹筷，著實冤枉得緊。

「郎君多用些。」沈蘭溪體貼的給他盛了碗老鴨湯。

「母親，我也要！」祝允澄見狀，連忙道。

祝煊瞬時斜睨他一眼。「自己盛。」視線掃過他衣襬上的泥斑，又問：「上午又去田裡玩了？」

「隔壁的肖春廿喊我去的。」祝允澄嘟囔一句。

肖春廿是知府肖大人的長子，虛長他兩歲，雖長得黑，但兩人一見如故，十分合得來。

說罷，他又興沖沖的對兩人道：「今日他們在挖水塘，說是快到黃梅雨時節了，要早早挖好儲水灌溉用，這樣田裡的稻苗才能長得好，我還去幫忙啦！那田裡還有魚，肖春廿說，等夏收時那魚就長肥了，不貴還好吃！到時我買三條來，一條紅燒，一條糖醋，還有一條燉湯喝……」

一張嘴嘰嘰喳喳不得閒，還抽空扒兩口飯，沈蘭溪被他唸得頭疼，剛想開口，忽地外面傳來一道聲。

「澄哥兒，走，去打鳥！」

那說得眉飛色舞的少年也回應一聲。「來了！」

說罷，把碗裡的飯扒了個乾淨，起身後還不忘與父母見了一禮，只那規矩模樣不過一瞬，便撒腿往外跑了。

祝煊瞧得額角跳了跳，評價道：「野得不成樣子了。」

沈蘭溪對他這話充耳不聞，她要如何說？她幼時也如此，怕是能把這俏郎君嚇壞了。

「一會兒給我拿幾兩銀子，得快些給他把學堂定下來，束脩交了去。」祝煊無奈道。

沈蘭溪托腮瞧他，笑得有些壞。「郎君想要銀子？求我呀～～」

祝煊帳上的銀子都交給沈蘭溪打理，外人只瞧見他錦衣玉食，卻不知他身無分文，衣食皆依賴家中賢妻。

只這賢妻，著實愛使壞。

祝煊略一挑眉，透出幾分野，桌下的長腿猝不及防的勾住了她的，牢牢夾住。「鬧？」

「青天白日的，郎君這是做甚？」沈蘭溪故作矜持道。

祝煊輕笑一聲，也順著她的話。「不是要我求妳？這樣不夠？要昨夜那般？」

一連三問，他的面皮著實長進許多，沈蘭溪也不遑多讓，被夾住的腳蹭掉了繡鞋，踩上他的皂靴，挑釁道：「是啊，郎君敢嗎？」

終是烈火燎了原，那人無師自通的用她紓解後，整好衣冠去府衙了，只餘一身燥火的沈二娘無能狂怒，恨恨捶床。

那個混球！

迎來黃梅雨時，祝煊才把上一任按察使東丟西扔的獄案整理完，成日瘋玩的小胖子也被他扔進了學堂，每日晨起練武後便往學堂跑，直至他下值時才回，養了一個冬天的肉漸漸消失蹤跡。

沈蘭溪羨慕，一個勁的追問他如何減肥的？還不忘往嘴裡塞兩塊臘肉，嚼得噴香。

祝煊聽得發笑，靜坐桌前看書。

祝允澄無語到崩潰。「我這是累瘦的，要給我多補補啦！」

沈蘭溪立刻搖頭。「不行！」

這兩個字說得果斷又響亮，著實傷小少年的心。

祝允澄立刻委屈的癟嘴。「果真，妳只喜歡父親，都不心疼我……」

祝煊眉頭動了下，抬起眼來，清淡的「嗯」了聲，那理所當然的語氣委實噎人。

祝允澄剛喝完湯還油亮的嘴立刻閉上，負氣的扭過身子不瞧這氣人的夫妻倆，拿了書冊嘟嘟囔囔的背書。

新學堂的老先生說，若想見解獨到，便要先讀書，讀先人大拿的名作，以面窺骨，瞧他們對問題的思考，奈何他記性不好，讀過就忘，只得苦哈哈的去背。
祝煊在一旁，手握書冊，一副全然不受打擾的模樣，只不過待他讀一段，便會教考其中涵義，不時糾正兩句。如此一來，再是晦澀難懂，這一番問答下來，祝允澄也記得差不多了。
沈蘭溪靠坐在一旁閉眼聽著，兩人的聲音不疾不徐如清泉，著實悅耳，手邊的一碟桑葚被她吃了大半，指腹都染上黑紫，漸漸地，她往嘴裡扔桑葚的動作越來越慢。
「睏了？去睡。」祝煊過來端走碟子，輕拍了下她的手臂。
沈蘭溪朦朧的意識回歸，咕噥一聲，剛要抬手揉一揉睏倦的眼皮，卻被人一把攥住手腕。
「別揉，手髒了。」祝煊替她穿上鞋。「去梳洗吧。」
「哦。」
沈蘭溪沐浴出來後，屋裡只剩祝煊，撐開的竹窗被合上，榻上的小案桌上擺著棋局，黑白棋子對弈，那人拆了頭髮，寬肩窄腰的背影對著她，添了幾分柔和與清冷，此情此景，雅得似是一幅畫。
耐不住美色，沈蘭溪踩著鞋過去，直接軟軟的趴伏在他的肩背上。
祝煊聽見急促的腳步聲，方要回頭，忽地後背一沈，觸感溫軟，帶著沐浴後的馨香，著實考驗人。

「郎君好美呀～～」「沈色狼」不吝誇讚。

祝煊愣了一瞬，轉而低促的笑了聲，喉結隨之滾動。「等我去沐浴。」

這心照不宣的暗示，那人也好好的應了，只是待他回來，卻只見縮在被子裡遮住大半張臉、睡得香的小娘子。

……騙子！

夏雨驟急，沈蘭溪撐開竹窗，懶洋洋的趴在窗前，閉眼傾聽雨聲，只覺得靜謐舒服。

廊下少年低語背書，清爽朗朗。

風聲雨聲讀書聲，聲聲悅耳。沈蘭溪今日也算是體會到了這話中意，著實舒服。

相隔兩條街的土司府衙，門敞開來，裡面的人坐於案桌後，桌上茶香熱氣裊裊，也靜賞著門外的雨。

為數不多的公案整理完，著實清閒，伺候在旁的小廝都忍不住的打盹兒。

反觀隔壁的肖大人，整日忙得不見人影。

祝煊喚醒那小廝。「今日無事，恰逢甘霖，早些回家吧。」

「多謝祝大人。」

撐開油紙傘往外走，還是被瓢潑的雨淋濕衣衫。祝煊行的緩慢，迎面便撞上一個戴著斗笠尚且濕了滿臉的人，對方年過三十，行來腳步匆匆，黝黑的臉上布滿疲憊，頭髮濕得打了結，貼在肩背上，寬肩厚背濕了個透，黑色的衣袍更是在滴水。

「祝大人。」

「肖大人。」

兩人互見了禮，肖萍寒暄道：「祝大人回府？」

「嗯，肖大人可還要忙？若是不然，隨祝某乘馬車一道走？」祝煊問。

肖萍樂呵兩聲，身上的衣裳黏得難受，索性也不推辭。「那便多謝祝大人了。」

馬車上，祝煊從手邊的抽屜裡拿出巾帕給他擦拭，一臉慚愧道：「肖大人這般忙碌，祝某日日清閒，委實有些愧對俸祿了。」

肖萍接過他遞來的巾帕，隨意擦了擦頭髮，聞言立即擺手。「祝大人言重了，您是皇上親派來為咱們斷這刑獄案的，我這只能東西寨子跑跑腿的，哪裡比得上？」

祝煊溫潤的笑了下。「不知肖大人近日在忙什麼，可有祝某能幫得上的？」

「啊……我今兒去找城北的老先生觀了天象，這黃梅雨還有得下，方才去田裡瞧了眼儲水的方塘，都要滿了，再多就要淹莊稼了，得盡快讓人去把河道疏通，日夜監守著，不然這茬兒莊稼若是壞了，夏收就要完了，到時就麻煩大了。」肖萍撓了撓頭，尷尬一瞬後不自覺的絮叨。

「要撥銀子去招工？」祝煊問。

肖萍慌忙搖頭。「你沒看過帳簿，帳上哪裡還有銀子？我打算明兒去找趙義磨一磨，從他軍營裡尋些人來。」

趙義是成都府宣慰史，與肖萍一樣是土官，兩人自幼相識，皆承襲祖輩官職，一文一武涇渭分明，只那人忒護短。

祝熀略一挑眉，沈吟道：「來了將近一個月，只初初時見過趙大人，肖大人明日可否帶祝某一同去拜訪？」

「那有何難，一同去便是。」肖萍爽快道。

「多謝。」祝熀悄悄換了稱呼，以字相稱。

「正卿何必客氣。」肖萍擺擺手，又忽地有些難為情道：「倒是我，把你的馬車弄髒了。」

「不妨事。」祝熀說著，瞧他仔細擦拭腰間的荷包。

肖萍察覺到他的視線，抬頭，黝黑的臉上升騰起薄紅，語氣羞臊又僵硬，揪著那荷包小心揉搓，像要用自己的體溫給捂乾似的。「這你嫂子縫的，成日說我一個大老粗糟蹋東西，若是回去瞧見這荷包壞了，又得與我鬧。」

赤裸裸的炫耀啊。

祝熀嘆息一聲，不願多瞧一眼自己腰間，那用裁衣服剩下的邊角料做的荷包。

幾句話間，馬車在府前停下。

一座三進院與一座二進院並肩而立，還能瞧見一道挎著竹籃的爽利身影撐著傘，進了左手邊那道二進院的門。
「欸，我家婆娘！」肖萍驚嘆一聲，匆忙與祝煊道別，拿著自己的斗笠追了上去。
「大人？」阿年輕聲喚了聲車裡沒動靜的人。
「嗯。」祝煊應了聲，又過了片刻，方才撐傘下了馬車。「車上的坐墊濕了，記得找綠嬈換一個。」
二十出頭的小夥子，頓時羞煞得臉上著了火，急忙出聲。「郎君！」
祝煊側眼。「做甚？我又沒說什麼，記得做事。」
說罷，施施然的撐傘回了府。
嗯，阿年還沒娶到心儀之人呢，他卻已嬌妻在懷，已然很好了。
把自己哄好的男人，一進屋，便瞧見那兩人湊著腦袋在桌前吃東西，滾圓雪白的湯圓蒸騰著熱氣，散發著淡淡的甜香。
「今日這麼早就用晚飯了？」祝煊問著，掃了眼兩人手裡的碗和湯匙。
沈蘭溪與他招手。「快來，隔壁肖大人家的夫人送來的，剛出鍋的！」
祝允澄嘴裡剛塞了個湯圓，被燙得直抽氣，聞言附和著點頭。
祝煊心下嘆息一聲，指望這個貪嘴的什麼呢？
他上前，主動解下腰間的荷包，指著那勾了絲的地方，主動道：「這荷包壞了，也用了許久了，娘子閒來幫我新繡一個吧。」

沈蘭溪只瞧了一眼便不感興趣的收回視線，回得甚是大方。「趕明兒我讓阿芙給你多做幾個，日日換著來用。」

祝煊一口血險些噴出來，哪裡有這般木訥不開竅的人兒？

「荷包是貼身之物，還是娘子來繡為好。」祝煊勸了一句，話語稍頓，索性破罐子破摔，直言討要。「我想要娘子親手繡的荷包。」

祝允澄躲在一旁吃湯圓，簡直沒眼瞧這樣的父親。

坊間總傳女子愛拈酸吃醋，但他父親此時不也是……

沈蘭溪餵了他一顆紅豆湯圓，慚愧道：「可我繡工不佳，恐郎君佩戴在身讓人笑了去。」

祝煊睇眼瞧她，那張白裡透粉的臉上不見絲毫心虛，越發顯得氣悶。「那算了。」

饒是祝允澄也聽出他父親這話裡的不高興，他撓撓頭，看一眼這個，又瞧一眼那個，不知如何開口。

一個聲音說：不就是一個荷包嘛，母親就幫父親繡了唄！

另一個聲音又說：不就是一個荷包嘛，用什麼不是用，作何非得是母親繡的呢？

唉，大人好麻煩哦！小孩不懂，但不想被殃及池魚，又吃了一碗湯圓後便閃人了。

沈蘭溪卻像是沒心肺一般，像是絲毫沒瞧出祝煊失落的神色，吃完湯圓，還吃了兩塊白米軟糕才作罷。

祝煊一口氣悶在胸口，實在鬱結。「今夜我歇在書房。」

「哦，那讓綠嬈多鋪兩床被褥，別再染了風寒。」沈蘭溪翻看著畫冊，頭也不抬的叮囑，似是分毫不走心。

祝煊越發覺得心塞，故作冷淡的「嗯」了一聲，出了門。

窗外雨勢絲毫不見變小，不過片刻屋裡便暗了下來，綠嬈進來掌了燈，順便將廊下的燈籠也點亮了，橘黃色的光在這樣的雨夜多了幾分暖，越發顯得方才開門出去的背影寂寥。

沈蘭溪手裡握著畫冊，卻是突然失了興致。畫得也就那樣，哪裡好看了？

胸口悶著一口氣，有些難受，這雨怎的還下個沒完，好不吵人！

「綠嬈，將針線笸籮拿來。」沈蘭溪忽地翻身坐起。「再讓阿芙去翻找些與郎君衣衫近色的布料來。」

「娘子是要給郎君做衣裳？」綠嬈詫異道。

「繡個荷包。」沈蘭溪盤腿坐著，雙手托腮，悶聲嘟囔一句，也不知在生誰的氣。

綠嬈偷笑一聲，屈膝應了去。

沈蘭溪，妳好沒出息，談什麼戀愛，太折磨人了！纖細的手指氣得掐了自己一下，又立刻疼得咧嘴。

一刻鐘後，沈蘭溪手握針線，如臨大敵。

「少夫人不必緊張，很簡單的。」阿芙為她打氣道。

沈蘭溪一臉生無可戀。「我也曾學過的。」

林氏雖沒指望她嫁入高門，卻還是請了先生教她識文斷字、珠算帳冊、琴棋書畫和女紅女德。前兩者有上一世記憶加持，學得尚可，為中者不過爾爾。至於後者，也就禮儀學得不錯，旁的沒甚臉面提，怕使先生臉上蒙羞。

夜深了，人散了，沈蘭溪揉著被扎了幾次的指腹，負氣的把那破布料子扔到床底，熄了燭火便滾上了床。

誰愛繡誰繡！她沈二娘握筷子的手揑不了繡花針！

偌大的床上只她一人，不過一盞茶的工夫，沈蘭溪又一骨碌翻身坐起，重新掌燈，踩著鞋去把那破布料子撿了回來。

這是她挨了好幾下針繡的，憑什麼扔掉？

翌日天矇矇亮，昨夜瓢潑的雨變成了細雨，阿年匆匆前來喚祝煊。

「郎君，肖大人來了。」

祝煊尚未起身，抬手揉了揉眼睛，一夜睡得不好，腦子都在嗡嗚，他啞著嗓子道：「知道了，去給肖大人上些點心和茶水，我等等就去。」

怕人等久了，祝煊匆匆漱洗後便去了前廳，阿年端上去的點心也只被吃掉兩塊。

「對不住，讓子埝兄久等了。」祝煊拱手作揖，致歉道。

肖萍被那點心噎得不輕，聞言連忙擺手，灌下一杯茶後才順了氣。「沒有沒有，是我昨兒回來時忘了與你說了，得在趙義那廝出門前將人攔下，不然就難尋他人影了。」

兩人往外走，肖萍幾次回頭瞧他，最後還是忍不住問：「瞧你臉色不好，莫不是昨日著涼了吧？」

「不妨事。」祝煊溫言道。

瞧他不欲多說，肖萍也極有眼色的不再多問，與他說起今日要做的事。

兩人出門早，趕去趙府時也不過天光大亮。宅子有些舊，但瞧得出被人用心打理過，就連門口石縫裡的青苔都被整理乾淨。

肖萍與趙義顯然是熟稔的，開門的小廝並未前去通稟，直接帶人步入府裡。

趙義長得五大三粗，兩道劍眉似是要飛入鬢裡，身上的衣裳單薄，裹著一身腱子肉，手握長槍，一招一式又快又狠，蘊著無盡的力量。瞧見他們過來，提著長槍走了過來，在這風吹細雨的天裡淌著熱汗。

祝煊頭頂還撐著傘，兩廂對比，越發襯得他似是一豆腐白的文弱貴公子。

「祝大人。」趙義朝他拱了拱手。

祝煊回禮。「趙將軍。」

趙義看向肖萍，眉間溝壑深深。「又來堵我？」

肖萍沒少幹這事，被他戳破也不覺窘迫，反倒咧著嘴笑，一根手指往上指了指天。「瞧見沒，還在下。」

這暗示赤裸裸，趙義性子直，也不會裝傻充愣，直接拒絕道：「不借！」

肖萍「欸」了一聲，立刻獻殷勤的湊上去，接過他手裡的長槍，又討好的為其撐傘。

「我也是沒法子啊，你也知道去年那點收成，雜七雜八收上來的銀子早就用完了，但這田裡水漲等不了人，若是不趕緊疏通，今年的收成又得糟。」

趙義冷哼一聲，倔強道：「營裡的將士是來守城的，不是成日去給你做苦力的。」

肖萍動之以情沒用，又開始曉之以理。「不管是守城還是疏通渠道，不都是為了百姓？如今城門且安，但疏渠迫在眉睫，輕重緩急曉得吧！」

年年翻來覆去的這幾句話，趙義聽得耳朵生繭。「事有權重，職責分明，沒銀子就讓你衙署的人去通，作何來使喚我的人？」

肖萍面色苦不堪言，倒苦水似的道：「你又不是不知道，衙署加上我家裡的，總共才幾個人？他們就是不眠不休的幹幾日都幹不完的。實在不行，我付銀子好了，你去拿紙筆，我給你寫欠條。」

趙義氣得瞪他，險些炸了。「還寫欠條！我他娘手裡都攥著你五、六張欠條了，你倒是還啊！」

祝煊險些被這雷霆萬鈞的一句吼得笑了，又竭力忍住。只是不由得想，若是沈蘭溪在這兒，約莫會聽得開心。

肖萍沒臉沒皮得像是街上的無賴。「左右都攢了幾張，也不差再多一張嘛。等這次徵了夏稅，我就給你銷帳……作何這般瞧我？你我相識幾十年了，我肖子埝是那種賴帳的人嗎？」

趙義白他一眼，剛要開口，一個婢女行至近處。

「稟將軍，夫人擺好膳了，見將軍遲遲不回，便差婢子來催催。」

「知道了，去多擺兩副碗筷。」趙義道。

婢女退下，肖萍立刻又放下知府大人的面子，繼續喋喋不休的游說，甚至翻起往日的舊帳。「……不說旁的，就說你之前與你婆娘的事，是誰在幫你？還不是我肖子埝！我出錢又出力，身上那十兩銀子的紅封還沒捂熱，直接都給了你，我讓你還了嗎？那陣子我還費勁幫你躲開你阿爹，為此我可是被我阿爹揍了一頓馬鞭，足足在床上躺了一個多月才好，如今身上還有印子呢，不信我給你瞧瞧——」

肖萍說著就要解腰封、脫衣裳，給他瞧後背的馬鞭印。

趙義忍無可忍的按住他的手，丟臉到臉紅。「借你！」說罷，又氣得咬牙。「陳年爛芝麻的事也要翻出來說，不夠你丟人的！」

這練武場也就他們三個，肖萍絲毫不覺得丟臉，達到了目的，立刻笑得跟花兒似的。「哎呀，你看你，早這麼說不就好了嗎？走走走，去吃飯，餓死我了。」說著已經邁開腿，熟門熟路的往外走。

趙義克制住想要朝那混不吝的玩意兒踹過去的腳，側身與看了一場戲的貴公子對上視線。「祝大人一起吧，用過飯還有得忙。」
祝煊微微頷首。「那就叨擾了。」
三人行至廳堂，孩童嬉鬧的聲音打破雨霧，稚嫩又清脆，祝煊忽地想起家裡瘦下來的兒子，好似從未聽他這般笑過，總歸是有虧欠的。
「阿爹！」
「阿爹！」
聽見腳步聲，兩道小身影一前一後張著手臂飛撲過來，各分了趙義一條腿抱著，歡喜得咯咯笑。
趙義彎腰，一邊一個抱起，故作嚴肅的問：「怎麼這麼能鬧？」只那為父者的慈愛卻從眼睛裡跑了出來。
兩個孩子絲毫不怕他這模樣，趴在他肩膀上好奇的瞧著新面孔。
趙義掂了掂兩個肉團子後又放下，語氣不覺柔和。「這位是祝阿叔，喊人。」
剛兩歲的小孩，小胖手交握著，像模像樣的向祝煊行禮，奶聲奶氣道：「祝阿叔好！」
祝煊瞧著兩個粉雕玉琢的小人兒，難得生了幾分窘迫，與之解釋道：「今日來得倉促，忘了備禮，改日阿叔定給你們補上。」
肖萍聞言忍不住笑。「祝大人果真出身世家，哪裡有那麼講究？」
他們這兒也就辦宴席或過年時會送禮，平日你來我往的哪裡會講究那些？整日都想著如何填飽肚子，才沒工夫想這些人情往來呢。

說話間，一道娉娉裊裊的身影從屏風後走出，女子弱柳扶風，臉上的笑也柔和。

「這是我娘子。」趙義介紹。「這位是京城來的祝大人，新任按察使。」

「趙夫人。」

「祝大人。」

兩廂問候，趙義問：「寒哥兒呢？方才不就回來了？」

「後面換衣裳呢，都濕透了，」楚月說著，一雙細眉蹙起。「也不怕孩子著涼了，你的衣裳也拿來了，去換吧。」

趙義也不與她爭論，只指了指扒人大腿的兩個小孩道：「別抱他倆，又重了些，仔細腰疼。」說罷，大步走入屏風後。

楚月應了一聲，招呼祝煊與肖萍道：「先坐吧，他們換了衣裳就來。下人稟報的倉促，未來得及準備什麼，都是家常小菜，還望兩位莫要嫌棄。」

「嫂嫂客氣了，我這人像是我家婆娘說的，野豬吃不了細糠，有口吃的就行，不挑！」肖萍樂呵呵道，說完轉頭看向祝煊，頓時樂了。

梳著羊角辮的小姑娘扒著人家大腿，仰著腦袋瞧那張俊臉，肉乎乎的小嘴流出一串清亮的哈喇子。

小孩太軟了，祝煊渾身僵硬，垂眸與那雙亮葡萄大眼瞪小眼。

「哎喲，曦姐兒，妳都把口水流到祝大人身上了，快收收。」肖萍說著，哭笑不得的躬身把那小孩抱起來。

楚月聞聲回頭，一張臉險些燒起來，連忙讓人去拿一套乾淨的衣衫來。

祝煊剛要開口，那小婢女已然出去了，索性作罷，受了對方不安的歉意。

「阿叔……好俊！」趙曦被放在椅子上，晃著兩條小胖腿，喜孜孜的看著對面的男人。

楚月尷尬得厲害，所幸趙義與長子換好衣裳出來了。

趙寒上前，先與肖萍見了一禮。「見過肖阿叔。」

說罷，又微微側身，再次拱手躬身道：「晚輩趙寒，見過祝阿叔。」

少年郎身量比澄哥兒高了一截，也結實許多，臉上的稚感已然褪去，逐漸分明的稜角顯現出了銳氣。

「三日後是犬子的冠禮，祝大人若是得閒，可帶夫人與令郎一同來觀。」趙義邀請道，又補充一句。「不必帶什麼禮，人來便好。」

對後面那句，祝煊不置可否，只是疑惑。「寒哥兒年幾何？」

「束髮之年，只是蜀地不比京城，這裡各族多是束髮時便行冠禮，孩子苦呀，可肆意胡鬧的也就那幾年光景。」肖萍與他解惑。「寒哥兒與趙義學武，也要入軍營了。」

祝煊略一挑眉，隨即頷首。

用過早飯，祝煊換下那沾了口水的衣衫，隨著肖萍東奔西跑，時常立於眾人身後，靜得恍若不在，瞧著他大事小事都親力親為，也算知曉為何這一日日的總不見他人影。

兩人一道回府，祝煊徑直往後院去，桌上飯菜已然擺好，只等他了。

「父親總算回來了。」祝允澄似是抱怨一般小聲嘟囔道。

沈蘭溪懶懶的掀起眼皮瞧來，上下掃一眼，頓時炸了。「狗東西！」

祝煊眼皮一跳，還未開口，胸前的衣裳已經被一把扯住，那炮仗連推帶搡的趕他。「出去，別髒了我的地方！」

祝允澄瞪圓了眼睛，一時反應不及，只瞧見自己父親被推出門外，還頗為狼狽的絆了一下，險些摔倒。

祝煊腦子嗡嗡的，趕忙抓住她的手。「這是怎麼了？」

這人臉上的怒氣不是假的，恨不得燃成一團火把他燒個乾淨才好。

「我先前便與你說過，出去尋花問柳，就別再進我的門兒！看來那日你沒聽進去，那我今日也換一句，往前種種都作罷，明日你我就去官府拿和離文契，往後——」話沒說完，沈蘭溪就被拽進一個懷抱，箍在腰間的手臂似鐵一般，緊得她都有些疼，憋紅了一雙眼。

「尋花問柳？我尋哪家的花、問哪家的柳了？」祝煊摟著那隱隱發抖的嬌軟身子，腮幫子緊繃，頗有些咬牙切齒。「不信我？那解開衣裳來檢查，聞聞上面是不是妳的味兒！」

男人氣極，胡言亂語著糙話，又恨恨的在她臀上拍了下，一字一句的與她算帳。「往前種種要作罷？去官府拿和離文契？知道的不少，還想做甚？」

沈蘭溪被他拍了兩下，不只紅了眼，更是紅了臉，氣急敗壞的叫嚷。「祝煊！你家暴我！」

祝煊被這聲喊得只覺腦袋要炸了，胸口起伏幾下，掐著那細腰避開被風吹得飄入廊下的雨絲。

「你休想蒙我！你身上穿著誰的衣裳能說得清？」沈蘭溪被他壓在窗前，氣勢絲毫不減。「我不只知道和離文契，我還知道分家產！你如今的錢財都在我手裡，我——」

祝煊被她左一句和離、右一句和離，刺激得額角的青筋直跳，也變得口不擇言。「妳怎的不說分遺產呢！」

沈蘭溪張了張嘴，卻是沒出聲，整個人似是被雷劈似的愣住，下一瞬，眼淚啪嗒啪嗒的滾落，花了滿臉。

話一出口，祝煊也覺得不妥，卻被她的反應嚇得分了神，抬手抹去那滾燙的淚，不覺結巴。「哭、哭什麼？」

沈蘭溪委屈的哭出了聲，一把推開他，蹲下抱住自己。

嗚嗚嗚嗚——她沒救了，這個混蛋都出軌了，她還是不希望他死！

風聲雨聲和著委屈嗚咽聲，祝煊心疼得紅了眼眶，蹲下身子拍了拍她肩背，理智回籠，細細與她解釋。「沒有妳說的尋花問柳，今日我隨肖大人出去了，是以早上才沒與妳一同用早飯，今兒一整日都與他在一處，帶著從趙將軍處借來的人去通了河道，又跑了兩個村寨……午飯是在街上吃的，肖大人請我吃拌麵，不怎麼好吃……」

他瑣碎的說著，全然沒了邏輯，只落在她背上的手一下下的幫她順氣，安撫似的哄她。

哭聲變成了抽噎聲，一雙兔子眼睛慢吞吞的從手臂間冒出來，嗓音細軟帶著哭腔。「那你還吃……我晌午還等你吃飯，都沒等到……你回來還換了一身旁人的衣裳，上面還香香的……混蛋……」

祝煊眼皮一跳，瞬間領會了她的意思，無語了一瞬，又忍不住輕笑。「這衣裳是趙將軍的，早上去他府上，他家孩子的口水沾到我衣衫上，趙夫人過意不去，便讓人拿一套乾淨的給我換，後日他家長子行冠禮，妳我一同去，屆時妳一問便可知。至於晌午，對不住，阿今兒駕車，也沒工夫回來說一聲，讓妳平白等了，餓了嗎，進屋吃飯？」

沈蘭溪收回視線，抱著膝蓋一副可憐模樣，不時地抽噎一下，不想吭聲。

倒不是不信祝煊這話，而是覺得有些丟人，更是害怕。

今日這事雖是一場鬧劇，但她的反應卻不如先前設想的那般灑脫，會難過，會控制不住的哭。

「啊！」沈蘭溪驚呼一聲，兩隻手臂自發的纏上男人的脖頸。

祝煊抱稚童一般，托著她的臀腿將人抱起，讓她坐在他的手臂上，仰望著那雙哭紅的眼，認真道：「別胡思亂想，不會有那些糟心事，妳要知道，妳我相比，妳才是那個最讓人喜歡的。」

一旦辜負，此生都不會再有。

他的眉眼太過認真，沈蘭溪心跳搶了拍，瞬間亂了，哼道：「你放我下來。」

吵鬧過後，飯桌上甚是寂靜，祝允澄悄悄看看這個、瞧瞧那個，惆悵得很。

忽地，他碗裡多了塊臘肉，眼睛瞬間亮了起來。

「好好吃飯，別操心。」沈蘭溪嗓音還帶著些沙啞。

祝允澄「哦」了聲，心下安心不少，禮尚往來似的給她舀了碗湯喝。

翌日，用過早飯，祝允澄便揹著書袋像往常般出了門，往身後瞧瞧，空無一人，腳步一轉，拐進了隔壁院子。

第二十七章

「咕咕——咕咕咕！」

「誰家養的雞跑咱們院子裡了嗎？」肖萍咬著油餅疑惑道。

唏哩呼嚕喝粥的肖春廿瞬間豎起耳朵，兩三下把碗裡的白粥一掃而空，胡亂抹了嘴，拎起手邊的書袋便跑。「阿爹、阿娘，我去上學了！」

「慢點跑！跟你爹一個樣……」

肖春廿把他阿娘絮叨的話拋在身後，跨過二道門，左右瞧過，才發現那躲在影壁後的人。「澄哥兒！」

祝允澄立刻幾步蹦過去捂住他的嘴。「小聲些！」

黑臉腦袋點了點，示意他鬆手。

「你不去學堂，尋我做甚？」肖春廿依言，做賊似的小聲問。

祝允澄沒言語，直至拽著他出了府，拐過這條巷子才拋出一句。「我們今日別去學堂了。」

肖春廿瞬間瞪圓了一雙眼，腦袋搖得跟他弟弟手裡的撥浪鼓似的。「不行不行，要是被我阿爹知道，我帶你逃學去玩，一雙腿都能給我打斷了！」

呢。

先前帶著他玩過河塘，這人險些栽進塘裡，回家後他還被他阿爹揪著後脖領抽了幾下

「慫不慫？是我帶你逃學，要打也是先打我，你怕甚？」祝允澄挺著腰板道。

「你不怕挨揍嗎？」肖春廿皺了皺鼻子，有些糾結。

「不怕！」祝允澄朗聲道，他父親打人又不疼……

肖春廿鼓了鼓臉，拍板道：「成！你是想上樹掏鳥去，還是下河摸魚？」

祝允澄鬆了口氣，卻沒答他這話。「先去學堂與先生告假，一刻鐘後在涼茶鋪子見。」

「啊？」還能這樣？

祝允澄還是頭一回來肖春廿讀書的學堂，問了人才尋到山長。「我是他阿弟，他今早身子難受，父母在家中照料，我順道來替他與您告假，還勞累您與我阿兄的講學先生說一聲。」

言辭懇切，語氣真誠，山長信了十成十，打發他速速去上學。

祝允澄行禮謝過，顛顛兒的揹著書袋直奔約好的涼茶鋪子，肖春廿已然在那兒等著了。

「如何？」

「妥了！」肖春廿自信道。

祝允澄安了心。「今日不掏鳥也不摸魚，我們去練武吧！不然我先前與大舅學的那些也要荒廢了。」

「啊？可是我不會啊。」

祝允澄神色也頓住，心裡卻是啪啪啪的鼓掌，他就知道！

「有法子了！」肖春廿緊接著又出聲。「趙伯父家的寒哥兒會武，我帶你去找他練！」

風風火火的人，卻是沒瞧見那白面小孩臉上得逞的笑。

逃學的兩人從城東跑去城西時，早已日上三竿了。

門口的小廝瞧見來人，行禮後把兩人領去了練武場。

肖春廿拉著祝允澄朝那瘦高的背影衝了過去，揚聲喊：「寒哥兒！」不等跑近，腿上忽地多了兩個秤砣，生生止住步子。

「曦姐兒，妳是女娃，我是外男，妳不能這般抱我的腿。」肖春廿不厭其煩的道，彎腰把那肉秤砣抱起。

祝允澄的視線在這兩個小孩臉上掃過，沒瞧見口水，心情有些複雜。

趙寒聞聲回頭，額頭上布著汗，視線掠過肖春廿，落在他身旁的小郎君身上。

約莫十歲的年紀，一身雨後天晴的錦緞，越發襯得那張臉俊俏白皙，像是曦姐兒方才硬塞給他的雞蛋白，微垂著眼，瞧著他腿邊仰著腦袋的越哥兒。

被打量的人忽地抬眼，與那幾步遠的人猝然對上視線。

「寒哥兒你快來，曦姐兒好重啊！」肖春廿不堪重負的叫嚷。

趙寒這才驚醒了一般，倉惶回神，把手裡的彎刀放在架子上，大步朝他們走來。「今兒怎的過來了，不去學堂？」
不待他答，又問：「這位小郎君是？」
「祝家祝允澄，見過趙家阿兄。」祝允澄行禮道。趙寒也拱手回了一禮，道：「我叫趙寒，尚未取字。」
「明兒就有了。」肖春廿咋呼道，忙不迭的把手裡的小胖妞要甩給他。
趙曦雖小，但也極有規矩，阿兄身上出了汗，臭臭的，才不給他抱，小胖身子直縮著躲開他的手。
趙寒無語。
「這個……漂亮哥哥抱～～」
奶聲奶氣，兩個蓮藕似的嫩胳膊伸向祝允澄，明顯的差別對待，絲毫不考慮自家兄長的心情。
趙寒氣得咬牙，在那小肉屁股上呼了一巴掌，托著她的腋窩把人放到地上。「多大了還要人抱，自己站著。」
趙曦哼了一聲，扭著小胖身子轉身就抱住了祝允澄的腿，仰著腦袋，眼睛眨巴著瞧他。
祝允澄想到自己的目的，扒開那兩隻小肉手，蹲下身與之平視，認真的問：「妳會流口水嗎？」

話音剛落，那肉乎乎的嘴微張，嘴角一道口水滴到煙粉色的小花衣裳上，小孩咧嘴一笑，立刻撲進了他懷裡。「哥哥……好看！」

哦——那昨日父親說的話就是真的了！

祝允澄懵懵的想，一顆心頓時踏實了。

趙寒瞧他神色，頓覺冒犯，趕緊把那黏人的孩子從人家懷裡抱出來。「對不住，家妹被寵慣得有些不聽話。」

心情鬆快，祝允澄抬頭，笑出了一口小白牙。「無礙，她還小，自是聽不懂道理，長大些再教也無妨。」

話音剛落，只見那原本乖乖站在一旁的小郎君也撲了上來，摟著祝允澄的脖子，笑得瞇起眼。「越哥兒也還小哦～～」

這孩子似是聰明得成了精，肖春廿愣了一瞬後笑開，笑得上氣不接下氣。「哎，寒哥兒，你弟弟當真聽不懂話？」

趙寒臉黑如硯池，一把拍開他的爪子。「喊我阿兄！」

都是熊孩子！

「我父親昨日抱了曦姐兒？還被沾了口水後換了衣裳？」祝允澄瞧著那張黑臉問道。

趙寒點頭，有些無語。「曦姐兒瞧見長得好看的就會流口水，昨日弄髒了祝大人的衣衫，阿娘便讓人拿了一套乾淨的來給他換。」

得了這話，祝允澄一顆心踏實了，便聽到他問：「祝大人的衣裳昨日讓人洗了，下著雨，約莫還沒乾。」

「不急不急，我也不是來拿衣裳的！」祝允澄趕忙道，若是他拿回去了，他父親不就知道他今日逃學了嘛！

聽得這話，肖春廿這才想起兩人來這兒的緣由，嚷嚷道：「寒哥兒，澄哥兒來是想與你練武，你倆快比試比試！不過，你下手輕些，可莫要打傷他！」

探得了原委，祝允澄本想拒絕這事，聽得後面一句，頓時冒出了囂張氣焰。「誰傷誰還未可知呢，你休要長他人氣焰，滅我的威風！」

受不得激。

趙寒聽得扯唇笑，拱手道：「在下趙寒，今日便領教一下祝郎君的威風。」

他亦然。

祝允澄驕傲的哼了一聲，拋下兩個小孩，跑過去挑選武器了。

他掠過長槍彎刀，往那發亮的大刀上摸，抬了下，沒動靜，有點丟人，爪子裝作無事發生，無縫接軌的伸向它旁邊的一柄軟劍。銀色劍柄，上面刻著花紋，與旁邊那五大三粗的傢伙一比，顯得異常秀氣。

「欸——」肖春廿一帶二的過來，瞧見他的動作，慌忙開口。

「挑好了？」趙寒過去，在祝允澄身旁站定。

「嗯，你用什麼？」祝允澄手握軟劍，側頭問。無論他拿什麼，他都要給他打趴下！

「這個。」趙寒挑了他方才拿不動的大刀。

祝允澄無語。他果然瞧見了！

「澄哥兒，小心點，這廝手黑得很！」肖春廿在一旁搖旗吶喊。

他與趙寒相識多年，這人不論讀書還是習武都學得很好。反觀他，學堂不放假，他都得給自己放兩天來玩，時常被他爹娘追著混合雙打，雖多是趙寒救他的，但誰讓他恩將仇報，就想看他吃癟的樣子呢～～

場上刀光劍影，又開始飄下細雨，那兩個小孩已經手牽手的躲去廊下，目不轉睛的看著兩人打。

「哥哥厲害……漂亮哥哥打！」趙曦邊喊邊手舞足蹈的動，一雙眼睛亮堂堂的。

「笨，是哥哥打漂亮哥哥。」趙越糾正道。

趙曦立刻鼓起一張小臉。「不，漂亮哥哥打，哥哥不打！」

這邊爭執不休，那邊也是。

祝允澄手裡的軟劍靈活，卻被那一次次劈下來的大刀震得手臂發麻，越來越力不從心。

這人年紀不大，力氣倒是不小……只腹誹了一句，咚的一聲，他右手再次麻得發疼，瞧著手裡的軟劍就要飛了，那大刀卻脫了手。

「咦？」祝允澄瞧著那飛出去的大刀，傻了眼。

「哇哇哇——澄哥兒果真厲害！」肖春廿飛奔過來，一把摟住他的脖子，笑得渾若自己贏了一般開心。

「哇，漂亮哥哥！」小迷妹趙曦興奮得兩頰紅紅，扯著小哥哥直蹦躂。

「嘿嘿嘿！寒哥兒，輸了吧！」肖春廿笑得幸災樂禍，黝黑的臉顯得那一口牙越發的白。

趙寒瞥他一眼，道：「去把刀給我撿回來。」

肖春廿看得歡喜，也樂得給他跑腿，顛顛兒的過去撿刀了。

「你……怎的脫了手？」祝允澄不解的問。

趙曦揉了下腰，道：「前些日子扭了腰，還沒好透。」

「欸，你都要娶婆娘了，怎能腰不好呢？」肖春廿扛著大刀回來，聞言立刻嚷嚷。

趙曦眉心一跳，氣得一巴掌拍他腦門。「你又知道！成日不好好讀書，看的些什麼，明日我就與肖阿叔說！」

「我錯了錯了！」肖大郎能屈能伸。

祝允澄眨了下眼睛，沒懂那兩者之間的關係，只是驚訝。「趙阿兄都要娶妻了？」

明明還與他一般未及弱冠啊！

「沒有的事，聽他胡言。」趙寒道。

「他倒是想娶，只那賣豆腐的阿姊不嫁給他！」肖春廿立刻接話，笑得有些嬌羞。「那阿姊說，她不喜歡舞刀弄槍的，喜歡我這樣讀書的，還說等我長大便嫁給我做娘子～～」

喔！祝允澄聽得雙眼發亮，等他回去要講給沈蘭溪聽，她定然喜歡！

趙寒翻了個白眼，也拆他的臺。「那時少不更事，只喜歡那阿姊釀的豆腐才說了那樣一句，你要逢人都講一次嗎？況且，那阿姊說喜歡你這樣的，也不過是因你太能吃了，她賺銀子，才要你時常來。」

「呸！」很實的一聲。

祝允澄不動聲色的往旁邊挪了挪，避免被捎帶上。

而被呸個正著的人頓時黑了臉。「肖、春、廿！」

嘴欠的人挨了一頓揍，委屈的跟著祝允澄去街上買小食了。

比起昨日肖萍請祝煊吃的麵，祝小郎君就闊氣許多，荷包裡前幾日剛發的例銀沈甸甸，最是東逛西玩的好時候。

直至日暮時，兩人才意猶未盡的抱著好吃的各自回家。

甫一進院，祝允澄腳步瞬時頓住，呆呆的看著廊下那長條木凳與立在旁邊的執杖人。

門口的綠嬈瞧他一眼，立時上前叩門。「稟郎君，小郎君回來了。」

門從裡面拉開，一顆腦袋冒了出來，黑髮間的步搖晃了晃。

「進來。」沈蘭溪招手道。

祝允澄頭皮發麻，小步往前挪了挪，以唇形問父親是否在屋裡？

沒等到回答，那扇鏤空花格的木門被敞了開來，露出裡頭面若寒霜的人。

「父、父親！」祝允澄立刻挪開視線，垂首行禮道。

祝煊薄唇輕抿，掃了眼他滿懷的吃食。「剛下學？」

語氣與往常無異，祝允澄眼珠子轉了轉，也不知他知道了多少，屏著氣沒有答。

「說話！」祝煊厲聲呵斥道。

這一嗓子，祝允澄心裡所有的僥倖都消失得一乾二淨了。

「不是，」祝允澄抿了抿唇，終是坦白道：「我今日沒去學堂。」

沈蘭溪被祝煊扯著手腕站在他身後，聞言鬆了口氣。沒說謊，可以從寬處理吧？

「自去長凳上趴好，行杖二十。」祝煊語氣似是結了冰一般，冷得嚇人。

沈蘭溪也被嚇了一跳，臉上的神色頓時落下，囁嚅的喚他。「祝煊……」

「妳不必為他求情，事情既是做了，便要自個兒擔著。」祝二郎鐵血無情道。

祝允澄瞧出了他臉上的堅定，把手裡的東西放置一旁，挪步去長凳上趴好。「祝家不肖子孫祝允澄，今日逃學，請行家法。」

「打。」

厚重的木杖與皮肉相撞，一聲聲的甚是沈悶。

沈蘭溪聽得心驚肉跳，只覺得那木杖打在她自己身上一般，克制不住的發抖。

祝煊攥著她兩隻手腕，側頭瞧她白了的臉，有些無奈。「怕成這樣？」

一瞬間，不知道哪裡來的委屈浮上心頭，沈蘭溪紅了眼眶，努力憋著不讓淚落下。「霸道！都不聽人解釋，只會行家法！」

她罵一句，便抬腳踹他一下。

祝煊青竹色的衣襬上落下灰白的鞋印，卻是沒攔她。

挨打的人沒吭聲，旁觀者卻是紅了眼。

二十杖打完，祝允澄趴在長凳上沒動，整個下身都似是被人攔腰斬斷一般的疼，額上冒出虛汗，緊咬牙關，看著他父親一步步走近。

「為何要逃學？」祝煊如是問。

祝允澄沒答，只是垂著眼皮道：「兒子知錯了。」

「從前覺得對你管教太嚴，近日鬆懈了些，但如此瞧來，似是我錯了，今日罰過，之後每晚，除卻先生布置的課業，我會另給你布置，若是學有退步，過年時我讓人送你回京，年後也不必再來了。」祝煊說罷，轉身就走。

趴在長凳上的人，棍棒加身時一聲不吭，聽得這番話卻是掉了金豆子，淚眼模糊，強壓著嗓子才沒哭出聲。

沈蘭溪與祝煊擦身走過，一個眼神都沒給他，吩咐阿年把那疼得起不了身的小孩揹去屋裡。

「慢著些，別碰到他傷處。」沈蘭溪跟在身側，忍不住的叮嚀。

屋裡，祝允澄癟著嘴泣不成聲，覺得丟臉，又扯過被子把自己胡亂裹住。

沈蘭溪立於一旁，站了片刻，俯身把白玉瓷瓶的藥膏放在他枕邊。「你傷處我不便看，我讓阿年候在門外了，一會兒收拾好自己，喚他給你上藥。」

她說罷，抬腳往外走。

那被子團裡傳出一道悶聲。「母親……」

「嗯？」沈蘭溪駐足，回頭瞧他，依然沒看見人。

「我帶回來的吃的，很好吃。」話音稍頓，又小聲補了一句。「都給妳。」

「知道了，好生養著，我讓人燉了湯，一會兒給你端來。」沈蘭溪心口軟得厲害，疊步出了屋，讓阿年進去給他上藥。

廊下的長凳與木杖已經撤下，那些被祝允澄放在一旁的吃食也不見了。

沈蘭溪愣了一下，喚來綠嬈。

綠嬈指了指正房，小聲與她耳語。「郎君方才拿進去了。」

沈蘭溪心裡哼了一聲，道：「尋個大夫來給澄哥兒瞧瞧。」

「是，娘子。」

沈蘭溪進了屋裡，似是沒瞧見那坐在一旁看書的人，徑直拆開桌上的小食開始吃。

看書的人沒抬頭，邊翻了一頁邊道：「涼了。」

沈蘭溪充耳不聞，方才作了啞，現在又裝聾。沒辦法，心口堵得厲害，什麼都不想理會。

雖祝煊教育自己兒子，她不便插手，但這種鐵血的教訓方式她不能苟同。她是阿婆帶大的，也有調皮頑劣的時候，阿婆雖生氣，但從未動手打過她，只每次都嚇唬她，若再不聽話，便讓城裡的媽媽來接她，直至她去世，這話才成了真。

是以，她不能理解祝煊這種冷情的教訓。

一口涼糕還未送進嘴裡，被人捏住手腕奪了去，沈蘭溪抬頭，看他神色自若的把涼糕送進自己嘴裡才道：「澄哥兒說，不給你吃。」

祝煊略一挑眉，眼裡神色變了變。

沈蘭溪哼了聲，捏了顆香噴噴的煎餃扔進嘴裡，素的，但味道不錯。

「他傷得如何？」祝煊問。

沈蘭溪心裡賭氣。「怎麼？若是沒傷筋動骨，你還要拉他出來再重新杖責一次嗎？」

祝煊在她身旁坐下，語氣認真道：「他年幼，所以教之要嚴，不然日後撐不起門楣，還恐膽大妄為釀成大禍，犯了家法便要罰——」

話沒說完，便被沈蘭溪氣沖沖的打斷。「祝家家法裡沒有逃學杖責二十！」

說罷，她又氣道：「這懲罰重不重你自己心裡清楚，他是做錯了事，但緣由你尚且沒有問清楚，便這般武斷的把人打得站不起身，實在過分！」

「他認了罰。」祝煊道。

沈蘭溪一口氣憋在喉嚨。「你說一不二，他認與不認又有何用？再者，他那是認錯！」

「有何區別？」祝煊皺眉道。

「稟娘子，大夫來了。」綠嬈在門口道。

沈蘭溪勉強壓下一腔怒火，指著祝煊道：「你去。」

祝煊也不推託，起身出了屋子。

大夫看過傷處，側身道：「沒見血，只是腫了。孩子年幼，易發高熱，讓守夜的人注意些，若是發了熱，用帕子敷一下，不需服藥。」

「多謝您。」祝煊頷首應下。

綠嬈眼觀鼻、鼻觀心的給了診費，將大夫送了出去。

屋裡兩人誰都沒出聲，祝允澄趴在床上，耷拉著眼皮，身後疼得腦子都悶悶的。

祝煊掃了他一眼，只叮囑一句「好生歇息」，便抬腳出了門。

祝允澄瞬間鼻子一酸，喉嚨翻滾幾下，壓著哭腔問：「父親⋯⋯」

行至門口的人停下腳步，卻沒回頭。

「你⋯⋯會不會不要我了？」

祝煊回頭，床上的小孩長大了許多，卻也不安了許多。

他折返回床邊，耐心道：「為何這般問？」

祝允澄悄悄用袖子抹掉從眼眶滾落的淚珠，沒與他對視，只是悶悶道：「我總是做錯，讀書也不好……」

「你母親說，我方才不該不分緣由的罰你，若是重來一次，你今日還會逃學嗎？」祝煊問。

祝允澄抿了抿唇，還是老實的點了頭。

「我也還是會罰你。」祝煊也坦然。「罰你，是因你做錯了事，同樣也是在教導你，每人心中都有一桿秤，在掂量孰重孰輕，是否值得。你不願告訴我今日你逃學去了哪裡、做了什麼，那在我心裡，上學這事自是比不知道的那件事重要，與你說這些，是想告訴你，你是我的兒子、是祝家曾孫，會被家人好好教導，永遠不會被丟棄，所以，不必害怕。」

祝允澄聽得熱淚盈眶，卻還是問：「你會永遠待母親這般好，不會有旁人嗎？」

「會。」

他允了諾，祝允澄信了，小聲又親近道：「父親，我傷口疼……」

祝煊掀開他身上的錦被，挖了藥膏仔細為他上藥。

「父親，你是怎麼知曉我今日逃學的？」緩過了勁，祝允澄思緒又活泛了起來，好奇道。

「午後，你的授課先生來了府裡，說是聽你兄長告假，說你跌進河裡摔傷了，甚是嚴重，今日不能來讀書了，便來探望一二，我這為父的，也想知道你何時摔進了河裡，又是傷了何處？」祝煊幽幽道。

這就是肖春廿說的妥了？二傻子告假也不會，說那麼些做甚?!祝允澄腹誹一句，心裡打定主意，再也不與他一同做壞事啦！

「父親……」

「嗯？」祝煊應得漫不經心。

「你與母親給我生個弟弟或妹妹吧！」

祝煊眼角眉梢挑了挑，含糊一句。「再說吧。」

這事與他說有何用？那小娘子不願意生孩子啊。

上過藥，祝煊走出他的屋子，回去淨手，剛要開門，那扇門自裡面打開來，一只枕頭扔到他懷裡。

這是……

「不願瞧見你，郎君還是回你自己屋子睡覺吧！」

祝煊無奈的嘆口氣，抱著枕頭敲門，溫聲軟語道：「別鬧，我哪裡有屋子？只有與妳這一間。」

廊下守著的兩個婢女捂著嘴小聲的笑。

這話顯然是哄人的，沈蘭溪方才的氣焰頓時散了大半，靠著門彎了唇，卻是道：「那就去與澄哥兒一處睡，左右是你打傷的人，也該你照料著。」

小算盤打得叮噹響，祝煊在門外都聽見了，頓時明白她鬧這一齣的緣由，唇角勾起，臉湊近那闔著的門扉低語。「澄哥兒讓我來給他添個弟弟妹妹。」

不等話音落下，兩人之間的那扇門瞬間被拉了開來，女子含羞帶怒，視線掃過廊下明顯看戲的兩人，伸手拉著面前郎君的衣領把人拽進屋裡。

「澄哥兒當真如此說？」沈蘭溪緊盯著他面上神色。

祝煊含笑點頭，難得見她這般模樣，不可自控的揶揄一句。「知羞了？」

羞人的不是那句話，而是說那句話的人。沈蘭溪腹誹一句，轉而問：「澄哥兒可說了為何逃學？」

「並未。」祝煊說著嘆息一聲。「長大了，有自己的心思了。」

沈蘭溪連忙贊同的點點頭。「都捨得給我買這麼些好吃的了！」

祝煊無語一瞬，又絮叨叮囑。「都涼了，讓人熱一熱再吃。」

莫說如今六月天，就是這些小食，有些本就適合吃涼的。沈蘭溪翻了個白眼，不欲與這個土包子多分辯。

翌日天陰，雨倒是停了，趙府門外馬車停了一排。

祝煊來得不算早，率先下了馬車，朝那拖著裙襬彎腰的小娘子伸手。

他接替了綠嬈的差事，沈蘭溪神色自若的把手搭在他掌中，借力踩著腳凳下來，穩穩當當。

祝煊剛要鬆手，卻被那柔若無骨的爪子纏上了。

與他飄過來的視線對上，沈蘭溪露齒一笑，微涼的手指從他手腕蹭進了他的衣袖，輕輕滑過那突起的筋脈，剛想使壞的作弄一下這一副正經模樣的小郎君，身後傳來一道打趣的聲兒。

「不想祝大人與祝夫人竟如此恩愛，著實羨煞旁人啊。」

沈蘭溪鼓了鼓臉，掛上溫柔端莊的笑，與祝煊一同轉身，掩在袖子裡貪圖男色的手剛要悄悄伸出來，卻被人捉住了握在手裡揉捏把玩。

「家有賢妻，自是恩愛，幾位今日既是知曉了，日後還請高抬貴手，那些吃酒逗樂的地方，便不要來喚我了。」祝煊面含溫笑道。

川渝之地，勢力盤根錯節，就肖萍事事親力親為便可看出，這幾個行商者，還有那些七村八寨的族長，都不是容易對付的。

他這話說得客氣，那幾人哂笑一聲，眼裡冒出些精光，瞧向沈蘭溪的視線滿是揶揄。

「祝夫人馭夫有術啊！」

沈蘭溪瞧那人一眼，只覺得丟臉，憋了又憋，還是沒忍住道：「相比起我，川娘子們才是好手段，家裡的郎君哪個不是被治得服服帖帖的？倒是幾位，能說出這種話來，不像是土生土長的川渝人。」

替主人家招待的肖夫人聽得這話，幾步上前來，有些相逢恨晚的接話。「沈妹子說得是，不說旁人，就說我家的那個，我讓他抓雞，他就不敢攆鴨，咱們這兒的郎君，都是頂頂疼自家婆娘的，若誰不是這般，就自個兒回家跪在列祖列宗面前自行悔過吧。」

這話說得強勢，沒個讓人插嘴的空，幾人面色訕訕的對視一眼，轉眼一瞧，好傢伙，那位從京城放出來的大人聽得津津有味。

白仙來懟了個神清氣爽，帶著沈蘭溪往裡面走。「還是妳家的澄哥兒教得好，我家那渾小子，今兒一早用過飯，便賴著要來吃席，死活不去學堂，還說若是非要逼他，那他就自己去與先生告假。」

她說著哼笑一聲。「這話說得，缺失多年的腦子，今兒總算是找回來了些，他爹也就不攔著了，說是讓他來蹭蹭寒哥兒的喜氣。」

果真是親娘啊！

「白阿姊也把春哥兒教得好，那孩子一副熱心腸，性子也好，若不是他，澄哥兒哪能這般快的適應呢？」沈蘭溪端著長輩架勢，不吝誇讚那咋咋呼呼的黑臉小子。

白仙來聽得開懷，笑得爽朗。「阿妹說得是！」

毫不推辭的應下，她又道：「今日來的賓客不少，楚嫂嫂分身乏術，難免有不周之處，不過妳也莫怕，跟著我便是，阿姊不會讓人欺負了妳去。」

沈蘭溪眉梢動了下，笑得越發甜。「那就多謝白阿姊了。」

兩人親密的行在前面，祝煊與那說不來話的三人跟在後面，一副冷月青松不可攀的模樣。

幾人行至廳堂時，裡面已然有許多人坐著等觀禮了。

肖春廿瞧見妝扮得珠光寶氣的沈蘭溪時，立刻跳出來尋祝允澄，沒瞧見人，搔了搔腦袋道：「咦？澄哥兒沒來？」

沈蘭溪對上一雙真摯眼，有些開不了口，視線轉向始作俑者。

祝煊不會扯謊，道：「他做了錯事受了罰，今兒在家裡養著呢。」

肖春廿瞬間瞪圓了眼，後背竄起一股冷寒來，默不作聲的挪著步子走開了。

百思不得其解，只得求助旁人。

趙寒聽得他一番說辭，頓時一腳蹬了過去。「蠢蛋！」

肖春廿被罵得不服氣。「怎麼就蠢了？說不準祝阿叔說的不是澄哥兒逃學這事呢！再說了，告假不就是這麼告的嗎？」

趙寒朝他勾了勾手指。「你過來，我與你說。」

剛被踹了一腳，肖春廿才不會送過去給他踢呢。「不與你說了，祝阿叔說他在家裡養著，那定是很疼的，我一會兒吃了席就去看他，順便給他帶些東西。」

趙寒抿了抿唇，吐出一句。「我也去。」

「你也想與澄哥兒兄弟情深？」肖春廿頓時生出危機感，想起昨日自己蹭吃蹭喝還順便打包，聲音都急切了許多。「不行，澄哥兒與我最要好！」

趙寒翻了個白眼，轉身就走。那小孩最喜歡誰，可不是他這樣急吼吼的說一句就能作數的。

到了時辰，眾人聚在廳堂觀禮，趙寒換了一身靛藍衣袍，受冠禮，得祝詞，最後被自己的父親賜表字——如松。

沈蘭溪見過兄長沈青山的冠禮，沒有大擺筵席，只本家和親近的幾家人聚齊，禮儀比今日趙寒的要繁瑣許多，但是今日，她從這個如山一般的將軍身上看見了身為父親的複雜感受。

盼他越過重山成為男人，也盼他平安。

「……從武者，要用生命守護我們的城池、百姓，功名俸祿是對浴血沙場的將士的嘉獎，為父今日為你表字如松，是想你能無愧於心的立於天地間，如冬日松柏，不懼嚴寒。」

「兒子定當銘記於心，不敢愧對父親教誨。」趙寒說罷，俯首行了一個大禮。

這般肅穆莊重，沈蘭溪全身的雞皮疙瘩都肅然起敬，忍不住湊到祝煊耳邊小聲問：「郎君，澄哥兒的表字你想好了嗎？」

「……還未。」

這般說，倒顯得他這個當父親的對自家孩子不上心一般，他又低聲補了一句。「還有好些年呢。」

沈二娘很有大局觀，義正辭嚴道：「未雨綢繆。」

那雙眼裡滿是志得意滿的笑，祝煊偏不讓她如意，湊近她耳畔，低聲道：「娘子說得甚是，妳我孩子的名兒，為夫已經起好了。」

晴天霹靂也不外如是啊！她腳步挪了又挪，湊到肖夫人身邊，不搭理那個與她要孩子的人了。

只是，視線卻不由得瞧向趙夫人牽著的兩個小團子身上。白雪似的臉蛋，笑起來時很是可愛，若是……

「禮成──」

兩個字打斷了沈蘭溪的思緒，一扭頭，就瞧見那人揶揄的瞧她，目光如星光般柔和。

沈蘭溪霎時紅了臉，剛想扭頭當作沒瞧見，祝煊已經走了過來。

「那個小娘子，」他朝那個兩歲的小女孩抬了下下巴，換得那小孩咯咯咯的捂嘴笑。

沈蘭溪豎起耳朵，等到了他下半句話。

「就是妳日前爭風吃醋的人。」祝煊悠悠道。

沈蘭溪驕矜的哼了一聲，偏不落入他話裡的圈套，狀似評價道：「模樣委實不錯，難怪郎君不抱自己家裡的孩子，轉身去抱人家的。」

「若是有一個如娘子這般喜人的小女郎，為夫定當日日哄著抱。」祝煊順坡爬。

「祝二郎，狐狸尾巴藏不住了吧！」沈蘭溪氣勢頗凶。「還推諉說那話是澄哥兒說的，哼！」

祝煊笑得無奈。「這話還能騙妳？」

沈蘭溪揚起驕傲的小下巴，一副看透男人本性的模樣。「往日沒騙我，誰知今日會不會騙我？今日沒騙我，又有誰知你來日會不會騙我？男人啊～～」

那副甚是嫌棄的模樣，惹得祝煊有些手癢。

「你們夫婦二人說甚呢？」白仙來拍了下沈蘭溪的肩。「走吧，去吃席。」

席上男女未分桌，關係親近的湊在一起坐著。

沈蘭溪右邊是白仙來，左邊是祝煊，川味飄香，甚是合她口味，除卻趙將軍攜子來敬了一杯酒，她手裡的筷子一直沒放下，大快朵頤吃得甚是盡興。

「這般能吃辣，倒像是我們川妹子。」白仙來熱情的給她挾了一筷子麻辣兔頭。

沈蘭溪無甚反應，抿唇一笑。

祝煊視線掃過她碗裡的兔頭，握著筷子的手僵住了。

第二十八章

從前只覺得她喜歡食辣，如今聽肖夫人一句話，祝煊這才意識到，沈蘭溪的口味與蜀地的人一般。

一盤麻辣兔頭被她吃掉半數，桌上的臘腸、臘肉也被她重點照顧，麻婆豆腐一勺接著一勺，甚至愛湯圓勝過餃子……

忽地，他的手臂被碰了一下，那面容明媚的小娘子舀了勺滑蛋給他。

「吃吧，這個不辣。」沈蘭溪體貼道。

對面的小孩卻眼巴巴的盯著那滑蛋險些哭了。

祝煊掃過她吃得紅豔豔的唇，垂頭吃著她替他與小孩搶來的滑蛋，那些疑問也盡數嚥下了。

水至清則無魚，她不願說的，他又何必深究？

夜裡，沈蘭溪窩在榻上看書，就被如狼似虎的男人打橫抱去了床上。

「夜深了，該安置了。」祝煊一本正經道。

沈蘭溪的手不規矩，最是喜歡惹他。

寢被鋪好，男人反客為主，把那不安分的人兒壓在床上，清涼的紗衣沒脫，卻把裡面的小衣扯下，惹人羞臊。

沈蘭溪雙手環胸，羞得抬腳蹬他。「禽獸啊你！」

祝煊順勢扣住她踹過來的腳，一寸寸的往上，眉梢輕揚，笑得有些壞，薄唇含住她的耳珠，似是呢喃般耳語。「禽獸……也成啊。」

沈蘭溪趴伏著，薄衫鬆鬆垮垮的掛在身上晃蕩，裡面的卻被褪了個乾淨，以最原始的方式被獵者吃乾抹淨。

身上出了一層薄汗，她累極，手指都懶得動一下，卻被人翻過了身。

「澄哥兒還缺個弟弟，我們努力些？」不知饜足的男人咬著她的嘴唇道，似是在品嚐這世間最美味的珍饈。

沈蘭溪像是一隻被煮熟的大蝦，紅彤彤的，讓人吃了個遍。

睡著時已不知幾時，她只記得他用帕子給她擦拭時的清爽舒服。

六月風吹過，迎來七月，淅淅瀝瀝的不見天晴。

田地裡的魚活蹦亂跳，肖萍卻險些愁白了頭。

「眼見這茬水稻到了收成時，這雨若是再下下去，風吹雨打的，收成哪還能好？」

祝煊坐於案桌後，把一杯熱茶推到他面前，聽他一而再的重複這話。

幾日前肖萍又去拜訪了那位老先生，這時節的黃梅雨且還沒完呢，這人也算是做到了「身居其位，憂國憂民」，心裡裝著百姓，愁得夜不能寐，茶飯不思。

「沒有對策？」祝煊手捧清茶問。

肖萍苦笑著搖搖頭。「最壞的打算便是冒雨搶收，總不能讓那些稻米爛在地裡。再者，這茬收了，還得再種，若是誤了農時，秋日裡的收成也懸，夏稅秋稅，能脫一層皮，百姓可都等著這收成換銀子呢。」

本朝苛捐雜稅雖比前朝輕省些許，但於百姓依舊沈重，四時有節，而人卻無閒，日復一日年復一年，辛苦操勞，活得卻依舊艱難，這貧瘠之地分毫未有好轉。

肖萍牛嚼牡丹似的一口乾了那茶，一股溫熱從喉嚨傳至肚子，整個人都舒坦不少，與祝煊這個外地人介紹。「其實，咱們這兒已然很好了，一大片平原，只要用心打理，老天再賞個臉，收成就差不了。成都府下轄三十二個州、五十六個縣、百十來個村寨，有十之六七的田地是在山上、坡上，土地貧瘠，收成自是不好，收稅雖也顧及肥沃貧瘠，但好些地方一年的收成都不夠稅收。

「那些住在山上、村寨的，除卻種田，還要做些雜事賺銀子，都說川府舉子少，但那能如何？百姓連肚子都填不飽，整日睜眼閉眼的都在琢磨著生計，哪有工夫和銀錢去供養孩子讀書？」

肖萍說著嘆息一聲，氣得額頭上的紋路都深了些。「只我那不肖子，生在蜜罐裡卻是渾然不覺，上躥下跳的貪玩，讀書一點都不用心。」

一壺茶，兩個人，坐著聊聊閒，一天便過去了，日子委實太過清閒。

沈蘭溪也不遑多讓，吃吃美食、看看話本子，或是出門逛逛。

「成都府為何沒有案件呢？」祝煊凝眉思索。

沈蘭溪絲毫不意外這人坐了冷板凳，邊往嘴裡塞了塊地瓜乾，邊翻看著書冊，一心三用漫不經心的給他答疑。

「這邊村村寨寨的，都有自己的規矩。就拿羌族來說，他們習慣住在半山腰上，若是發生山洪，便是肖大人去了也游說不動，只得等土司開口。

「除卻安土重遷的想法，還有就是土司的權力。不管是哪個民族，還是哪家寨子，都會選德高望重之輩任土司，雖沒有朝廷授封，但他們隱形的權力比郎君與肖大人這般正兒八經授封過的要得人話語，寨子裡的大事小事，都會有土司管理。就像郎君說的案件，多半是土司處理的，若是報了官，不是土司故意的，便是報官之人悄悄來的。是以，郎君要麼清閒無事，要麼手中案件利害關係必重。」沈蘭溪翹著腳，得意的晃。

祝煊疑惑。「先前鑑定筆墨，現在又對川蜀之地的權勢分析得這般清晰，妳如何得知這些的？」

他模樣認真地問，她卻是玩世不恭地答，纖細的手指勾了下他的下頷。「小郎君少讀些之乎者也的名家之言，多看著雜記，也能像我這般通曉。」

這話半真半假，真的是，她確實喜歡看雜記；假的是，不管是對蜀地之狀如數家珍，還是鑑定筆墨的法子，都不是從那些雜記書冊上學來的。

祝煊一把抓住她惹人的手，與她十指相扣，掌心相貼。「有娘子做後盾，為夫也可偷個懶了。」

沈蘭溪翻了個白眼，故意道：「下次若是要問，就要付費諮詢了，起始價為五兩銀子，逐次疊加。」

祝煊思索片刻，道：「再過幾日便是我生辰了。」

「……這麼大年紀了還要過生辰?!不會被歲月催老嗎？」

祝煊深吸口氣，卻還是忍不住辯駁。「我今歲也不過二十有九。」

雖是這般說，祝煊早起去賺銀子時，家裡的兩人還是悄悄準備了。

沈蘭溪咬著汁水豐沛的桃子，坐在一旁偶爾動動嘴皮子，祝允澄一個人幹兩個人的活兒，卻也忙得不亦樂乎。

麵團在他手裡逐漸變得Q勁，又聽那人悠悠道：「可以了，搓成長條，與你食指和拇指圈起來那樣粗。」

祝允澄甚是聽話，兩個指尖對著，瞧著那空心的圈只覺得任重而道遠。

打工人生辰恰逢上班時，且祝煊在這兒也沒有親朋，故而，沈蘭溪心安理得省去宴席之事，只帶著祝允澄這個親兒子親自為他做一頓飯，也算是為他慶賀生辰了。

親兒子搓著麵團，忽地嘟囔一句。「我想吃酸菜氽白肉了。」

沈蘭溪把手裡啃得乾淨的桃核扔掉，毫不留情的打破他的念想。「沒有酸菜。」

「我家有啊！」門外忽地探進一顆腦袋，黝黑的臉笑得燦爛。

「蘭姨，妳要酸菜嗎？拿個盆兒，我去我家撈，我阿娘去歲冬醃了好些，還沒吃完呢，前些日子還說天熱了要糟，送給人家都沒人要。」

沈蘭溪還沒說話，祝允澄已經撲閃著一雙大眼睛看她了。

「讓澄哥兒跟你一同去吧。」沈蘭溪說了句，又對祝允澄道：「你祖母讓人送來的桃子，去給春哥兒裝些，拿回家嚐嚐。」

「是，母親。」

沈蘭溪大方，祝允澄在自己小夥伴面前甚是得臉，樂顛顛的去了。

酸菜汆白肉，府裡的人不會做，最後還是沈蘭溪親自掌勺，沾了一身油煙味，索性又炒了一道小炒肉，做了麻辣魚和糖醋排骨。

祝允澄在一旁瞧得目瞪口呆，直至嘴裡被塞了一塊排骨，酸甜的味道瞬間霸占味蕾，離家出走的神智才被拽回來。

「母親，妳好厲害啊！」小孩激動得臉頰紅撲撲，尾音都因崇拜而打了兩個彎。

沈蘭溪輕哼一聲。「端菜拿碗筷，這道酸菜汆白肉做得多，你分一半端去春哥兒家。」

可不是？其他都用碟子裝菜，唯獨這道卻用盆子，也是肖夫人給他們裝的酸菜多，沈蘭溪又在裡面放了好多肉，滿滿一盆。

祝允澄瞧了瞧，問：「母親，餃子也可以送一點嗎？」

「你做的，你作主。」沈蘭溪隨興的丟下一句，轉身回屋。

祝煊回來時，沈蘭溪剛洗去一身油煙味，身上還有些濕涼的水氣。

「怎麼這個時辰沐浴？」祝煊問了句。

「父親快來，今兒可是母親親自做的菜，甚是好吃！」漏嘴王興奮的招呼道，一點神秘感都不給人留。

祝煊驚訝的瞧向沈蘭溪，眉眼間是掩飾不住的驚喜。

沈蘭溪勾他手指。「感動嗎？」

祝煊輕笑一聲，卻沒言語，拉著她去坐。「辛苦娘子了。」

沈蘭溪這才滿意，指了桌上白胖的餃子。「這是你親兒子包的，從和麵到煮，一點都沒有假他人之手，一道誇了吧。」

祝煊略一挑眉，不難瞧出是驚訝的，含蓄道：「做得不錯。」

祝允澄立刻紅了臉，神色有些不自在的扭了扭身子。父親誇他了耶！

用過飯，淨了手，空碗盤被婢女撤下，綠嬈端來幾杯解膩的花茶。

祝允澄一飲而盡，迫不及待跑去拿自己日前準備的生辰禮。

油紙包著，四方端正，只瞟了一眼，沈蘭溪便猜得那是何物。

忽地，祝煊側頭朝她看了一眼，眼神分明在說什麼。

沈蘭溪喝茶的動作頓住，這才恍然想起，自己從前也送過他書冊……

「父親，我問過先生了，他說這本書寫得甚好，雖是奇異怪志，但很是有趣，許多讀書人都喜歡看。」祝允澄按捺著心裡的小驕傲，與他介紹道。

父親的書冊不貴，等他攢了銀子，明年沈蘭溪過生辰時，他就可以送她更重的金釵手環啦！而且……

「我怎覺得，這禮更適合你母親呢？」祝煊問。

聞言，祝允澄立刻笑出一口小白牙。「先生說，兄弟手足，夫妻一體，父親的生辰禮，母親自是可以一同用，母親開的鋪子不也是把看過的書冊拿出去分享給旁人看嘛，這樣不是很好？」

巧言善辯，祝煊被堵得啞口無言，側頭瞧向旁邊笑得直不起腰的人。「妳的呢？」

沈蘭溪面上滿是生動的笑，纖細的手指指了指桌子，理直氣壯道：「我沈二娘為愛下廚，還不算禮物嗎？」

祝煊險些被這大言不慚的話氣笑了，視線在她小腹上掃了一眼，意味不明的道：「嗯，收到娘子的禮物了。」

祝允澄一副受教了的模樣，那他明年也做菜給父親吃，便不需要花銀子啦！

午後，祝煊去了府衙，祝允澄跑去隔壁找肖春廿玩，沈蘭溪這才掏出那折磨她好些時日的東西。

夜裡沐浴後，祝煊穿著一身青白裡衣走入內室，一眼便瞧見置於他枕邊的青灰色荷包，腳步一頓。那荷包被人仔細用銀絲線勾了邊，又添了幾兩銀子，輕拉束帶，荷包肚子瞬間鼓了起來，把上面的溪流撐得平滑。

是他先前討要的，本以為……

沈蘭溪坐在梳妝檯前，於鏡中窺他的神色，只見驚不見喜，頓時也不裝了，起身走到他面前，把那裝了鉅資的荷包鄭重塞到他手裡，凶巴巴的道：「就算不喜歡，你也得說喜歡，還要日日佩戴著，說謝謝我！」

被這般逼迫著說感謝，祝煊喉結滾動幾下，逸出一聲輕笑，情不自禁的勾著她的腰，把人攬入懷裡，貼著那白玉耳，道：「多謝娘子，為夫甚是喜歡。」

沈蘭溪輕哼一聲，明顯得意。「我可是與阿芙學了好久，你翻開裡面瞧，還有驚喜。」

銀元寶被拿了出來，祝煊動作輕緩的把裡面翻了出來，瞧見她說的驚喜時，嘴角狠狠一抽，發了狠似的把這使壞的小娘子壓在床上。

「沈二娘，我是妳養的狗嗎！」男人壓抑著聲音，啃咬著那纖細脖頸。

沈蘭溪笑得見牙不見眼，身處劣勢，卻猖狂得很。「是呀～～」

只見那被拋在床上的荷包上，赫然繡著幾個簪花小楷字體。

這是沈蘭溪的，誰都不許碰！

斑駁吻痕印於頸間，男人喘息聲重，腦袋埋在那溫熱處平息。

沈蘭溪被他勾起了火，輕輕踢了他一下，不滿似的輕嚷。「別停啊……」

祝煊抬頭，在她嘬起的唇上咬了下。「妳月信遲了半月沒來。」

這話似是一道晴天霹靂，沈蘭溪瞬間從慾望中抽身，整個人被炸得外焦裡嫩，失了魂般盯著他。

她的神色變化實在明顯，祝煊輕撫了下她的臉。「還是不願？」

沈蘭溪心裡亂如麻，抿了抿唇，坦言道：「不知道。」

她坐起身來，屈膝抱著自己，腦袋擱在膝蓋上，悶悶道：「從前是覺得，日子是自己的，無人在意我也無妨，總是要待自己寬和些，好好生活……」

若生了孩子，這世間多了一個與她血脈相親的人，卻也讓她不再自由。若是有朝一日祝煊有了旁人，她與之和離出府另過，雖是惹人口舌，但也使得。但若是有了孩子，便是另一種景象了。

在這個封建朝代，她如何能把孩子帶走？

「如今呢？」祝煊輕撫她後背，耐心詢問。

「如今依舊這般覺得，只是，你若不負我，也無妨生個孩子。」沈蘭溪嘟囔道。

祝煊眉眼一動。「此話當真？」

膝蓋上的腦袋抬了起來，模樣認真。「自然。」

兩人似是兩支黏在一起的湯勺一般，緊緊貼著，繃著青筋的大掌難以克制的覆上她的小腹。「明日請大夫來瞧瞧？」

沈蘭溪好半晌才出聲。「我有些怕。」

身後的人沈默幾息，問：「若是吃著麻辣兔頭，還怕嗎？」

沈蘭溪眉眼彎彎，無聲的笑，語氣卻是嬌軟。「不怕啦！」

時辰尚且不算晚，祝煊與她穿好衣裳，牽手出府去覓食。

酒樓裡甚是喧鬧，祝煊坐在她對面，眼瞧著這剛用飯不過半個時辰的小娘子，啃掉一盤兔頭，最後還意猶未盡的舔了舔被辣紅的嘴巴。

瞧著那眼巴巴的人欲要開口，祝煊搶先道：「今日沒有了。」

「好吧……」

翌日，難得的豔陽日，剛用過早飯，綠嬈便將大夫請來了。

沈蘭溪伸出手腕請人把脈，睏倦的打了個呵欠。旁邊的祝煊卻坐得筆直，雙眼緊盯著老大夫。

「啟稟大人，尊夫人是喜脈，已有一個月了。」大夫起身行禮道。

沈蘭溪眼裡的淚花還沒消散，聞言，不自覺的往前推算，頓時身子一僵，眼珠子骨碌碌的轉。

祝煊也連忙站起，神情嚴肅，問：「可還穩健？」

「尊夫人與腹中的孩子都好，無須多進補，只這天兒雖熱，但切不可貪涼，平日裡多走動走動，到時有利於生產。」老大夫喜盈盈的叮囑幾句。

祝煊一顆心這才落回肚子裡。「多謝您。」

昨夜那話只是猜測，今日聽得這話才踏實許多。先前想與沈蘭溪有血脈相連的孩子，只是想想便神情激動得難以安睡，如今得了，倒是平靜許多，只胸口又酸又軟，撐得發脹。

綠嬈收到眼神示意，給了診金，又掏出一個紅封，這才將人送出門。

屋子裡只剩得他們二人，沈蘭溪壓低聲音，故意臊他。「是在客棧那次有了的。」

祝煊一根手指豎在她嘴邊，一副正經模樣。「別說，小心孩子聽到了。」

客棧浴桶小，兩人擠著洗，水漫了一地，翌日甚至賠了店家銀子……

沈蘭溪驚訝得瞪圓了眼睛，這人竟還知胎教?!

「這十月要辛苦娘子了，懷胎不易，萬事要仔細，府衙離得不甚遠，若是有事，便差人來知會我一聲，記著了嗎？」祝煊殷切叮囑。

沈蘭溪擺擺手，嫌他太過絮叨。「你去上值吧，有綠嬈和阿芙在，事事自是妥帖。」

難得停了雨，今日田裡搶收，祝煊應了肖萍前去幫忙，此時也確實不早了。

「我晌午不定能回來用飯，妳若是餓了就吃，不必等我。」說罷，祝煊摸了摸她腦袋，腳步一轉出了門。

烈陽當空，田裡的人挽起褲腿光腳踩在裡面，豆大的汗珠滴進泥水裡，再也尋不見蹤跡。祝煊與肖萍分頭去瞧過，見那分散的田地都有人去夏收，這才安了心。

祝煊忙到日暮時才回，瞧見園子裡邊吃點心邊慢吞吞散步的人時，只覺一身的疲憊頓消，快走幾步迎上去，攙扶著她的手臂。

綠嬈順勢退後兩步，遠遠跟著。

「今日可乖？」祝煊問。

沈蘭溪看著他笑得狡黠，抓著點心的手指了指自己肚子，反問道：「你是問他還是我？」

祝煊頓了下，換了回答。「妳。」

這樣被管教的詞放在她身上，彆扭得緊，沈蘭溪卻渾然不覺，仰著腦袋問：「若是乖，可有什麼獎勵？」

祝煊的視線在那笑盈盈的臉上停留一瞬，拉著她避開婢女的視線，在那紅潤的唇上親了下，嚐到了水蜜桃的清甜。

「這個夠嗎？」他盯著她問。

沈蘭溪臉頰白裡透著粉，語氣似是有些勉強，驕矜道：「湊合吧。」

祝煊抬手抹去她唇上的水漬，道：「起風了，回去吧，也該給祖母去封信，告訴她與母親這個好消息。」

晴了兩日又是雨，雨勢比先前還要大，百姓並沒有因這突如其來的雨停下，一個個身披雨蓑繼續收糧食。

祝煊在肖萍處，聽得這人碎碎唸，忽地，一個府衙裡的官吏跑來，神色焦急的道：「啟稟兩位大人，城南的橋被沖塌了！」

肖萍險些一口熱水嗆到，忙問道：「可有人傷亡？」

「且不知曉，是巡邏回來的人稟報的。」

肖萍立即果斷道：「讓衙裡的人準備，兩兩出去瞧瞧周邊，除了城南的橋，可還有旁的——」

話沒說完，一個渾身濕淋淋的官吏又跑來。「啟稟大人，山洪了！」

山雨欲來風滿樓，外面樹枝搖晃，沈蘭溪從歇晌中被吵醒，趿拉著鞋去開門，瞬間一兜妖風撲了滿臉。

烏雲密布，不過申時，天已經黑沈沈的像是入了夜，極像一口大鍋罩在頭頂，壓抑得很。

「娘子，您懷著身孕不可受涼，還是快進屋裡吧。」綠嬈腳步匆匆過來勸道。

滂沱大雨被風吹得胡亂的颳，只幾步路，綠嬈身上的衣裙已被打濕大半。

兩人進了屋，沈蘭溪拿了她的一件衣裳給她換。「先去換上，仔細著涼。」

綠嬈愣了一瞬，隨即立刻跪在地上，俯首叩頭道：「娘子明查，婢子對您絕無二心，對郎君也絕無半點心思，婢子今日若有一句虛言，願受天打雷劈！」

沈蘭溪被她這動作嚇了一跳，條件反射的躲過這個大禮，懵懵的腦袋霎時清明了些，有些無奈的解釋一句。「我不是這個意思，是瞧妳衣衫濕了，恐感風寒……」

是她糊塗了，把自己穿過的衣裳給身邊人穿，若是遇上心思不正的，那簡直是搬石頭砸自己的腳。

都說一孕傻三年，她才剛懷孕便開始傻了嗎？

沈蘭溪在心裡批評了自己兩句，朝還跪在地上的綠嬈道：「起來吧，去拿一條新帕子擦擦。」

「多謝娘子！」綠嬈鬆了口氣。

沈蘭溪瞧她擦拭的動作，語重心長道：「我日子過得和美，也希望妳、元寶和阿芙都能過得好，在高門大院裡做妾、做通房，遠不如在外頭做人家的正頭娘子來得舒服自在。這些道理，妳能想通便好，我也就不多嘴說什麼了。妳們年歲也到了，若哪日有了心儀的郎君，大大方方的與我稟來，我自是會歡歡喜喜的送妳們出嫁，還會貼妳們一份嫁妝銀子。」

「多謝娘子，娘子的話，婢子一會兒就與阿芙說去！」綠嬈喜盈盈的道，說罷，把方才取來的信遞給她。「娘子，這是元寶送來的。」

那姑娘給她送銀子來了？沈蘭溪接過，徑直拆開，薄薄的幾層紙張，除卻一封信，餘下的是銀票。

沈蘭溪頓生驚喜。果然，是三張百兩的銀票！

上月黃金屋的盈利，分到她手裡不足百兩，這個月怎麼突然多了這麼多？

綠嬈端詳她神色，問：「娘子，可是出了何事？」

「銀子多了。」沈蘭溪吶吶道。

綠嬈疑惑。「多了不好嗎？」

沈蘭溪搖搖頭，打開那封信。事出反常必有妖，果不其然，元寶把家裡的人全部都問候了一遍，包括祝允澄從同窗家裡抱回來的小奶狗，占了大半頁紙，最後才期期艾艾的說了句，丹陽縣主讓人送來幾箱書冊，她本不敢收，但是丹陽縣主讓人把箱子放下後便走了，她打開瞧了瞧，那些都是讀書人最愛的，許多還是孤本，特意讓人抄寫的。

元寶與她學識字，哪裡知曉什麼孤本，多半是袁禛也瞧過了，就是不知將這孤本留下的主意是誰的？

沈蘭溪把銀票交給綠嬈，讓她拿去放好，那封信壓在了梳妝檯上，等著祝煊回來，問他如何回禮。

她還沒有那般厚的臉面，能讓丹陽縣主贈孤本的手抄書給她，雖不明緣由，但想來，丹陽縣主看的不過是祝煊或澄哥兒他娘的面子，與她這個坐收漁翁之利的人沒甚干係。

被惦記著的人，此時一身泥污立於山腳下，油紙傘換了雨蓑，卻也無用，一身衣裳濕透，緊緊黏在身上，吸著那血肉之軀裡的熱氣。

「還請兩位大人在此稍後，容小的先上去瞧瞧。」凍得嘴唇發紫的小吏道。

「不行，你一人上去，若是出了事，連個搭把手的人都沒有。」肖萍立刻拒絕，說罷又側頭看向祝煊。「祝大人，這裡山路崎嶇難行，您在這兒稍等片刻，若是一個時辰後我們還沒下來，就去尋趙義，讓他帶人來。」

前路難行，深一腳淺一腳，祝煊確實在扯後腿，聞言也不逞強，躬身與他見了一禮，凍得牙齒都在輕磕。「兩位萬要當心。」

山洪發生得巧，許多壯勞力都在田裡，受害者眾，但山上的木屋、農舍也沒能倖免，養的雞鴨豬狗都跑了出來，受了驚，在山裡亂躥。

肖萍救了幾個老人出來，也沒工夫聽他們哭訴，只勸說道：「這裡不宜久留，老人家快些下山去吧！」

「不走不走，這裡是我們的家啊！山神發怒，收走我們幾個老的，饒過我們的兒孫和土司大人吧！」一人坐在地上，哭天抹淚的求願道。

肖萍無力的閉了閉眼，再次出聲。「快下山去吧！」

可這話輕飄飄的，一點漣漪都沒激起。

小吏急道：「大人，這如何辦？」

「繼續往上走。」肖萍沒再多糾結。

這些人不聽他的話，說再多也不過是多費口舌，為今之計，也只能早些找到村寨的土司。

祝煊在山腳處等了許久，剛要折身回去尋趙義，忽地聽到馬蹄踏過泥漿的聲音。風雨裡，一眾人馬遠遠行來，馬背上的人似是有鐵骨一般，不懼風雨。

「祝大人！」趙義急聲喚了句。

「趙將軍。」祝煊行禮後上前。「肖大人上了山，約莫有一個時辰了。」

趙義翻身下馬，雨滴順著下頷滴落。「我帶人上去瞧瞧，搭營帳安置災民之事，還請祝大人幫忙了。」

「趙將軍放心，祝某定當盡力而為。」

兩廂寒暄後，兩人分開。祝煊往城中去，營帳是從軍中拿的，但是買糧食的銀子卻是沒有。

祝煊把帳簿合上，大步出了府衙，乘著馬車回府。

身上冷得厲害，靠在馬車上卻忍不住想，要如何求，才能讓那小娘子給他點銀子呢？

「郎君，到了。」馬車停下，阿年在外輕喚。

祝煊踩著腳凳下了馬車，又叮囑道：「一會兒換個人來駕車吧，你去讓人熬點薑湯，喝一碗暖暖身子，今夜早些歇息。」

「多謝郎君。」

入了府，祝煊才瞧見，院裡剛栽的兩棵桃樹被風吹得連根拔起，瞧著荒涼又可憐。

他剛彎腰想要扶起，聽得窗邊人喚。

「別弄了，快進來！」沈蘭溪揚聲喊，一頭青絲沒如往常般綰起，散落肩頭，被風吹得揚起。

祝煊快步進了屋，把她面前的雕花木窗合上，道：「等天晴了，我再給妳栽種好。」那桃樹還是幼苗，是先前吃著祖母讓人送來的桃子，沈蘭溪心血來潮，帶著這父子倆去栽了樹，澆灌之事交給了祝允澄，照看得頗為盡心。

沈蘭溪拿了一套乾淨的衣裳，催促道：「快去洗洗，旁的那些哪裡比得上你重要。」

祝煊被這句哄得開懷，拿著乾淨衣裳去沐浴。

用熱水泡過，整個人都舒坦了，穿戴整齊後出來，他剛要開口，手裡卻被塞了一封信。

他逐字掃過，頓時明白了她的意思。

骨節分明的手指將信箋摺好遞還給她，祝煊道：「丹陽縣主既然要給，收下也無妨。若我沒猜錯，這是她送我的生辰禮，往年都是從她家藏書閣隨便拿一本送我，我倒是覺得，今年這般很好。」

沈蘭溪頓時一顆心放回了肚子裡，踏實許多。祝煊的東西可不就是她的東西嘛？她的東西依舊是她自己的！

說話間，綠嬈端著薑湯進來。

有些燙，祝煊小口喝著，辛辣的湯順著食道滑入腹中，頓時整個人都熱得冒汗了。

「外面發了洪水，正是亂的時候，與府中人交代一下，都要警惕些，切要看顧好府裡。」祝煊叮囑道：「趙將軍與肖大人去山上救人了，我負責城中安置災民，但是府衙帳上的銀子用完了，沒錢買米糧……」

話說至此，沈蘭溪懂了，示意綠嬈去把裝銀子的匣子拿來。

「先給你拿一百兩，若是不夠，再來取。」沈蘭溪把匣子交給他，裡面是擺放整齊的三百兩銀錠子。

沈蘭溪這般痛快的拿出銀子，祝煊心裡卻生了愧疚。

沈蘭溪瞧他一眼，哼了一聲，很是直接道：「郎君不必感動，這銀子從你的月例裡扣，下月開始，直至還清。」

祝煊笑了一聲，依言說好，卻還是鄭重謝過她，離開時又叮囑。「這幾日事忙，阿年留在府裡聽妳差遣，我夜裡若回來得晚，就歇在側屋了，妳如今身子不便，夜裡還是讓婢女守著些，別一個人，知道了嗎？」

沈蘭溪單手托腮，朝他揮揮手。「放心去吧，若是有事，我自會讓人去尋你。」

祝煊走後，綠嬈進來陪沈蘭溪，剝了瓜果給她吃，笑著打趣道：「娘子今兒怎麼捨得銀子了？」

沈蘭溪吃掉她投餵到嘴邊的葡萄，幾口嚥到肚子裡。「郎君是真的心疼那些流離失所的百姓餓肚子啊。」

祝煊真的如古人說的那般「居高位，未敢忘憂國」，他對百姓心懷悲憫，這樣一個人，她怎捨得讓他失望呢？

第二十九章

暴雨一連下了幾日，山上還未收割的水稻盡數被洪水沖了個乾淨，那一片泥水成災，饒是肖萍早讓人疏通河道，此時的成都府城一腳下去，水也深至小腿，沁得人骨頭都疼。

祝允澄學堂放了假，在家裡陪沈蘭溪待了兩日，終是耐不住的換上雨靴，穿了雨蓑，像是尾巴一般跟著祝煊出門了。

肖萍這幾日與趙義一起在山腳處搜救百姓，忙得腳不沾地，城中的一切事宜都交給祝煊打理。

安置的營帳靠近城門樓，雖是夏日，但暴雨不停，依舊冷得厲害，不少人淋雨染了風寒，少不了用藥材與要人照料。如今天災，城中糧價翻了幾倍，人心惶惶，祝煊下令幾家最囂張的糧店改回原價，頓時在百姓中聲名四起，好與不好的評價像是天平兩端。

只祝煊面上並無旁色，讓人瞧不出深淺來。

幾杯茶後，在廳堂中的幾人，先後出了聲。

「發生這般災禍，我們也著實不好受，祝大人來了不過月餘，怕是不知道，我們石頭寨真的是難啊，那片土不好，種什麼都收成少，不過是旁的地兒的十之二三，每年夏稅、秋稅後，大家家裡的餘糧也只剩一個底了，捨不得吃，拿去換了銀子，換一些糙米、陳米來，和著野菜填肚子。就這樣，每日都是喝個水飽，山上的野菜都挖光了，真不是老朽不願出銀子，實在是有心無力啊。」

祝允澄站在祝煊身後，聽得嘸了嘸口水，心裡難受得很，他今早還吃了肉包子呢……

「是啊，有心無力啊，我們雲香寨雖大，但其中多是老弱婦孺，四時就指著田地裡的那點收成過活。先說銀錢，真的是沒有，且就是家裡的糧食，也就是剛收的那點，沒曬乾去殼，還不能吃，青黃不接的，這些時日也是盡靠野菜充饑了。」

「祝大人年輕，是京城官家子弟，如今得皇上旨意，前來體察民情，還煩勞祝大人回京後，把我們這些百姓的困難說說才是。」

祝煊垂著眼皮，聽他們一句句的抱怨，直至這瘦得顴骨凹陷的人，把他日後的路都算好了才掀起眸子。

四目相對，一人神色自若，白淨的臉上無甚情緒，讓人捉摸不透。另一人眼睛混沌，也絲毫不避讓。

「我吃著皇糧，領著俸祿，自當竭盡全力為皇上辦事。皇上派我來此，任的是按察使的職，要讓成都府無一冤魂。至於這位族長說的事，那是肖大人該管的，族長瞧著年邁，若還是分不清職責，還是早日退位讓賢的好。」

這話說得極具鋒芒，饒是祝煊嗓音清潤，娓娓道來一般和煦，卻還是讓在場幾人心裡掀起驚濤駭浪。

幾人對視一人，臉色皆難看。
祝煊把手裡的茶盞放到案桌上，與玉瓷輕磕了下，聲音清脆。
廳堂寂靜無聲，他的視線漫不經心落在那最先開始吐苦水的人臉上。
「石頭寨啊，我知道。」祝煊鼻息輕嗤了聲，直接戳破那沒一句實話的論調。「我不只知道，還清楚這個寨名的由來。百年前確實是一座石頭山，山上的人也是從北方逃荒而來，那些年念及你們辛苦，也確實少糧，肖大人的父親當時任知府，為了你們寨子，還特呈奏摺給皇上，三次後，皇上下令免了你們的租庸調，這一免便是二十年。」
祝煊說著，眼裡的銳利直直刺向那花白鬍子的人。「如今石頭寨每畝田地產量幾何，帳簿上記著的是老黃歷了，族長是想本官帶著人手親自去算嗎？」
話音陡然一轉，變得嚴厲，那張臉上哪還有半分清潤與謙讓？
眾人再傻，也曉得這人與肖萍不一樣，他們今日是踢到硬骨頭了。哪家寨子的田地產量沒有藏私，更有甚者，有許多私田偷偷種著並未上報，若祝煊真的帶人重新丈量土地，分得良莠……
「那……」石頭寨的族長思忖一瞬，剛要開口，卻被打斷。
祝煊的視線從他臉上挪開，落在他旁邊，白白胖胖的男人頓時渾身一涼，如臨大敵的與他對上視線。
祝煊唇角輕勾，道：「雲香寨，甚是出名。聽聞這寨子如其名，寨子中的百姓難出男丁，多是生女郎。又聽聞，那些女郎個個賽西施，七、八歲時會被以高價賣去淮水以南，七、八成的揚州瘦馬皆是出自雲香寨。

「今日既是見了族長，那本官就問上一句，這傳言可真？」聲音輕飄飄的，卻是滲人得很。

白胖男人瞬間嚇白了臉，趕忙否認。「假的！自然是假的！」

祝煊視線未挪半寸，淡然道：「那就更得問問族長了，為何只有你們寨子中，只剩老弱婦孺了？」透著威嚴的聲音，壓迫感很強，那種自幼被種在骨子裡的強勢與強大在頃刻間爆發。

雲香寨的族長險些從椅子上滑落，神色僵硬道：「我們寨子確實是男丁不興，但、但那些女子都是好好嫁了人的。」

祝煊垂眸，把身上掛著的荷包撥正，才幽幽道：「既如此，府衙的成親公文，為何你們寨子十年不過一二？如此瞧，你這個族長甚是不稱職啊。」

白胖的臉上，冷汗如淚珠似的往下滾，男人破了防線，立刻道：「還請祝大人看在我年紀尚輕的分上，放我一馬，此番回去，我定當叮囑族人，成婚定要登文造冊。此次天災，雲香寨百姓甚是心憂，我們寨子願意為大人供一百石糧食，再添二十疋布料，唯大人馬首是瞻！」

祝煊淡淡瞥他一眼，朝京城方向拱了拱手，道：「你我皆為皇上辦差，為百姓謀福祉，要效忠的人是當朝皇上，與我無甚干係。」

他說著，拿起桌上放了好半天的狼毫，蘸墨，在宣紙上落筆，邊寫邊道：「雲香寨，糧食兩百石，內含族長一百石，布料——」

「不、不是！是一百石……」胖男人趕忙開口，對上祝煊看過來的視線時，忽地消了音。

「有問題？」祝煊體貼的問。

胖男人吞了口口水，腦袋搖的像撥浪鼓似的，臉上的肥肉都在顫。「沒、沒有……」

「那本官，便替受災百姓謝過了。」祝煊語氣清淡，恍若方才扯開遮羞布的人不是他。說罷，他的視線又回到石頭寨的族長身上。「雲香寨的先拋磚引玉了，這位族長這玉可莫要讓本官失望才好啊。」

男人一張臉憋得青紫，印堂發黑。「我們寨子……也供糧食一百石，另外有一些藥材。」

祝煊手中的筆頓住，忽地彎了唇，神色認真的問：「你瞧我像是拾荒者嗎？」

氣氛凝結，眾人面面相覷，卻是無言，生怕這把火燒到自己身上。

祝煊收回視線，語氣透著股涼意。「石頭寨，糧食兩百石，內含族長一百，另外，藥材錢折算為一百兩，內含族長五十兩。」

說罷，他抬眼。「可聽見了？」

男人抿了抿唇，點了點頭。

殺雞儆猴，著實是有成效的，不必祝煊多費口舌，剩下幾人便有商有量的開了口，你補一點，我添一些，氣氛詭異的變得和樂融融。

祝煊一一記下，覺得少的，酌情添補一些。

「時辰不早了，本官就不留諸位用午飯了，慢走。」祝煊自己發揮，將某人的過河拆橋學得淋漓盡致。

府衙門重新打開，各村各寨的領頭人被客氣送走，一封抄寫的帳單公布在門口，特意尋來雨布遮擋，免得打濕。

祝允澄腿麻臉僵，整個人目瞪口呆到此時尚且沒回過神來。他方才瞧見的人，當真是他父親，不是沈蘭溪嗎?!

這事解決，祝煊心裡鬆快許多，在木樁似的傻兒子腦袋上輕敲一下。「走吧，回府。」

祝允澄愣愣的抬腿跟上，險些被外面的瓢潑大雨澆了一頭，被人從旁側拽著後脖領扯開，霎時回神。

「父親……」他喚了一聲。

祝煊穿好雨蓑，隨意的「嗯」了一聲，又把他的雨蓑遞給他。

「父親，您今日好像母親啊……」祝允澄皺了皺鼻子道。覺得自己沒說清楚，又補了一句。「就是神態與說的話。」

祝煊輕笑了聲，坦然的把手掌攤開給他瞧，密密麻麻的字跡，赫然與他方才那一頓威嚇有七、八成像。

「這——」祝允澄驚得又瞪圓了眼睛。

「你母親教我的。」祝煊語氣中難掩炫耀。「她甚是聰慧。」

何止聰慧，簡直是成精了！祝允澄腹誹一句，沈蘭溪甚至連那人辯駁的話都猜到了，只等著他往裡面跳，活像是守株待兔的獵人。

「母親怎知那些寨子裡的事？」祝允澄好奇道。

祝煊已經抬步走出廊簷，隔著雨霧，一雙眸子影影綽綽，瞧不真切。

「人長了嘴、生了耳，自是要聽要問。」

至於旁的，肖萍將事宜交付給他，府衙的帳簿他自是看得的，案卷整理也不是白費功夫，總是有用的。

祝允澄幾步跟上來，水的浮力使人難行，他大著膽子抓住祝煊的手臂，借力往前，對上他瞧過來的視線，燦爛一笑，誇讚道：「母親真厲害！我們去給母親帶一隻燒鴨回去吧！」

從酒樓裡提著燒鴨回家，祝允澄忽地生出一種「朱門酒肉臭，路有凍死骨」的罪惡感，瞧著手上那香噴噴、油滋滋的烤鴨腿，下不了口。

沈蘭溪啃著麻辣鴨翅，瞥一眼那遲遲不張嘴的小孩，出聲問：「不好吃？」

祝允澄抿了抿唇，忍痛割愛的把鴨腿遞給她，甚是懂事道：「母親肚子裡有弟弟，要多吃肉。」

沈蘭溪疑惑，是她的嘴巴壞了嗎？這不挺好吃的啊！

祝允澄就著青菜吃了兩碗飯，飯畢，行禮後回屋溫書去了。

吃肉不爭搶，滋味都少了一半，沈蘭溪吃得有些提不起勁來，碰碰旁邊人的手臂，道：「去開導開導你大兒子。」

祝煊眉梢輕挑，理由正當。「妳去吧，妳大兒子與妳親近。」

許是自祝允澄幼時，祝煊對他管教太嚴，父子倆很難交心相談。但沈蘭溪不同，這人似是對什麼都不上心，帶著一種看客似的疏離感，但身上的暖卻讓人忍不住想要靠近。

那些心裡話，祝允澄也只願意與她說。

到了下午後半，瓢潑大雨停了，積水在院子裡使人寸步難行，阿年帶著人把沈蘭溪與祝煊住的主院通了通。

沈蘭溪百無聊賴的趴在窗前瞧他們幹活，耳邊背書聲漸漸淡了，最後索性停了。再一瞧，祝允澄已經跑去與阿年一同幹活了，侯府出身的小郎君一點都不身嬌肉貴，手上沾了泥水也渾不在意，與幾個下人一同幹著體力活。

那幾人拘謹得很，束手束腳的施展不開。

沈蘭溪看得嘆息一聲，喚他。「澄哥兒！」

祝允澄循聲回頭瞧來。

沈蘭溪朝他招了招手。「你來。」

祝允澄踩著雨靴跑來，腳下濺起朵朵水花，進了屋，先去淨了手才過來。

「母親有何吩咐？」他問。

沈蘭溪做不來語重心長與人促膝長談的事，視線仍是落在外面。「溝渠好玩嗎？」

祝允澄吭哧一句。「我才不是為了玩。」

沈蘭溪不置可否，示意他過來看。

方才半天通不了的地方，被人不知怎麼弄了一下，只見平地上積攢的雨水，汩汩的往那處流去。

祝允澄憋得臉紅，悶聲道：「我並未想搗亂。」

這次沈蘭溪「嗯」了一聲，轉頭瞧他。「我知道，他們也知道，只是術業有專攻罷了，最好的法子是各司其職。」

說罷，她下巴指了指案桌上。「去給我端來。」

祝允澄立刻折身，跑去給她端桃子乾了。做成果脯，沒了水嫩多汁的口感，卻很有嚼勁，也多了幾分甜。

「可是，會做的越多越好，不是嗎？」祝允澄給她捧著碟，眼巴巴的問。

那雙澄澈的眼裡滿是迷濛，沈蘭溪注視著他，道：「也好，也不好。」

她捏了一塊果脯扔進嘴裡，手指上頓時有些糖漬的黏。「好處是博學多識。但人的精力有限，縱使你少年英才，若是在博學上多下功夫，就做不得專攻。端看個人如何選擇罷了。就說你父親，他心思縝密，擅長推斷查案，若是你讓他回家賣紅薯，怕是你我得去喝西北風了。」

到底是親夫妻，損起人來沈蘭溪絲毫不嘴軟。

祝允澄聽得嘴角抽了下，想不出他父親坐在路邊賣紅薯是何模樣。

「可是，今日父親與那些族長要銀子，也是妳幫忙的啊。」如此瞧，專攻也沒那麼好……

沈蘭溪吃得口乾，又使喚他去倒水，潤了潤嗓子才道：「你父親那般君子，如何會去做那些家長裡短之事？今日不趁手，也不過是他幹了肖大人這位知府的活兒。再者，我幫他也是基於他是聰明人，一點就通，法子教給他了，能發揮幾成功效，全憑他自己。」

祝允澄想起他父親一手的字，頓覺他辛苦，相比起來，自己平日背書、做功課也算不得什麼了。

「不過，我這般聰慧的娘子世間少有，你父親能尋到我是極其有幸的，你不必太羨慕。」沈蘭溪又道。

祝允澄無語的眼神落在她腹部，心想等小弟弟生出來時，還是自己教他讀書寫字吧，沈蘭溪太臭屁啦！若是小弟弟學了，怕是日後尋不到娘子啦！

沈蘭溪不知他飄了老遠的思緒，咬著桃乾，似是隨意道：「晚上吃暖鍋，你想吃什麼肉，讓人早些準備。」

「啊？」祝允澄愣了，支支吾吾好一會兒都沒說出來，老實的交代自己的顧慮。「母親，外面好多人都只能吃稀飯和野菜……」

沈蘭溪深吸口氣，又緩緩吐出，努力保持著耐心，問：「他們窮困可是你造成的？」

祝允澄吶吶搖頭。「不是……」

「既然不是，你內疚什麼？」沈蘭溪在心裡默念，這是小孩，不是祝煊，要好好說話。「有惻隱之心固然好，但僅僅有惻隱之心，沒有腦子，那便糟糕了。」

實話難聽，小少年的臉色變了變。

沈蘭溪卻像是沒瞧見似的，繼續道：「你如今有肉吃、有酒喝，是祖輩的恩德，你可以想法子讓更多人有肉吃、有酒喝，但不是說你與他們一起不吃，或是把你的酒肉分給他們。「斗米恩升米仇，人心的貪念是永遠無法滿足的，你的東西可以拿去救急，但記著，永遠不要想著去救貧。」

這話說得涼薄，祝允澄卻絲毫不覺，只是有些心疼說這話時的沈蘭溪。她的臉上掛著似有若無的嘲諷，眼神飄渺，似是在瞧院子裡的葡萄藤，又似是在瞧很遠的地方。

「有人待妳不好嗎？」祝允澄小聲問。

沈蘭溪收回視線，彎起唇角笑了笑。「人生在世，本就是得十人喜歡，就會有一人不喜歡。不喜歡倒也無甚關係，只怕是那裝作喜歡你的人，在你不知道的時候，挖空心思想要你手中的東西。」

她說著，在他腦袋上點了下。「所以，最要緊的，是要學會識人。」

祝允澄聽得似懂非懂，卻重重點了頭，不過一瞬，又扭捏的問：「若是我瞧不清，妳會幫我嗎？」

沈蘭溪挑了挑眉。「成啊！」

祝允澄立刻笑了，露出一排小白牙。他就說嘛，沈蘭溪還是喜歡他……

「——看一個，五兩銀子。」沈蘭溪慢悠悠的說完。

祝允澄無語。

沈蘭溪覷他神色，甚是好說話道：「看在你是我大兒子的分上，我再多教你一句。」她纖細的手指指了指外面。「就眼下城內這般境況，施粥、發棉被衣裳，是為救急。若是你要出銀子給他們建造房屋，幫他們置辦田產，那便救窮了，想來你先生應是教導過，授人以魚不如授人以漁。」

說罷，她話鋒一轉。「可想到吃甚了？」

「……羊肉。」祝允澄慢吞吞的答。

不過兩日，各族長都送來祝煊列在帳簿上的東西，有了這些，祝煊也算是解了些燃眉之急，但那幾人臉上的笑卻在抽，心疼的似是滴血。

「我們就真的聽那當官的了？日後都要被這樣騎在頭上？」其中一人說著，憤憤的捶了下桌子。

「那不然呢？那小子與肖萍不一樣，京城來的，派頭大，不是個善茬。」雲香寨的胖子族長啃著香噴噴的燉骨頭道。

「哼，真要這麼厲害，還會被派來咱們這窮鄉僻壤的地方？」另一人不屑道：「他一個流官，再怎麼厲害，也天高皇帝遠的，就是死在這兒了，等京城派人來查，屍骨都臭了。」

石頭寨的族長胸口堵得厲害，渾濁的眼睛裡射出一道精光。「做了吧。」

要人命的話，說得卻是輕飄飄的。

胖子面露猶豫。「別吧，還是先忍忍吧，萬一惹禍上身——」

「軟蛋！昨兒那一回，就把你嚇成這樣了？」胖子對面的人嘲諷的輕嗤一聲。「你要是不敢，就自個兒滾出去吧，別連累我們。」

「你——楊狗！」胖子手裡的骨頭拍在桌上，頗有拍案而起的架勢，奈何一身肥肉，屬實有些難為。

「行了！都是一家人，鬧什麼？」石頭寨的族長視線不輕不重的掃過胖子，又道：「今日之事只是開始，有這個當官的在，怕是日後只要缺銀子，就會找我們幾個去喝喝茶、掏掏銀子，我們攢了大半輩子的身家，也只怕是折在這姓祝的手裡了，你們甘心？」

在座的皆面露猶疑，另一個謹小慎微的開口。「趙義手裡的兵……」

「嗤！怕他做甚？他若當真敢出兵，你我在座的還能好端端的在這兒吃肉喝酒？」

「就是，他趙義雖比他父親膽子大，但別忘了，他是土官，真要算起來，他是我們這邊的人。他手裡雖有繼任的綏帶，但若是成都府亂了，他這官兒也做到頭了，京城的皇帝能饒他？」

「那我們——」

砰！

第三十章

聲音響起，被一腳踹開的門扉搖搖欲墜的晃了晃，終是不堪重負倒在地上，揚起些灰塵。

包廂裡頓時鴉雀無聲，所有視線都落在門口三人身上。

半大少年郎身形單薄，此時齊齊在門口站著，卻似是壓頭的黑雲。為首那個身著橙色衣袍的少年，赫然是那日他們被摳搜銀子時見過的，祝大人家的小郎君。

面容別無二致，神色卻是天差地別。

白嫩的臉上滿是嘲諷，凌厲得似是林中跑出來的狼崽子，恍若下一瞬就會撲上來吃他們的肉、啖他們的骨。

稍後面的兩個，一個是知府家的，手裡抱著隻白色的信鴿，滿臉怒容。另一個是將軍府的，右手拎著彎刀，左手插腰，冷著張臉。

三人皆年少，不會藏事，那神色只瞧一眼便知，他們方才的話被聽了個一清二楚。

祝允澄咬緊腮幫子，視線掃過在座的每一位。有慌張的，有害怕的，也有鎮定自若的……

呸！好不要臉！祝允澄在心裡啐了一口，言語鋒利。「都是什麼東西，真當你們是這兒的土皇帝不成了？要殺我父親？來啊！小爺今兒自己來了，有膽的滾出來，小爺親自送你們下黃泉！」

他是著實氣，只聽得他們商議著要害他父親，一股怒火自丹田起，恨不得把他們剁碎餵狗！

石頭寨的族長面色不變，淡淡道：「祝小郎君說什麼呢？怕不是聽岔了吧。」

祝允澄似是一拳打在棉花上一般，憋悶得厲害。

「聽岔什麼了？我們都聽到了！」肖春廿握拳怒吼道。

白胖子欲哭無淚，努力縮著身子，不去礙人眼。

祝允澄冷笑一聲。「哼，敢做不敢當的小人，蛇鼠一窩，讓人作嘔！」

趙寒垂眸，瞧著前面這個小身子氣得發抖，抬手拍了下他的肩。「平復一下。」

說罷，他抬眼與那老樹皮的一張臉對上視線。「族長承認也好，不承認也罷，今日諸位在此說的話，我記下了，回家也會稟明父親。我也明著與你們道，將軍府趙家，不與小人為伍，就算拚得兩敗俱傷，罷了官職，撤了匾額，趙家的人也絕不做違背良心之事。」

祝允澄深吸口氣，又緩緩呼出，忽地想，若是沈蘭溪遇到這事會如何做？約莫是……要氣死對方吧！

想到此，祝允澄突然沒有那麼生氣了，他抬起有了些稜角的下巴，驕矜道：「想對付我父親？不自量力！瞧著活這麼大歲數了，還不知有幾日好活，竟還這般沒腦子，你們寨子裡是沒人了嗎？竟能挑出你們這些歪瓜裂棗當族長，屬實是夠丟人的。說你們是井底青蛙，當真是侮辱青蛙了，鼠目寸光的東西，還想著做這個做那個，你跳起來都看不見京城的山！」

祝允澄換了口氣。「別說我父親是官吏，謀害官員是死罪，便是我祝家子弟，在這兒破一道口子，都有人不遠千里的慰問。若是丟了命，你們九族也別想活命，有一顆腦袋算一顆，全部都給小爺在黃泉路上照明！還天高皇帝遠？真當沒人能奈何得了你們了？口氣比腳氣還大，可真敢說！」

坐著的幾人，臉色青了紫、紫了紅，變幻莫測，惱怒與羞憤交加，任誰被一個黃毛小兒這般羞辱，也做不到波瀾不驚。

其中一人拍案而起。「你閉嘴！」

祝允澄冷哼一聲，唰的一下自腰間抽出一柄軟劍，劍鋒直指那人，語氣冷寒。「你以為你指的是誰？」

氣氛陡然凍住，桌前的骨頭已經冷了，附上了一層油，瞧著有些噁心。

眾人屏住呼吸，誰都沒敢出聲。刀劍無眼，生與死不過是一瞬的事，撞上去，命就沒了。再者，聽得這小兒的話，祝家在京城似是頗有勢力……

祝允澄冷嗤一聲，動作俐落的把軟劍收回腰間扣好。

「想要算計我父親性命，憑你們幾個腦袋只能當球踢的也配？狗東西，髒了小爺的眼！」

最後又添了一把柴火，祝允澄大搖大擺的帶著人走，真正一副紈袴子弟的架勢，唬人得很。

縮在角落裡的店小二這才期期艾艾的湊上來，結巴道：「客、客官，您看我們這門……」

祝允澄徑直經過他，丟下一句「去祝家要銀子」，闊氣得很。

肖春廿一副與有榮焉的模樣，也左扭右扭的跟著往外走。這弟弟，可忒行了！

趙寒掃了那幾個臉色難看至極的老人一眼，斷後跟上。

門口空無一人後，屋裡幾人面面相覷，石頭寨的族長一張臉青紫難堪，一巴掌重重拍在桌上，震得白胖子面前的骨頭跳了起來又落下。「混帳東西！」

白胖子耷拉著腦袋，暗自翻了個白眼，方才人家在的時候怎麼不聽他罵？

「那我們這還——」一人小心翼翼的開口。

「去查查這位祝大人什麼來頭。」另一個頭髮花白的老人打斷道。

只這一句，眾人也聽出了幾分話外音，若是確實大有來頭，他們還是低調吧！

外放官員不過三年任期，像那種家世顯赫的，更是早早就調回京城去了，有錢人家的郎君，誰願意在他們這山溝裡待著？

出了酒樓的三人，一頭扎進了豔陽下，祝允澄雖罵了個盡興，但到底是擔心他父親的，當即也不與趙寒去練武了，要回家告狀去！

「今兒這飯也沒吃成，趕明兒我再請你們吃。」祝允澄說著，從腰間摸出一個平安扣遞給趙寒。「送了春哥兒信鴿，這個是給你的，希望你們平平安安的。」

趙寒伸手接過，直接掛在脖子上，後知後覺的才又道了聲謝。

祝允澄擺擺手，帶著肖春廿跑了。

肖春廿跟著他跑得上氣不接下氣，嘴巴卻還說個沒完。「你方才真的太厲害了！我、我決定……日後當你的小弟……給你穿衣脫靴……你指東……我、我絕不往西！對了，你方才……怎麼讓他們去你家要銀子啊……你不怕你父親知道後又打你嗎？」

祝允澄撇撇嘴，心裡苦哈哈的。「所以我要趕緊回府，搶在他們的人上門前先把事情說了。反正不是我惹事的，是他們先動口的，你給我作證！」

「好的，大哥！」很是洪亮的一聲。

祝允澄險些被他這一嗓子吼得一個趔趄摔倒。

臨近黃昏，正是用飯時，祝煊忙於公務尚未歸來，祝允澄倒豆子似的，把方才的事說了。

沈蘭溪以團扇遮面，打了個呵欠，眼裡睏得泛出淚來。

「蘭姨，您這是聽睏了？」肖春廿傻眼，這可是事關性命之事啊！

祝允澄一副見過世面的樣子，立在旁邊，神色淡定。

沈蘭溪汗顏，抬手讓綠嬈端來兩碗冰乳酪來。「來，吃一碗，消消火。」

這事她都想到過，祝煊又如何不知？只她沒問，不知祝煊作何打算，眼下也不能給這兩個小孩回答。

肖春廿吃著甜絲絲的冰乳酪，越發覺得自己該付出些什麼，絞盡腦汁的想了又想，忽地靈光一閃，脫口而出。「蘭姨，讓祝阿叔把他們統統捉進大牢吧，這樣他們就不能害人了！」

旁邊一顆腦袋「咻」的一下從碗裡抬了起來，眼睛亮晶晶的瞧向沈蘭溪。

對上這樣兩雙眼，沈蘭溪不忍駁他們的心意，硬著頭皮誇讚。「先發制人這招學得不錯。等你祝阿叔回來，我會記得與他說的。」

到時，祝煊用不用這法子，就是他的事了，沈蘭溪暗戳戳的想。

「母親……」祝允澄小聲開口。

「嗯？」沈蘭溪一副睏倦的模樣，單手撐著下頷，微微側頭瞧他。

「那門要賠銀子的。」祝允澄捏著衣角道。方才有多紈袴，此時便有多窘迫。

誰知沈蘭溪卻是小手一揮，豪氣萬丈。「賠就是了。」

用過冰乳酪，肖春廿就回家去了。

祝煊回來得稍晚了些，沈蘭溪已經用過飯，讓人留了一些給他在鍋裡保溫著。

這人就是餓極了，吃相依舊斯文有禮，很是賞心悅目，這時就瞧出嚴苛規矩教養的好處了。沈蘭溪坐在他對面，有一下沒一下的搖著手裡的團扇，一雙眼睛似是長在對面可口的郎君身上。

小郎君終是被她瞧得停下筷箸，頗為無奈的抬頭，對那炙熱的目光舉了白旗。「別這般瞧我。」

沈蘭溪不滿的哼哼。「我自己的郎君還不能多瞧兩眼了？」

祝煊深吸口氣，垂頭喝了口敗火的湯，模樣正經道：「瞧得我熱。」

沈蘭溪腦袋湊過去，笑得很壞，一雙眸子卻是亮得很，唇瓣一張一合，說著那勾人心火的話。「我瞧瞧？」

正是盛夏，蟲鳴聲擾人，那耳邊的輕語卻最讓人耳鳴。

多日沒有行親密之事，祝煊又變成那個不禁逗弄的薄臉皮的郎君，一團火燒雲從臉頰蔓延至耳根。

他似是惱極了，一把箝住那小巧的下巴，欺上那紅潤的唇，惡狠狠的含糊一句。「妳想瞧哪兒？」

被親得面色紅潤，一張唇泛著水光，沈蘭溪才心滿意足的退回防線內，手中的團扇喜孜孜的晃了兩下，陡然停下。

她恍然想起，出聲道：「哎，別吃了，你大兒子還有事與你說呢。」

剛挾起一根青菜的祝煊頓住了。

被趕去聽大兒子訴說心事的祝煊，聽完那事，臉上無甚波動，恍若被算計著謀害性命的人不是他一般，直至聽到那句「通通捉進大牢」的話，他才嘴角狠狠抽了一下，抬眼瞧不見面前小孩的腦子。

「他們所犯何罪？」祝煊問。

「謀害他人性命。」祝允澄仰著腦袋，理直氣壯的又補了一句。「春哥兒與趙家阿哥都聽見了！」

維護之情實在明顯，祝煊甚是心暖，嘆息一聲，屈指在他腦袋上敲了一記，教導道：「官府捉人，要有公引憑證，再不濟也要有報官者，無憑無據便要捉人，這世間豈非要亂套了？如今他們有這個心思，你我知曉了，可提前防範，上街還是去學堂，身邊都要跟著人，自己仔細著些，定要當心。」

祝允澄聽這是父親關心他的話，也懂得那些道理，卻依舊不太服氣。「有千日做賊的，哪有千日防賊的？難不成我們在成都府要一直這般提心吊膽的防範著？」

「不會。」祝煊語氣果斷。「如你說的，他們又不是土皇帝，不管是哪村哪寨，百姓都是腳踩大嬴朝的土，受著邊關將士們的護佑，這般盛世太平年，自是該海晏河清，效忠聽從天下之主，而不是一小方天地的土司。」

說罷，他拍了下他的腦袋。「今日之事到底是衝動了些，若是他們使陰招，只怕要出事。木秀於林風必摧之，有時沈穩些，方可走得長久些，忍耐、藏拙，是你日後要學的。」

瞧見那不高興噘起的嘴，祝煊又道：「但也不是毫無可取之處，不逞強，知曉回來與我和你母親說，這便很好。你如今年歲，為人處世仍可慢慢學，不必著急，多看多學，方可有所進。」

難得聽這般溫情的話，祝允澄神色有些不自在，躬身與他行了一禮。「多謝父親教誨，兒子記下了。」

翌日，又是陰天，潮濕悶熱。

祝煊用過早飯，便起身往府衙去了。昨兒那幾個族長送來的東西還沒入帳，他得先去瞧瞧。

剛進院子，卻瞧見在門口踱步的人。

山洪之後，肖萍臉上的溝壑似是又深了些，憂心得很。

瞧見進來的人，肖萍立刻幾步迎了上去，滿臉焦急道：「你聽澄哥兒說了那事了嗎？」

祝煊打開門，引他進了屋子。「聽了。」

聽他這般輕飄飄的，肖萍恨鐵不成鋼的替他擔憂。「那些個老東西，手髒得很，先前的幾任流官都受過害，這事本不想與你說的，但這些時日我也看出來了，你是真的為了百姓，那我自然也不該再藏著掖著了。不瞞你說，每年的夏稅、秋稅，從他們手裡送來會少三成，再送去京城一些，留在府衙的不過一二，如此一來，自是不夠用的。」

祝煊斟了杯茶推到他面前，聞言眉梢輕動了下。

肖萍受氣包似的嘆一口氣，自顧自的說：「我也不想這般憋屈的，但是這般境況延續百年，不是一朝一夕便能改的。那些個土司，以石頭寨的和白魚寨的為首，如今白魚寨的土司年近古稀，石頭寨的老頭子瞧著身子骨也不好了……」

他說著，手捧熱茶，湊近祝煊，一副神叨叨的語氣道：「我都想好了，等我熬死他倆，我就立即動手整治他們。」

祝煊無語。

肖萍一口把杯子裡的茶水乾了，晃著腳，頗有些得意。「趙義那廝說我膽小怕事，我都懶得與他辯駁，他一個莽夫哪裡知道，我這是臥薪嘗膽，靜待時機，等把他倆熬死了，新的土司繼任，尚需時日服眾，到時那些土司就是一盤散沙，正是一網打盡的好時候。」

祝煊又為他添了一杯，輕聲道了一句。「好計謀。」

明明是誇讚的話，肖萍臉色卻突然變得古怪，憋了又憋，還是沒忍住。「這話聽你說，總覺得是在罵人……」

竟是能聽出來？祝煊沒應這話，卻是道：「如今這般好時機，子埝兄當真要放過？」

「嗯？什麼？」話頭跳得太快，也不能怪肖萍沒跟上。

「那幾個族長敢這般明目張膽的剋扣稅收，不過是仗著村寨裡的百姓全身心的信賴他們，那些百姓即便知道些什麼，也甘之如飴。但如今，江淮地區暴雨，城南山洪，於他們而言是山神、雨神動怒了，那些族長既是以信仰拴著他們，那我們何不反利用之？」祝煊手捧熱茶，徐徐誘之。

肖萍一雙眼睛立刻瞪圓了些，明顯上鉤了，催促道：「別喝了，繼續說。」

祝煊不聽話，又喝了一口才又緩緩開口。「神靈發怒降災，是為懲罰，如果這個懲罰是要給那些族長的呢？水可載舟亦可覆舟，失了民心，他們便沒有號召力，屆時便不足為懼了。既是做了錯事，挨打便要好好受著，沒道理貪了那些銀子，還能安享晚年的。」這才是那幾個小孩要學的先發制人。

祝煊語氣涼薄，全然揭開斯文的假面，一雙眼寒得似是淬了刀。

昨夜聽得那話，他也並非毫無波瀾，那些人該慶幸自己未曾動手，不然，若是傷了澄哥兒或沈蘭溪，他都必定掘他們祖宗墳墓！

肖萍聽得甚爽，大笑著撫掌，一雙眼裡滿是崇拜的光芒。「就該這般！正卿，你來說，我赴湯蹈火也得把這事辦成了，到時就算是躺下長睡不醒，也有臉面去見列祖列宗了！」

「說什麼呢，這般高興？在院外便聽得你的笑聲了。」一道聲音插了進來。

左手扶刀，闊步進來的趙義，視線在兩人身上打了個轉，不等他們答，又側身指了立在外面的十幾個人，對祝煊道：「他們日後跟著你，全憑你差使，不必多發俸祿，俸銀從軍營中走。」

沒有寒暄，發號施令一般，祝煊勾唇笑了笑，起身朝他認真作揖道謝。

趙義擺擺手，直言道：「能從那些個老東西手中摳出銀子來給百姓用，我自該是護著你周全。」

肖萍聽得這話，只覺自己被點了，立刻嚷道：「我也要你的將士護著！」

趙義撇頭瞅他一眼，又收回視線，直截了當。「你一窩就是十年，他們才懶得動你呢，不值當。」

肖萍頭上冒出黑線。「滾！」

三人又商議片刻，趙義道：「走了，去搗毀雲香寨時喊我，老子親自帶人去。」

祝煊挑了下眉，不置可否。

肖萍倒是擺擺手，甜滋滋的品茶。「走吧走吧，知道啦！」

人一出門，他就與祝煊悄聲道：「些事你定要放在心上，雲香寨千萬留給他。」

祝煊疑惑的瞧他。

肖萍話音一停，對視一瞬，才道：「罷了，我與你說幾句。趙義的婆娘，就是雲香寨出來的。人你也瞧見了，長得水靈，不到十歲就被賣去做了揚州瘦馬，後來成都府來了個巡查使，楚月輾轉幾次，最後被送到那個巡查使手裡，還沒等如何，趙義給瞧上了，直接把人劫走了，他爹氣得抽斷了一根馬鞭，也不見他回頭，兩人沒宴請賓客，私下拜了天地結為夫妻，但他也被趕出來了。要不是趙阿叔只他一個兒子，這將軍的名號怕是就不在他腦袋上了。」

肖萍說得唏噓，又叮囑一聲。「雲香寨切要給他留著。」

祝煊點點頭，瞧著有些心不在焉。「這事可是人盡皆知？」

肖萍立刻搖頭。「只親近的幾個知道，你也別說，我連我婆娘都沒敢說，她大嘴巴，說不準哪日嘴快便說出去了。」

祝煊眸色微動。肖夫人不知，那足不出戶的沈蘭溪又是從哪裡得知雲香寨的女郎被賣去做瘦馬了？

「不過，你是如何知曉雲香寨的小女孩被賣了？」肖萍福至心靈的問。

「偶然得知，只那人姓名不便與子埝兄道，還請見諒。」祝煊不慌不忙道。

肖萍也是有眼色的，聽見這話，頓時不再問了。

那廂派去京城打探的人還沒傳來消息，這邊關於幾個族長被雷劈的謠言四起，在百姓間傳得沸沸揚揚。

沈蘭溪邊吃葡萄，邊聽對面的小孩繪聲繪色的與她講述那些傳言，生動得恍若他親眼所見一般。

「……雖不是我親眼所見，但確實有人瞧見了，都是在林中，那挖野菜的人無事，那幾個族長卻被雷劈了，聽說頭髮都燒焦了，還有一個人眼睛瞎了，有兩個神神叨叨的似是瘋了一般，旁人說什麼他們都聽不到，只重複說著天神降怒。」祝允澄整個人動來動去，屁股下似是坐了釘子，手上動作卻不慢，把剝了皮的葡萄肉給她吃。

「母親，當真是天神降災了嗎？」祝允澄忍不住小聲問。

沈蘭溪毫不客氣的吃了他孝敬的葡萄，吐出幾顆籽，屈指便敲上他的腦袋。「與其信奉天神，不如自己努力。」

雖她解釋不了自己的來處，但她依舊是唯物主義者！

祝允澄被敲得正襟危坐，立刻道：「母親放心，我定會努力讀書，日後掙得功名，賺銀子給妳買豬蹄吃！」

沈蘭溪笑得欣慰，露出一口小白牙，端著母親的架子，摸摸他的頭。「不錯，吾兒真孝順！」

七月中旬，夏收總算結束，累脫了一層皮的百姓卻還是不能歇息，準備重新翻地後再種新的。

祝煊搜刮來的銀錢，半個月來分文未動，糧食分成了幾個月的，流民每日的救濟糧也只是剛夠飽腹，就連布疋都拿去布莊換了粗布，待稚童好些，有棉布衣裳穿，還有雞蛋吃。

是以，祝煊雖為他們爭來了溫飽，在百姓間的聲名也不過一般。

肖萍甚是不解。「不是還有好些糧嗎？怎的還只是給他們喝稀粥？」

聞言，祝煊頭也沒抬，骨節分明的手撥動著圓潤的算盤，瞧著嫻熟又自在，幾下翻了一頁手邊的帳簿，嗓音清潤。「人皆有惰性，若是不勞動便能吃飽喝足，誰還願意幹活？子埝兄近期忙，許是沒注意到，已經有人開始在城裡找活兒做了。」

近些時日，暴雨停後，各處的消息都傳來了。

江淮以南皆有災禍，成都府在其中還算好些，雖是塌了一座橋，但沒有傷亡，城南山洪，糧食毀了，百姓流離失所，糧商乘機哄抬糧價，好在應對及時，都還算穩妥，沒有鬧出揭竿起義的亂子來。其他地方，雖有些大大小小的亂子，好在還沒鬧大便被壓了下去，倒也不至於恐慌。

聽得這話，肖萍也不操心了，左右這郎君心有成算，他剛從外面回來，嗓子渴得冒煙，拎起桌上的茶壺便自給自足的倒了杯茶，連乾三杯，才有心情瞧他撥算盤。

「這是府衙的帳？」肖萍問。

「不是，我家裡的。」

「嗯？」

祝煊輕笑了聲，眉眼間透出些閒適來。「我娘子不愛做這般雜事，我便拿來理一理，近日有了身孕，更是覺得疲累乏睏，哪還敢以這些小事去勞累她？」

但是府中下人還等著發月例呢，再給沈蘭溪做些新衣裳穿，澄哥兒的筆墨紙硯也該添置新的了，他的書冊……罷了，書冊等下個月吧。

肖萍嘴角抽了抽，忍不住道：「你與趙義兩人……這般倒是襯得我太無用了些。」

一個整日除了去軍營操練士兵，就是回家帶孩子。另一個更是紆尊降貴去理帳簿，若是被他家婆娘聽到了，他少不得又要被擰耳朵。肖萍只是想著，便隱約覺得耳根有些疼，頓時決定，今日他早些回去幫忙燒飯。

祝煊停下動作，揉了揉痠疼的手腕，「無奈」道：「沒法子，我祖母與母親也甚是喜歡我娘子，縱容得沒眼瞧，前些時日捎來的包裹，裡面的吃穿物件都是給她與澄哥兒的，活似我是上門女婿一般，僅用一柄摺扇就打發了。」

肖萍無語。怎麼突然覺得有些飽呢？

趙義得了祝煊的信，匆匆從軍營裡趕來，渾身的汗都沒來得及擦。

「什麼事，這般急？」他一屁股在案桌旁坐下，拎起桌上的茶壺便往嘴裡灌，又扯了扯身上汗濕的衣裳。

肖萍一臉嫌棄的瞅他那大老粗的動作。「山豬吃不了細糠，你知道正卿這茶多貴嗎？快快放下，我讓人去給你端兩盆涼水來！」

祝煊聽得發笑。「喝吧，若是放到明年變成陳茶，反倒變了味。」說著，把桌上的宣紙筆墨推給他。「來寫摺子，跟京城要銀子。」

「要等到秋稅後才能寫摺子要軍餉的。」趙義道。

祝煊手指敲了兩下光滑的案桌。「那是往年。今年各地受災，我父親來信道，已經有其他幾個地方去要軍餉了，咱們成都府不是最嚴重的，戶部的那些人定還要一拖再拖，你早早寫，三、五封摺子分次遞上去，能稍微快些等到軍餉。」

趙義不如肖萍那般好哄，聽完這話，扯唇睇起眼睛。「正卿還有事沒說吧？」

祝煊也坦然，勾唇輕笑了聲，語氣裡藏著些得意。「前兩日出門時，我娘子提醒了句，咱們往南的地方受災更重，怕是有災民要來，今兒前去打探的人回來了，四方皆有，數量還不少。」

肖萍傻眼。「其他地方這般嚴重？」

「也有可能是為了救濟糧來的。」趙義道。

「雖是其他地方的流民，但既長途跋涉前來，若我們將人拒之門外，怕是不妥。但若是都迎進城來，又沒有太多糧食給他們吃。思來想去，還是得有勞趙將軍了。」

祝煊這話沒點破，趙義卻是明白了過來。

「先說好，老弱婦孺我是不要的，男兒郎，不偷奸耍滑，品行端正者才收。」趙義提要求。

祝煊起身朝他作揖，頷首道：「那是自然。」

「但若是軍中士兵多了，軍餉怕是撐不了太久，若是上了摺子，新的軍餉還遲遲未到……」趙義有些猶疑，一張曬得黝黑的臉皺得緊繃。

祝煊食指動了下，肯定道：「趙將軍安心，用不了太久就會有銀子了。」

說罷，又瞧他那鐵骨錚錚的話，不禁擰眉，提點一句。「寫得可憐些，再寫寫把鬧事的流民招安，無奈帶進了軍營。」

趙義握著筆，滿臉痛苦。「要寫多少流民？」

「多寫些也無妨，但若是少了就不夠了。」肖萍插話道：「到時若有多出來的，給我填填府衙帳簿唄！」

趙義頭都沒抬，不與他說這無用的。

肖萍卻是愁得頭髮都掉了幾根。「你那裡能要銀子，可我這呢？山洪後便立刻上了摺子，到如今都沒有信兒，誰知有沒有銀子呢。如今又來了那麼些人，我們連城內的流民還沒著落，要怎麼安置他們啊？」

趙義在心裡憐慰他一瞬，扭頭就去琢磨自己的摺子了。

肖萍瞧著那指望不上的端著筆墨走開，腦袋又轉向祝煊。

然而，祝煊也沒有好法子，心虛的避開了他的視線。

流言越演越烈，不少村寨生了口角或是拳腳之事，而肖萍確實總能適時出現，推心置腹的相勸，越勸越……崩。

嫌隙既是生了，那便不會憑空消失，只會越來越大。

七月下旬，終於出現第一個把族長免任的寨子，肖萍當夜高興得喝了兩罈桑葉酒，翌日一早迎來了第一波抵達成都府的流民。

趙義派人來幫忙，祝煊直接讓人在旁邊的空地上把營帳搭好，衣裳、棉被與吃食的一應待遇，外來流民與城南山上來的一般無二。

當夜，兩撥人便打了起來，緣由是城南山上的流民覺得那些人把本屬於他們的物資占去了，使得他們自己人不夠用了。

肖萍雖沒說，但神色也瞧得出來，城南的那些人於他而言是親近些的。只這些於祝煊無用，他沒有多勸，在派人勸架後，直接讓人把跑去外來流民營帳中打架的人盡數關進牢裡。

這般鐵血手段，與他那張俊美的臉實在不搭。只他手腕嚴苛，也確實鎮住那些挑撥鬧事的人。

接連幾日，肖萍都忙得緊，不少流民來官府登名造冊，落了籍，又各自尋了那荒蕪的「和」字田來種，也分別丈量後登了冊。

眼瞧著那幫外來的每日早出晚歸的幹活，本在營帳中安逸的那些人著實坐不住了。荒蕪的「和」字田也分好壞，等他們去時，稍好些的都被挑走了，地翻了，水澆了，如今只等著種了。

眾人擰成一股繩，怒火中燒的將人告到了衙門。不是說那姓祝的新官最是英明決斷？他們就不信拿回自個兒的田地還不成！

祝煊來這兒後，頭一回穿上那身官袍，驚木堂一拍，堂下頓時肅靜，就連門外瞧熱鬧的人都閉上嘴。

雙方各執一詞，新的籍冊一拿，直接退了堂。人家好端端落了冊的田地，哪由得他們來搶？

這一堂的事，不足一盞茶的工夫，外頭瞧熱鬧的不覺盡興，樂淘淘的口耳相傳，當作一個笑話來聽。

一計不成，又生一計，晴空萬里的上午，沈蘭溪醒來時便聽人來稟報，說是外面有好些人鬧著要來府裡做下人。

強買強賣？沈蘭溪疑惑的眨眨眼，打了個呵欠，由著綠嬈和阿芙來伺候梳洗。

「娘子，外面……」綠嬈問。

「把門關上，由著他們鬧，人越多越好，我先吃個飯。」說話間，沈蘭溪又掩袖打了個呵欠。近日總是睡不夠，一覺醒來時就日上三竿了，肚子裡的這個也不鬧人，她過得好，整個人都豐腴了些。

沈蘭溪慢條斯理的用過早膳後，那廂又跑來了小廝，在門外稟報。「啟稟夫人，那些人動傢伙砸門了。」語氣聽得出是有些憋屈的。

隨著祝煊來的這些小廝都是祝家的家生子，他們雖是下人，但成日瞧著主人家做事，總是學了些規矩分寸，對外面那些野蠻行為，著實可氣又沒法子。

沈蘭溪漱了口，才款款起身。「走吧，那就去瞧瞧。」

甫一出門，她被那小廝攔了攔。

「嗯？」

小廝趕忙退後兩步，躬身道：「夫人，您身子不便，還是交代小的做吧，別讓那些人衝撞到您。」

沈蘭溪撫了撫新衣裳上的的蝴蝶繡，叛逆道：「那我站遠些。」

門出了，人也瞧見了。

明豔端莊的夫人立在門口，兩個模樣俊俏的婢女一左一右的站著，周圍立著幾個面容冷冽的帶刀侍衛，鬧事的眾人不由紛紛退了開來。

「哪個要說話？」沈蘭溪懶洋洋的問，唇角含笑。

——未完，待續，請看文創風1193《娘子扮豬吃老虎》3（完）

2023年8月出版

文創風 1189～1190

女子有財便是福

領教過爾虞我詐的現代商界，再來到商貿發達的古代社會，
林棲做生意就是如魚得水，總能贏得別人的信服。
在婚姻上挑到潛力股相公，在政治上站隊跟對皇子，
總是低調賺錢的她，還真想不到人生有輸的理由！

滿腹生意經，押寶對夫君／竹笑

林棲低調地網羅應試學子們的畫像，打算從中選個潛力股丈夫，
誰知，他一個寒門秀才不小心誤闖她家院子，還撞見她在挑對象，
既然來都來了，她也大方地向這位候選夫君提出結親的意願，
一個願娶，一個肯嫁，兩人一拍即合，說成婚就成婚。
她調侃道：「看來你還要吃幾年軟飯呀。」
「煩勞娘子了。大家都知道妳是低嫁，能娶到妳是我的福氣。」
這個丈夫也是有意思，別人家的上門女婿都知道扯條遮羞布，
他卻不好面子，還對外大大方方地承認自己靠娘子供養。
算他有眼光，有她這般會賺錢的隱形富婆作靠山，好處可多著呢～～
他不僅得以全心投入科舉考試，還有天下第一書院的大儒當老師，
半年前一文不名的小秀才，轉眼間就站在天下學子所仰望的位置，
日後更是不負眾望成為六元及第的進士，林棲很滿意這門親。
可如今朝局波譎雲詭，挑對夫婿之外，她還得押寶押對儲君……

2023年8月出版

飾飾如意

文創風1183～1184

莫名其妙嫁進山村，又被夫君當成抓犯人的誘餌，
她氣得連跟不跟他睡同張床都要考慮了，何況圓房？
哼，想嚼舌根的儘管嚼去。他行不行，可不是她的問題啊～～

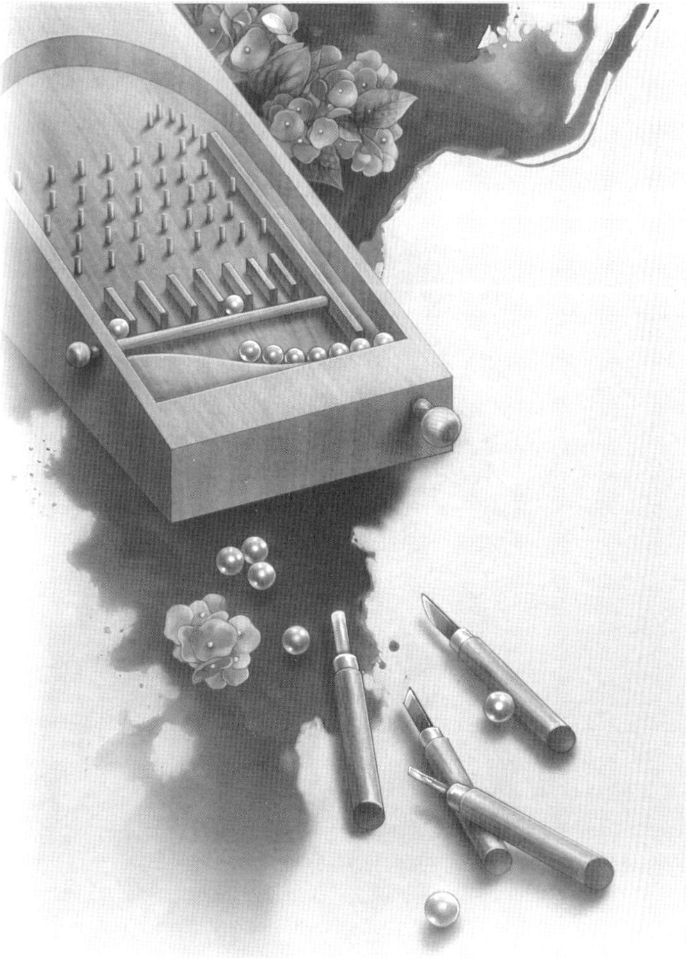

馴夫大吉，妻想事成／觀雁

一穿越就捲進騙婚的軒然大波，現成夫君還是縣衙的前任神捕譚淵，
蘇如意的小膽子要嚇爆了，雖然她將功補過，和譚淵一鍋端了那群騙子，
但欠債還錢天經地義，為了向譚家贖回賣身契，她只好努力賺銀子啦。
身為手工網紅，做點小工藝品難不倒她，卻因小姪子的生日禮物出糗——
她打算刻個彈珠檯，搬來木板想請譚淵幫忙鋸，竟不慎手滑而抱住他，
嗚……這下除了騙婚，居然還調戲人家，她簡直想挖個洞把自己埋了。
彈珠檯讓小姪子跟小姑玩得欲罷不能，看樣子手作飾物確實商機無限，
可譚淵不著痕跡的誇獎和曖昧，卻讓同居一室的她莫名心跳起來——
這腹黑傢伙對她到底有什麼企圖？她一點都不想在古代當人妻耶，
等存夠了錢，她就要跟他一拍兩散，包袱款款投奔自由嘍～～

百年修得同船渡，千年修得共枕眠／琉文心

2023年8月出版

翻牆覓良人

他帶她來到一棵百年大樹下，樹上掛滿寫著一對對情人名字的紅布條，
據說這是極為靈驗的姻緣樹，他問她願不願和他一起掛上紅布條？
看著布條上由他親筆寫下的兩人名字，她疑惑地問他，只一人筆跡可靈？
結果他一愣，連忙表示，要不她在布條上頭親上一口，表示她也認可，
這話說得好笑、離譜，可她卻也乖乖照做了，甚至還親上兩口……

文創風 1185 1

沈文戈乃鎮遠侯府的嫡女，在家中是被父母及六位兄姊疼寵的寶貝，
奈何情竇初開，只一眼就瘋了似地愛上那縱馬奔馳的尚家郎君，
她甚至赴戰場救他一命，雙腿因此落下寒症，令她生不如死，但她不後悔，
即便家人反對，她依舊毅然決然地嫁入尚家，可還沒洞房他就出征了，
因為愛他，她堂堂將門虎女在夫家被婆婆搓磨、苛待三年都受了，
好不容易盼到他返家，他卻帶回一楚楚可憐的嬌柔女子，要她接納，
於是，她只能獨守空閨，眼睜睜地看著他倆恩愛數年，直至死去，
幸好，上天給了她重生的機會，這回她絕不再活得這般卑屈了！

文創風 1186 2

雖然沒能重生回嫁人前，但在夫婿帶小嬌娘回來的前幾天也就先忍著，
靜候他帶人回來，然後毫不留情地帶上所有奴僕及嫁妝「走」回娘家，
沒錯，她就是要讓所有人知道，她要和離，不要這忘恩負義的夫婿了！
她沈七娘家大業大，憑啥夫家享盡沈家的好處，還要處處羞辱、折磨她？
前世嫁人後她沒回過一次娘家，連至親手足們的葬禮都未能出席，
如今為了和離，她開先例將夫家告上官府，一如當初非君不嫁的轟轟烈烈，
這般憋屈的小媳婦，誰愛當誰去當，她即便壞了名聲也不再受這委屈！
大不了她不再嫁人便是，她都死過一次了，還怕這種小事嗎？

文創風 1187 3

沈文戈養的小黑貓「雪團」不見了，婢女們滿院子都找不著！
結果，隱約聽見隔著一堵牆的鄰家傳來微弱貓叫聲，那可是宣王府啊！
傳聞中，宣王王玄瑰行事狠戾、手段毒辣，甚至還會烹人肉、飲人血，
可因他乃當今聖上的幼弟，兩人關係親如父子，沒人能奈他何，
偏巧母親不在家，無法上門拜訪尋貓，只能架上梯子親自爬牆偷瞧了，
畢竟奴婢們窺伺宣王府，若被抓到，都不知道要怎麼死了，
她好不容易爬上牆頭，眼前驟然出現一張妖魅俊美、盛氣凌人的臉，
這不是鄰居宣王本人，還能是誰？所以說，她是被逮個正著了？

文創風 1188 4 完

自從去過奢華的鄰居家後，她家雪團就攔不住，整日跑去蹭吃蹭喝，
害得沈文戈這個貓主人也不得不三天兩頭地架梯子爬牆找貓去，
結果爬著爬著，她甚至翻過牆去，和鄰居交起朋友來了，
時日一久，她才發現宣王這人身負罵名雖多，但人其實不壞，還老慣著她，
在他有意的疼寵之下，本已無意再嫁的她，一顆心漸漸落在他身上，
後來她才曉得，原來他竟是當年與她前夫一同在戰場上被她救下的小兵，
可他的嬤嬤說，他是個別人對他好一點，就恨不得把心都掏出去的人，
所以他對她好，全是為了報恩？還以為他是良人，原來是她自作多情了……

2023年7月出版

妝點好日子

文創風 1180～1182

女子無論身處於怎麼樣悲苦的境地，
若打扮得漂亮體面，心情都會好些。
多了一抹顏色，就能為生活帶來希望！

妝點平凡瑣事，編織濃厚深情 ／顧紫

賀語瀟慶幸上輩子是化妝師，所以這世還能走妝娘這條路，
在嫡母為她挑選婚配對象之前先壯大自己，爭取一點話語權。
於一場妝娘因故缺席的婚宴中，她把握住機會出頭，
卻也莫名被忌妒的少女盯上了，挨了頓臭雞蛋攻擊……
不過是因那日新郎好友，京中第一美男、長公主獨子——傅聽闌，
借馬車送她這個妝娘回家，她一個從四品官庶女不可能也沒想要攀！
不過另類攀高枝嘛……做生意又能利民的單純金錢交易她倒不排斥。
所以開了妝鋪後，她藉由傅聽闌的商隊將面脂平價銷往乾燥的邊疆，
平日除了賣胭脂、面脂、化妝刷具，她妝娘的手藝也打響了名號。
事業得意，感情方面，她與入京投奔嫡母、準備秋闈的遠房表親初識，
這人舉止有度、懂得體恤女子生活難處，她便不排斥對方守禮的示好，
誰知這人竟是要她當妾？真是不要臉的小人，還不如傅聽闌低調為民呢！
不過傅聽闌還真是藍顏禍水，逛個集市都能被姑娘使計碰瓷要蹭馬車，
看在他是她的生意夥伴，眼見他有名聲危機，只好換她出車相助嘍～～

文創風
1192

娘子扮豬吃老虎 2

國家圖書館出版品預行編目資料

娘子扮豬吃老虎 / 芋泥奶茶著. --
初版. -- 臺北市 : 狗屋出版社有限公司, 2023.09
冊 ; 公分. --（文創風 ; 1191-1193）
ISBN 978-986-509-453-9（第2冊 : 平裝）. --

857.7　　112012804

著作者　芋泥奶茶
編輯　王冠之
校對　陳依伶
發行所　狗屋出版社有限公司
地址　台北市104中山區龍江路71巷15號1樓
電話　02-2776-5889～0
發行字號　局版台業字845號
法律顧問　蕭雄淋律師
總經銷　知遠文化事業有限公司
電話　02-2664-8800
初版　2023年9月
國際書碼　ISBN-13　978-986-509-453-9

本著作物由北京晉江原創網絡科技有限公司授權出版

定價280元
狗屋劃撥帳號：19001626
網址：love.doghouse.com.tw　E-mail：love@doghouse.com.tw